星野芳郎

戦争と青春

——「きけ　わだつみのこえ」の悲劇とは何か

影書房

はしがき

青春の特権はなによりも自由であろう。私は十七才で松本高等学校に入学し、寮に入るとともに籠球部にも参加した。練習の合間に厚い絨緞のように茂っているシロツメグサの上に、仰向けにどっさりと倒れると、五月の青空の中に真っ白な積雲が、ゆっくり移動しているのが見えた。大きなあの雲はエンジニアか、その後を追う雲は、ひょっとして文学者かなどと、未来の自分の姿を想像したものである。

しかし、われに返ると、私は三年後には二十才になる。太平洋戦争の終結までは、日本には徴兵制度があって、体に異常のない男子は、二十才の年齢に達すると、すべて兵役に編入され、体格のよい者から順に、軍隊で二年間訓練を受けることになっていた。軍隊の訓練と軍律はきびしいから、学校生活のように暢気にはすごせない。

そのうえ当時はいわゆる十五年戦争の真っ最中である。戦場に動員されては生きて帰れるかどうか分からない。真っ白な雲に自分の未来を見ようとした空想はたちまち砕けてしまった。しかし大学に入れば、徴兵猶予の特権があって、大学を卒業するまでの三年間は軍隊生活は免じられる。と言っても三年たてばどの道軍隊に入らなければならない。

戦後は徴兵制度は廃止されてしまった。だから今の時代の若者たちには、未来の自分を想像する自由がある。未来を気にしなくても現在の自由を楽しむことは出来る。

戦前の若者には未来の自由は軍隊と戦争により、ばっさりと切られたが、それだけでなく、現在の自由に対しても、言わず語らずのうちに、自分自身で自由な言論を抑えていたものだ。マルクス主義をかかげる共産党が非合法とされている以上、その関係の研究会などをひらけば、たちまち官憲に察知されて、メンバーは拘引された。マルクス主義に関係がなくても、研究グループをつくっただけで警察の看視がはじまる。

そうなると、歴史や社会科学系の勉強はなるべく避けた方がよいという雰囲気が、一年一年と旧制高等学校のなかに広がってきたのも無理はない。

高校生たちの自由なエネルギーは、もっぱらスポーツに向けられた。どこの高等学校でも、あらゆる分野にわたって運動部の活動は活発であった。それでもただ伸び伸びと走ったり飛んだりはできなかった。今はこうしてスポーツを楽しんでいるが、未来を考えると、のどに鯛の小骨がひっかかっているような気分だった。

「きけ　わだつみのこえ」の世代は、すでに学校生活において自由を制限され、暗い青春を送っていたのであり、学徒出陣に至って、その不幸は極点に達した。運動部などは喜々として飛んだり跳ねた

りしていたように見えたが、心の底を割って見るとそうではない。松本高等学校の寮歌集を見ると、一九二二年には、

　自治の華咲き競う　今日誠寮の記念祭　いざ歌い来よ諸人　自由の庭の団欒に

と歌われていたが、中国に対する全面的な侵略が開始された一九三七年になると、この年の寮歌ははっきりと自由の危機を叫んでいた。

　哀れ自由の地に落ちて　秋蕭条の風吹けば　想え、若人その昔《かみ》の
　炬火の炎のかがやきを　炬火の炎のかがやきを

「きけ　わだつみのこえ」の悲劇は、すでにこの頃に兆していたのである。

平和な戦後の若者たちを見ていると、わだつみの世代は暗い青春を送ったと、思わざるを得ない。たんに戦争や軍隊が彼らの求める自由に対して強固な障壁をきずいていただけでなく、その壁が彼らから西欧の自由の哲学を遠ざけたのである。ほとんど自覚せぬまま、高校生たちは西欧思想に関心を示さなくなった。旧制高校の伝統である自由の哲学は、教師も生徒も気づかぬうちに、旧制高校全体から滑り落ちて行った。

　私は本書でわだつみの世代の思想の稀薄性を指摘しているが、その遠因は旧制高校時代にあると考えている。あの活発なスポーツの部活動の蔭で、思想性は確実に萎えて行ったと見るべきであろう。

「きけ　わだつみのこえ」の原型は東京大学戦没学生の手記を編集した「はるかなる山河に」である。東大協同組合出版部から一九四七年に刊行された。その東大の枠を超えて全日本の戦没学生の手記が

一九四九年に「きけ　わだつみのこえ」として出版され、その後、東京大学出版会や光文社のカッパブックスもまた同書を出版した。一方海軍飛行予備学生の戦没者の手記である「雲ながるる果てに」が遺族を中心とする白鷗会により編集され、一九五二年に出版協同社から刊行された。いずれも文章は素直でやさしい。それが死を前にしての文章であるだけに、人々の悲しみを誘い、感動させたのである。しかし中国人の側にしてみれば、乱暴な将兵であれ心やさしい学徒将兵であれ、すべて侵略者であり、銃口を彼らに向けざるを得ない。学徒兵もまた中国人に銃口を向けなければ殺されてしまう。戦争の最前線では敵味方ともに相手を殺さなければ生きて帰ることは出来ない。暗い青春はそこまで彼らを追いつめたのである。

しかしほとんどの文章は、なぜ自分は戦争で死ななければならないのかを青年らしく突き詰めようとした悩みが語られず、彼らの心情は少年の段階を超えることが出来ず、ただ運命の波に流されて、ついに死と直面せざるを得なくなった悲しみに満ちていた。編集委員や知識人たちもただその悲しみに胸をうたれただけで、私が指摘したような問題意識はなかったようである。おそらく読者の大半もそうであったろう。

私は一九二二年生まれで学徒出陣の中心的な世代であるが、理系学生であったために、文系の学生とは違って、なお教育が続けられ、戦場への動員は卒業後に延期された。文系に一年遅れて軍隊に入った。その一年間の死との対決を、私は遺言として日記に書きつづけた。そうしてみると、「きけ　わだつみのこえ」に対する私見は通常の知識人とかなり違っていることが分かった。「きけ　わだつみのこえ」に対して、一面では共感しつつも、本質的に批判的な論文を書いたのは、おそらく私が最初であろう。

しかし「きけ　わだつみのこえ」の編集方針は一九九五年に大きく変わり、岩波文庫として出版された。旧版を読んだとき、私は思想の稀薄性を感じたが、それは私たちの年齢での無思想性の延長と考えていた。その雰囲気の中で、たとえば生きる意味や死ぬ意味をオリジナルに哲学的な文章を書く人がいることを発見した（中尾武徳、二二三〜二二七頁）。

また、かつて「ドイツ戦没学生の手紙」を読んだとき、アンブロゼリが膝まで没するぬかるみを行軍し、フランス軍の塹壕に飛び込んでの戦闘をじつにリアルに書いており、それに深く感銘したものだが（岩波新書、九一〜九六頁）、この「きけ　わだつみのこえ」の新版でも、アメリカの軍用機の攻撃をうけて沈み行く輸送船からの退避の情況が克明に書かれており、私は全身がすくんだように感動した（宇田川達、三二八〜三三二頁）。ドイツの学徒であれ日本の学徒であれ、戦闘の興奮の中で、戦況の一部始終を冷静に見てとり、その直後にこのようにリアルに記録できるというのは、筆者の人格がすぐれて自立していることを語っている。もし生きて帰ることが出来たら、相当の仕事をやりとげたろうと思われる。

しかし、それにもかかわらず、学徒兵が中国兵と遭遇したとき、彼らが中国人たちからどう見えたろうかを意識した文章は一つもなかった。私が一九六〇年代の後半から七〇年代の初めにかけて、くりかえし問題にしたのは、この一点であったが、それが依然として欠落している。私の知るかぎりでは、知識人たちでも、「きけ　わだつみのこえ」をそのように読んだ人はなかったようである。「きけ　わだつみのこえ」の新版は旧版にくらべて、いちじるしく進歩したが、この一点が明確にならないかぎり、日本と中国との本当の友好はあり得ないであろう。

本書の第一部に私が以前に書いた文章を再録したのは、憲法改正と戦力強化の声がやかましい現在、「きけ　わだつみのこえ」をどう読むかを、多くの人に改めて考えていただきたいがためである。また第二部で、私が軍隊に行くまでの一年間の日記を公開したのは、このように批判的な主張をする私は、ではその一年をどう生きたかを問われて当然であり、私は自省をこめてそれに答える責任を自覚したからである。

なお本書の第一部は、最後の二篇——「きけ　わだつみのこえ」の悲劇の本質、沖縄特攻作戦の軍事的意味を除いて、「星野芳郎著作集」第八巻人間論（一九七九年）での戦争体験と題する諸篇を再録したものである。また第二部は、現代技術史研究会の機関誌「技術史研究」別冊として刊行された「一本道の由来」（二〇〇五年）が第一部と一体になるように一部の文章を削除し、あるいは新しく文章を追加して作成された。一本道の由来は、二つの顔を持っている。一つはサークル運動としての現代技術史研究会の思想の根っ子の一つであり、もう一つは私の体験を基底とする「きけ　わだつみのこえ」に対する批判である。本書はその後の方の顔を表わしている。

戦争と青春　目次

――「きけ　わだつみのこえ」の悲劇とは何か

はしがき　3

第一部　戦争体験をかえりみる——「きけ　わだつみのこえ」を事例として

「きけ　わだつみのこえ」をどう読むか　15
虚像としての〝わだつみの像〟　29
泥まみれの挫折を論ず　33
わだつみの像の破壊の意味　37
ソンミ村虐殺の衝撃　41
抑圧民族と被抑圧民族の心——内なる帝国主義を告発する　47
伝えられざる戦争体験　74
「きけ　わだつみのこえ」の悲劇の本質　80
沖縄特攻作戦の軍事的意味　85

第二部　一本道の由来——一年の余裕を与えられた理系学徒の戦争体験

戦場におもむく心情を一年にわたって書きつづけた日記　97
死の意味を求めて・四畳半の日記　第一冊　104
死と恋・四畳半の日記　第二冊　132
孤独に生きる・四畳半の日記　第三冊　175
連帯を求めて孤立を恐れず——孤独論と恋愛論の戦後の発展　218

付属資料
一本道の諸著作の構図　235
孤独について　240
愛について　244
良識人について　249
現代の意義に関する一考察　254

あとがき　272

第一部

戦争体験をかえりみる
――「きけ　わだつみのこえ」を事例として

「きけ わだつみのこえ」をどう読むか

学徒出陣の伝説化

いまもあざやかにおぼえているが、昭和十八（一九四三）年の六月号の「中央公論」に、高坂正顕が大東亜戦争の歴史的理念のようなものについて書いた。主体即客体だとか、絶対矛盾的自己同一だとかいう当時の京都学派特有の論理をあやつり、大東亜戦争の遂行が世界史の流れにかない、日本国民はあげてそのなかに実践的に突入すべきであるということを、熱っぽく説いた一文だったが、これが軍部の忌諱にふれた。軍部の指示によって、翌月の「中央公論」は発売禁止となり、かわって九月号の「文藝春秋」が全誌をあげて京都学派的な発想を攻撃し、和辻哲郎までが槍玉にあげられる始末となった。戦時の論壇はこれ以後まったく神がかり的な論者によって支配されてしまうのである。

鹿子木員信以下「文藝春秋」に勢ぞろい？　した神がかり論客のなかに、亀井勝一郎が加わっていた。その亀井の一文が当時の若い筆者の注意をもっとも強くひいた。亀井は大君の詔勅のまにまに戦争をやるということは、「一切放下《ほうげ》」があってはじめてできると説いたのである。この一言は、戦争の渦中に飛びこむことに、まだ多少のためらいをいだいていた若い筆者に単純明快な道をさし示した。

当時の筆者は、戦争につきすすむ自分の姿勢をどうにかして論理づけようという思考のいとなみに疲れていた。いまにして思えば、もともと非条理なものを論理づけようというのは徒労にすぎず、疲れはてるのも当然だが、一切放下という言葉は、その非条理を非条理のままに割りきらせる転回点となった。天皇陛下のために死のうとする自分に、どうしていちいち理屈をつける必要があろうか、一切放下以外に自分の道はないと、若い筆者ははじめて空をあおぐような心だった。

一切放下とは、思考の切断を意味していた。筆者だけではない。戦場にむかった学徒の大半が、みずから自己の思考を切断することによって、自己の運命に黙々としたがったのである。学徒出陣は、すでに二十数年前の出来事である。学徒出陣は多分に伝説化されていて、人びとの多くは、学徒兵は、戦争目的を疑い、悩み苦しみながら死んでいったという。それが、軍隊に行かなかった人びとの追憶の言葉であり、哀悼の辞である。

しかし、その哀悼の辞の半分は正しいが、半分はまちがっている。戦時下の学生たちが、戦場にむかわねばならぬ自分を割りきれず、悩み苦しんだことは事実である。しかし学生たちの大半は、戦場に行く日が遠くからではあるが、確実に迫ってくるにもかかわらず、戦争と正面から対決しようとせず、自己の小さな世界にとじこもろうとし、現実逃避に汲々としていた。戦場に動員される日がいよいよせまり、のっぴきならぬものとなって、学生たちははじめて自己の運命の深刻さに狼狽し、悩み苦しんだ。

時は遅すぎていた。軍隊にはまず本がなかった。書物からはなれて、自己の思想をきずきうるには、学徒兵はあまりに若すぎていたし、もともと思想の定まらぬうちに入隊してしまったのだから、学徒兵は武装解除にひとしい状態で、自己の運命と対決しなければならなかった。同じ時刻にいっせいに起床し、同じ時刻に同じ食物を食べ、同じ訓練をうけ、風呂に入り、就寝するという鉄の日課のくりかえしは、おどろくほど短期間に、学徒兵に最後に残されていた個性を奪いさってしまう。ただ運命に忍従するという姿勢で軍隊生活を送るか、それとも一切放下だと自己にいいきかせて戦争の渦中に身も心も投ずるか、おそらくはその二つの道しか学徒兵の目には見えなかったにちがいない。学徒兵は最後にはむしろ人間的に苦しむこともできずに死んでいったのである。死への恐怖は、人間としての自己が否定されるという人間的な恐怖よりも、動物的な生命が失われるという動物的な恐怖であったろう。学徒兵の多くはむしろ、動物的な恐怖にさいなまれながら死んだと思われる。

おどろくべきことには、学業なかばに戦場に動員された人たち、ともかくも学窓を巣立って軍隊に入った人たちのこの悲惨さは、現在ばかりでなく、一九四九年に「きけ わだつみのこえ」と題して、日本戦没学生の手記が刊行された当時にあってさえ、一般にはほとんど理解されなかった。旧制専門学校や旧制大学などで学問や思想を学んだはずの学徒が、自分なりの学問も思想も形成することができず、それどころか人間として生き、死んでいくための最も重要な武器——思考を自ら捨てさっていく恐ろしさは、ほとんど教訓にもならなかった。

「きけ わだつみのこえ」の編集のしかたに、すでにそのような甘さがあらわれていた。序文の感想に、渡辺一夫が「初め、僕は、かなり過激な日本精神主義的な、或る時には戦争謳歌にも近いやうな若干の短文までをも、全部採録するのが『公正』であると主張したのであつたが、出版部の方々は、必ずしも僕の意見には賛同の意を表されなかつた」と書いているとおり、この文集は、戦場にむかう自己の運命についての悩みや苦しみの言葉が主として採録されていて、最後には人間的な苦しみも捨てさって死んでいったものの言葉は、ほとんど取りあげられていない。悲劇は、苦しいとうめき声をあげることだけにあるのではなく、自ら思考を切断して苦しみもしなくなることにこそあったのだ。

悲劇は思考の切断にこそあるということは、「きけ　わだつみのこえ」の巻末にのせられた小田切秀雄の一文によって実は指摘されていたにもかかわらず、その小田切も渡辺とともに誤った編集方針に妥協し、戦没学生の人間像は現象的にも歪められ、本質的にも悲劇の底の深さが明らかにならないという結果をきたした。

その悪影響はただちに「きけ　わだつみのこえ」の映画化にあらわれた。舟橋和郎のシナリオ、関川英雄演出のこの映画は、戦争はいやだいやだと戦場にのたうちまわり、ついには殺されてゆく学徒兵たちを、くりかえし登場させ、それで学徒出陣の悲劇をえがいたつもりだったのだろうが、これほど戦没学生を歪め、侮辱した映画はかつてない。そんなことは現実にもまずありえなかったし、悲劇をそこにもとめたのは見当違いもはなはだしい。しょせんは映画人としての能力にも良心にも欠けた作品でやっつけ仕事の商業主義にほかならなかった。

しかし、商業主義は成功した。当時、筆者も見には行ったのだが、どこの映画館も満員で、人垣のあいだから、背伸びしつつ、ようやく画面が見られたというありさまだった。「きけ　わだつみのこえ」の刊行は、むろん商業主義とはなんの関係もない。しかしベストセラーになった戦没学生の手記が、商業主義映画があたえた印象とからまって、戦没学生の皮相的なイメージをおしひろめ、「きけ　わだつみのこえ」と銘うちはしたものの、そのわだつみの声を人びとの耳に十分に届かせることができなかったことは、やはり指摘しておかねばなるまい。

本質的な問題はともかくとして、そもそも現象的に明らかにかたよった文集がつくられたからには、当然別の視点から編まれる文集が刊行されるということになる。「きけ わだつみのこえ」の刊行の三年後、第十三期海軍飛行専修予備学生の遺族会によって、十三期予備学生についての別の戦没学生の手記「雲ながるる果てに」が刊行された。死の可能性が圧倒的に大きな飛行機搭乗員でもあり、かつ総数四千七百二十六人のうち、戦役者一千五百三十五人をかぞえ、しかもそのうち四百四十一人が特攻隊員であったのだから、この文集も当然、きわだった一つの傾向をあらわす。それは「きけ わだつみのこえ」の対局に位置するものといえるだろう。われわれは、この二つの文集を併せ読むことによって、はじめて、戦没学生の人間像をほぼ感じとることができ、悲劇の底の深さを知ることができるのである。

動かざる死の前提

改めて二つの文集を読みおえてみると、どちらにあっても思考の切断の現象は、なまなましいほど明らかである。ただ「きけ わだつみのこえ」にあっては、それが運命への忍従という形でおこなわれる傾向が強い。

「私は戦をぬきにして戦に征く。その言葉を解して呉れるものはないかも知れぬ。唯私は人の生命を奪はうとする猛獣的な闘争心は今持たぬのである。さうしてこの憐れな、まるで渦中にすひこまれる様な思ひで、私は戦に征くのである。」（一八二頁）

渦中にすいこまれることを観念した思いがここにあるだけである。別の言葉は――「運命とは何か。死とは何か。総てがひし〳〵と身に迫る。何も言はない。何も言はない。生きようとも死なうとも思はない。何が意義があるのか、私は知らない。運命の流れを静かに見つめたい。そして歴史の流れを。最後に歴史の、そして運命の本質を。」(四二頁)

戦争に動員されるというのっぴきならぬ現実の前に、この人は立ちすくんでしまったかのようである。何が意義があるのか、それをきわめたいという言葉が出ずに、私は知らないとしか書けないのは哀れである。しかし、戦場に死ぬ意義をつかんだはずの人にあっても、それは感性的にも理性的にも追いつめてつかんだものとはいえない。「雲ながるる果てに」に語られている数多くの言葉は、むしろ目をつぶって、死の深淵に身を投じた思いをあらわしている。この文集には、こうした傾向が強く、それが「きけ　わだつみのこえ」との対照をなしている。

「何を恐れることがあらう。この世の総てのきづなをたち切つた君ではなかつたか。唯一筋国を思ふの熱情の前に何の未練があらう。愛する父よ、母よ姉弟よ、そしてあゝ！　何も思ふな、考へるな、ただ征け！　征つてこの国が、この民族が救はれるなら！」(六〇頁)

戦場に散って、この国が救われる保証がはたしてあるのか。この人の生涯にとって最も決定的だったこの問題について、この人はどれだけの確信があったのだろう。若い生命を賭けるには、それはあまりに観念的な仮定ではなかったか。別の人は特攻隊として死ぬ一カ月前に次のように記していた。

「出征の日に私は机に『雲湧きて流るゝはての青空の、その青の上わが死に所』と書いてきた。さうして今その青空の上でなくして、敵艦群がる大海原の青に向つて私の死に所を定めようとしてゐる。而も人生そのものにやはり大きな懐疑を持つてゐる。生きてゐると云ふ事、死ぬと云ふ事も考へれば考へるだけ分らない。只分つてゐる事は、今、日本は大戦争を行つてゐると云ふ事、神州不滅と云ふ事、その渦中に在る日本人としての私の答は只、死なねばならぬ、と云ふ事だけである。……今、絶体絶命の立場に私は居る。死ぬのだ。潔ぎよく死ぬ事によつてこのわだかまつた気持のむすび目が解けると云ふものだ。」（五四頁）

この手記だけではない。いったいに特攻隊の人たちのほとんどの手記が、自己の死を動かざる前提としていて、それから死の意味を解こうというのだ。

死がこれほどまでに動かざる前提となるについては、筆者たちの世代には、それなりの理由がある。筆者の場合、小学校の五年で満州事変をむかえ、旧制中学の四年で日華事変をむかえ、旧制高校の三年生で大東亜戦争をむかえている。子どものときから日の丸を手にして何度出征兵士を送り、兵士の遺骨をむかえたことか。同じ日本人が戦場にむかい、死んでゆく。兵士の死も全くの他人であるのならば、衝撃はまだ少ないが、やがて学校の先生が戦死し、親類のだれそれ、近所のあの人が死んで帰ってきたとなると、死者への愛惜と忠君愛国のモラルとがからみあって、自分もまた、と覚悟をせざるをえなくなる。若い世代に対するこの無言の圧力はきわめて抗しがたいものだった。

亀井勝一郎の一切放下という言葉が、筆者の思考のいとなみを一挙に切断させたことについてはすでに書いたが、思考の切断のあと、筆者を強く戦場につきだしたものは、同じ年の十二月一日の学徒出陣であった。十一月三十日夜の東京駅はネジの狂ったような興奮に包まれていた。改札口がひらかれて殺到する学生たちのなかに、はげしく肩をぶつけあいながら消えていった友人の後ろ姿を見つめていたとき、筆者は君だけを死なせはせぬという思いに胸をあつくした。筆者は理工系の学生だったから、なお一年の徴兵猶予期間をもっていたが、技術将校となって可能なかぎり安全な道をえらぼうという気はおこらなかった。

軍隊にはいらぬ前において、すでにこのとおりである。入隊し、さらに戦場におもむいてからの戦友たちの死は、頑固な反戦論者たちをさえ死にまきこむに十分である。ましてや自分自身の思考を切断してしまったのであれば、それは死への決意をいやがうえにも高めずにはおかない。死は不動の前提となる。

「荘田少尉戦死の報を聞き万感胸を打つ。……荘田、貴様は俺の心に生きてゐる。貴様よりあづかつた軍服も、小まかい品々も、俺の部屋にちやんと残つてゐる。荘田、湯田、安らかに眠れ。

国の為、世の為、捨つる命こそ

尊かるべし、理《コトワリ》はなく」（「雲ながるる果てに」、九四頁）

特攻隊の出撃は、もはや何の理屈もなしに、全く既定の事実として人々を死へと誘う。そこにはむしろ淡々たる心情があるのみである。

「明日より菊水四号作戦あり。一号より三号まで多大なる戦果と共に、数多の戦友は散華した。

ひとゝせをかへり見すればなき友の

数へ難くもなりにけるかな

四号作戦終れば、愈々俺の中隊突入の番だ。最後まで自重せん。沖縄は断じて敵にゆづらず。生命もいらず、名誉も地位もいらず、只必中あるのみ。深山のさくらの如く、人知れず咲き、散るべき時に潔よく散る。何の雑念も含まず。」（前掲、一一八頁）

この人の場合、天候と沖縄戦況とのために、出撃の日はそれから半月ばかりずるずると延びてしまう。ふたたび疑いが霧のようにわきあがる。いよいよ出撃の前日、この人は次のようにさえ書いた。

「燃ゆる殉忠の血潮、撃滅の闘志、必中の確信、日本男児として誰にも劣らざる気概はある。而し人間としての弱さか、生の不可思議、死の不可思議、それは未解のまゝ残つてゐる。而しそれは悩みとか、未練とか云ふ意味ではない、軍人としてこの機を頂き、よろこびに耐へざるものだが、今俺は死して良いのかとも思ふ。」

しかし、死は動かざる前提であり結論である。文章は次のようにつづく——

「否、今死んでもよい。開戦の当初に引返す戦機を作るのだ。今こそ征かざれば征く時なし。」（前掲、一二三六頁）

悲劇はここにこそある。

絶望的な孤独の中で

二つの文集を読んで気のつくことは、あの大戦争の最前線にあって、敵への憎しみを書いた言葉が一言半句もないということである。中国の兵士の場合は、こうはいかなかったであろう。殺しつくし、焼きつくし、奪いつくすという三光作戦を、老人、女、子どもにいたるまで展開しつくされた中国人は、はげしく日本の軍隊を憎んだことだろう。反対に日本がもし、中国やアメリカから理不尽な戦争をしかけられ、国土に侵入され、老人も女子どももみな殺しにされたならば、学徒兵たちの日記も手紙も、敵への憎しみにあふれた言葉でつづられたことだろう。しかし宣戦布告もなしに、いわれのない戦争をしかけたのは日本であり、他国の土地に侵入したのは日本の軍隊であり、学徒兵たちはその一員だった。どうしてそこに敵を憎まねばならぬいわれがあったろう。

思考の切断だけが悲劇なのではない。憎みもしないのに敵をこしらえ、その強敵とたたかって生命を落さなければならなかったということが、さらに大きな悲劇である。天皇陛下のために死ぬという言葉はある。大義のために死すべし、愛する祖国を守るために死ぬという言葉はある。しかし、この敵を倒さねば自分たちは人間としての存在を否定されてしまうのだという敵対意識はどこにもない。それはまるで、敵軍不在の死への決意にもひとしい。

したがって、父母や兄弟や恋人にあてての手紙にあっても、敵への憎しみをよびかけ、銃前銃後ともに戦わん、などという言葉もまったくない。自分自身については、あらゆる未練をたちきって死地におもむく決意をかためようとしているのに、父母や兄弟や恋人には、ただ安らかに平和に幸福に暮せと語る。ある人は弟妹に寄せた遺書に次のような詩を託している。

「安らかに眠れ　弟よ妹よ
汝の枕辺に母あり　汝等の冬着を繕ひてあり
針の手しばし休めて寝顔に微笑まん
兄は母を想ひ　汝等を思ひて
期待に背かざらんことを誓ふ

明日はまた戦ひの庭に鍛へん
大らかな夢に入れ　弟よ妹よ
母はやがて汝等に寄り添ひて臥せん
幸多かれ故郷のはらから」（前掲、一一八頁）

恋人のいた学徒兵たちも散見される。しかし、父親に婚約を願いでた一つの例をのぞいては、すべてが恋人との結びつきをあきらめ、かたくなに愛を拒否している。愛こそは死への決意をさまたげる最も強力な要素だったからであろう。その一つ――

「お前の便りを受取つた。お前は此処へやつて来たいと云つてゐる。けれども俺は今の儘の俺で居たいと思つて居るのだ。平静な泉に一石を投じてくれぬことを望む。俺は、遙かに俺のイマァジュの中に住んでくれる淡い碧白のプリンセスを着たお前を思ひ出す。それだけで幸福なのだ。お前は本当に優しかつた。俺の母以外に、お前ほど俺を愛してくれた者はない。遠い空の下で美しく生きてゐてくれるお前のことを思ふと、それだけで俺は胸が一杯になる。平和に生活してくれることを望む。」（前掲、九一頁）

一九四七年に東大学生自治会と戦没学生手記編集委員会とによって編まれ、後の「きけ わだつみのこえ」の母胎となった東大戦没学生の手記――「はるかなる山河に」には、愛人よ戦場に行かぬ人と結婚せよと祈る次のような一文もある。

「私は君の体を欲することが私以外のすべてのものによい結果をもたらさぬことを知るが故に君の魂の声をきくことのみに満足しませう。君とても私との肉的結合を持つ時は永久に実現不可能の悲惨な運命にあふでせう。私は君を愛するが故に、君に私との肉的結合はさらりと諦めて他の人を選べと云ひたい。これは辛いことだが君を愛するが故に敢て云ふのです。」（一七二頁）

愛をもとめながら、愛を拒否している姿がここにある。そして愛を拒否しながら愛情に飢えているのである。だから愛への思いはいちずに父母のもとに走る。

「父に逢つた。母に逢つた。手を握り、眼を見つめ、三人の心は一つの世界に溶け込んだ。数十人の面会人の只中にあつて、三人の心の世界のみが私の心に映つた。遙かな旅の疲れの見える髪と眼のくぼみを、私は伏し拝みたい気持で見つめた。私のために苦労をかけた老いが父母の顔にありありと額の皺に見られるやうな気がした。何も思ふ事が云へない。たゞ表面をすべつてゐるに過ぎないやうな皮相的な言葉が二言、三言、口を出ただけであり、剰へ思ふことゝは全然反対の言葉すら口に出やうとした。たゞ時間の歩みのみが先になり、見つめる事、眼でつたはり合ふ事——眼は口に出し得ない事を云つて呉れた。母は私の手を取つて、凍傷をさすつて下さつた。私は入団以来始めてこの世界に安らかに憩ひ、生れたまゝの心になつてそのあたゝかさを懐しんだ。」（「雲ながるる果てに」、一六八頁）

親子のあいだのこの愛情は、いかにも純粋であり美しくみえる。しかしそれは極端に愛情に飢えていた過程で、はじめてあらわれたものであり、その愛情への飢えに大きな不幸があるといわなければならない。人間世界から疎外され、絶望的な孤独におちいった姿がそこにある。しかも多くの場合、その疎外も孤独も、自ら自己の思考を切断し、愛を拒否し、ひたすらに死を考え、死に突走ったところから生じたものにほかならない。父母や恋人の安らかな平和な生活を祈るというのも、それはまるで、こんな辛い悲しいことは自分一人だけの思いでたくさんだという点に発しているかのようである。憎むべき敵がないままに戦場に死なねばならぬということが、この不幸の根源というべきであろう。

「きけ わだつみのこえ」は、その後、一九五九年にカッパブックスの一つとして、装を改めて再刊された。旧版にくらべると、末川博のはしがきの一文がつけくわえられ、山下肇や安田武による注釈がつき、小田切秀雄の解説の内容が多少変った。小田切はそこで「きけ わだつみのこえ」の編集方針にはやはり問題があったと書き、「現在では、渡辺がその意見の最初のほうに提出していたような〝公正〟な収録方針に従っておけばよかった、と考えている」と述べている。

他方、戦争体験をさらに有効に後からくる世代につたえるべく、中村克郎、鈴木均、橋川文三、安田武、山下肇の五人が編集委員となって「きけ わだつみのこえ」の続編として別の戦没学生の手記「十五年戦争」が一九六三年に刊行された。

「はるかなる山河に」を編集した東大戦没学生手記編集委員会を母胎として発足した日本戦没学生記念会（わだつみの会）は、戦争体験を持つ生き残ったものたち、戦後世代の人たち、遺族の人たちをふくめたささやかな会として中途で一度編成がえをしたあと、ずっと地道な活動をつづけている。学徒出陣の日——十二月一日を記念して、毎年その日には、わだつみの会が提唱した学徒不戦のつどいが日本のあちこちにおこなわれている。「きけ わだつみのこえ」はベストセラーになりはしたものの、他の三冊の戦没学生の手記にくらべれば、戦没学生のイメージが最も出にくい本である。戦争体験をつたえることは、もともとむずかしいものだが、この文集もそのむずかしさに一役買っているといわざるをえない。戦没学生の姿をもっと過酷に見つめ、悲劇の底の深さを知ることが必要である。

（『朝日ジャーナル』一九六六年一月二日）

虚像としての〝わだつみの像〟

一九六九年三月二九日付の「毎日新聞」学芸欄に、安田武さんが「わだつみの像の破壊の意味するもの」という一文を書いている。私も安田さんと同じ年齢の戦中世代だが、わだつみの像については、私は非常に違った感情をいだいている。私は安田さんの見解には反対である。私は七年前（一九五九年）に、京都に来て立命館大学の教師になり、初めてわだつみの像を見た。どういうわけか、違和感をおぼえた。以来、わだつみの像は、むしろ不愉快な存在として、私の心の中に引っかかっていた。われわれの真実の姿でないものが、われわれの実像のように受け取られ、われわれと関係のない人間が、さぞ苦しんだろう、つらかっただろうと無意味な言葉を語りかけているという感はぬぐえなかった。

安田さんは「若者たちは、若い知能のあらん限りをふりしぼって悩み、考え抜いた」と書いているが、はたしてそうだったろうか。戦争は容赦なく進んでいたし、学生の大半が戦場に行かねばならないことは、わかっていた。それならば、若者たちは、戦争とは何か、生きるとはどういうことか、真剣に突き詰めそうなものだが、事実はそうではなかったと思う。

大半の人間は、自分のまわりに小さな世界をつくって、その中に逃げ込もうとしていた。一方では、和辻哲郎の「古寺巡礼」や亀井勝一郎の「大和古寺風物誌」などの世界に沈潜し、他方では麻雀や酒にひたるという状況で、戦争に進んで飛び込むのでもなく、むろん反対するのでもなく、ただ戦争のことも、人生も考えまいとして、その日その日を送っていたのではなかったか。

現実に戦場に行く日がやってきて、はじめて狼狽し、ため息とも嘆きともつかぬくり言を述べたのが「きけ わだつみのこえ」の文集だったというのが、むしろ真相に近いと私は思う。たとえば、こういう文章。

「運命とは何か。死とは何か。総てがひし〳〵と身に迫る。何も言はない。何も言はない。生きようとも死なうとも思はない。何が意義があるのか、私は知らない。運命の流れを静かに見つめたい。そして歴史の流れを。」

戦争という現実を前にして、この人は立ちすくんでいる。何が意義があるのか、それをきわめたいとは書けずに、知らないとしかいえないのは哀れである。戦場に行くまでの日々をひたすら自己逃避に過ごし、考え詰め苦しみ抜くことを止めたばかりに、すでに思考能力を失った姿が、ここにあるというべきであろう。「きけ わだつみのこえ」には、このような、運命への忍従という響きの文章が多い。

同じ戦没学生の手記でも、十三期予備学生の特攻隊を中心とする人たちの文集には、死は動かざる前提として、少しでも疑いが起これば、あわててかき消すという傾向が圧倒的に強い。たとえば、こうである。

「生きてゐると云ふ事、死ぬと云ふ事も考へれば考へるだけ分らない。只分つてゐる事は、今、日本は大戦争を行つてゐると云ふ事、神州不滅と云ふ事、その渦中に在る日本人としての私の答は只、死なねばならぬ、と云ふ事だけである。……潔ぎよく死ぬ事によつてこのわだかまつた気持のむすび目が解けると云ふものだ。」（「雲ながるる果てに」）

戦没学生の手記は、インテリゲンチャの苦悩を書いたといえるものではない。反対に、それは苦悩することを止め、苛酷な運命に理由もなく従おうという知性の喪失を表わしている。そこにあるのは、思考能力の欠如とセンチメンタリズムだけといったら、いいすぎだろうか。

戦争はもともと、中国への侵略から始まっている。敵が日本の国土に侵入してきて、市民たちを虐殺したのならば、学徒兵たちには、激しい憎しみもわいたであろうが、学徒兵たちは、中国侵略の手先であったから、敵に対する憎しみはなかったようである。どの文集を見ても、憎しみの言葉がないということが、戦争の本質を表わし、学徒兵たちの客観的な役割を語っている。

もし、インテリゲンチャの苦悩というなら、なぜ、よその国まで出かけて、何の罪もない中国人を殺さねばならないかという苦しみがあるべきだろうが、それはなかったようである。手紙は検閲されていたから、もちろん、あからさまには書けなかったのであろう。しかし、苦悩が深ければ、せめて示唆する言葉があってもよさそうである。だが、私はそれをほとんど発見できなかった。自分の死の意味まで考えるのを中断してしまったのだから、他人の死までは考えは及ばなかったのであろう。しかし、これでは中国人はたまったものではない。

わだつみの世代に対しては、本来、このような原則的な批判が必要であった。苦悩を面に表わしているわだつみの像は虚像であったという指摘こそ、なければならなかったであろう。それが、戦争体験の伝達のほんとうの意味ではあるまいか。わだつみの像が大学の一隅から消えることは、日本の平和運動にとって、むしろよいことではないかと私は思う。

（『毎日新聞』一九六六年六月二日）

泥まみれの挫折を論ず

近ごろ、何もかも一九三〇年代の初め、昭和五、六年ごろと似てきたと思わざるを得ない。ポンド切下げ、金プール制廃止以来の金融危機は、戦後の世界経済がついに本格的に行き詰まってきたことを予感させるし、その危機の中で日本資本の韓国、台湾を初めとする東南アジア進出は、かつての満州、中国への急激な経済進出を思わせる。

東南アジアの政情は決して安定していないから、その日本の既得権益も、いずれはゲリラの襲撃を免かれないのではないか。そうだとすれば、利権を守るための日本の軍隊の出動は、必至となるのではないか。第三次防衛計画が、明らかにゲリラ対策の性格を持っている上に、第四次防衛計画の力点は海にあると、防衛庁が公言しているのであるから、われわれは、今、安田武さんのいう十五年戦争の前夜に似た位置にあるといっても、いいかもしれない。

〝わだつみの像〟の問題について、私があえて安田さんに異論を立てたのは、滔々たる歴史の流れの中で、どうあってもわだつみの悲劇を繰り返したくないという思いがあってのことである。

安田さんは、十五年戦争の間の生活や教育の場は、戦後には考えられないほど激動したことを指摘している。私も、この指摘はたいせつだと思う。教育の軍国主義的強化は、まず小学校から始まる。それから中学校、高等学校とせり上がっていって、やがて高等学校の寮の自治は奪われてしまう。最後に大学が浮かされ、東京工業大学でいえば、学友会の自治と自由が完全に消滅するのは、昭和十六年一月であり、この年に大東亜戦争が勃発した。こういう下からの教育の反動化も、現在の状況とよく似ている。

工業大学の「学友会七十年史」という小冊子を見ると、昭和十二年ごろは、学生の間はまだ自由主義とマルクス主義の空気が強かったようだが、それから五年後の私たちの世代になると、それがほとんど右翼的な空気に一変してしまう。わずか五年の間に、学生の空気が一八〇度変わってしまうという恐るべき世代の断層は重要な戦争体験として、今の若い人たちに受け止めてもらいたいと思う。

安田さんは、この学生像の激動を「錯誤と挫折と苦悩」、あるいは「至情と純潔」ととらえているが、私は実情は、そのようにきれいに表現されるべきものではなく、もっと泥まみれのものだったといいたいのである。挫折というと聞こえはよいが、実は自己保身のための権力への屈服であり、人民への裏切りである。多少は自由主義やマルクス主義をかじったはずの先輩が、もはやそうした本の所在さえ知らない世代に〝東洋平和〟のための日本人の使命などを語りかける。青春はほんらい合理主義を望み、ヒューマニズムを貫きたいと願うから、神秘に満ちた〝国体〟と、中国への非情な攻撃には、本能的に疑いを持たざるを得ない。その疑いを、先輩や教師や両親に投げかけると、答えはないか、それとも〝新体制〟や〝東亜の新秩序〟の道理を聞かされることになる。世代の断層は、むろん軍国主義の強圧によるものであったが、迷える世代を、直接に戦争につきやったのは、当の挫折した先輩や教師や両親である。

　ともに軍国主義による被害者とはいいながら、自己保身のために権力に順応した被害者は、後からくる白紙の世代に対しては加害者となる。安田さんのいう学生像の激動については、軍国主義の根源的矛盾から発するこうした人民内部の矛盾を重視しなければならず、これもまた、今、受け止められるべき重要な戦争体験である。

　被害を一身にこうむったのは、昭和十八年十二月に、学業半ばに戦場に投じられた大正十一年生まれを中心とする学徒兵の世代というべきであり、わだつみの悲劇は、ここに力点を置いて語られるべきではないか。あの世代もこの世代もと「民族の体験」として並列的に論ずべきものではあるまい。

　何もかも軍国主義が悪かったのだとする議論は、一億総ざんげの裏返しである。しかし、戦後の平和運動は、このような人民内部の矛盾を問題にもせず、さらには、明らかに白紙の世代を戦争にかり立てていた知識人についてさえ、戦後、にわかに民主主義やマルクス主義に変身あるいは再転向したとなると、その敵対的矛盾を問わず、それどころか運動の指導者に据え、平和勢力の形式的な統一を図ってきた。

　安田さんは、末川博さんの「清潔な生涯」を高く評価している。私も末川さんのりっぱな半生を尊敬してはいる。しかし、末川さんとても〝挫折〟は免れず、戦争の一時期には大東亜省の村田省蔵駐比大使に対し、フィリピンの法律制度に関する調査委員としてその占領行政に協力していた。末川さん自身がその自己矛盾を痛烈に意識し、自己の戦争責任を赤裸々に反省し、その自己矛盾を突き抜けるためにこそ、平和運動の先頭に立つと、ことあるごとに表明されていたら、戦後の平和運動はもっと強力で主体的なものになったろう。

しかし、末川さんは、その自己矛盾にできる限り触れまいとされていた。これでは、平和運動も、いわゆる立命館民主主義も、形式的とならざるをえなかったであろう。

〝わだつみの像〟は、安田さんのいう「民族の体験」を象徴しているのであろう。しかし、そういう形式的な把握と、形式的な象徴をもってしては、私が初めに述べた迫りくる危機を乗り越えることはできまい。わだつみの像をもってしては、わだつみの悲劇は繰り返されざるを得ないであろう。

（『毎日新聞』一九六九年六月二六日）

わだつみの像の破壊の意味

昨年（一九七一年）の八月二十八日の『朝日新聞』は、ソウル発として、一つの小さな記事を掲載した。ソウル市当局は、終戦後の韓国で死んだ五〇〇〇人の日本人の慰霊碑と納骨堂の撤去を決定したが、それは独立運動につくした韓国の人たちの強い抗議によるものだというのである。

筆者は機会があって、この日本人慰霊碑の撤去のいきさつを知ることができた。慰霊碑と納骨堂は、一九七〇年の末に、ソウル市にたてられた。ところが、これが韓国の人たちの憎悪の的となった。だれかが夜にまぎれて、碑にきざまれた文章を、ことごとく削りとってしまった。市当局はただちに修理したが、破壊は後をたたない。

ともかく慰霊祭をやろうというので、日本から知恩院の某住職が派遣されたが、当日は武装した軍隊が、護衛のために出動するというありさまであった。住職の話では、慰霊祭に出席した日本人を見る民衆の眼は刺すようなものだったという。

慰霊祭後、民衆の抗議行動は激化した。慰霊碑にガソリンをかけて火をつける者もあらわれ、日本人の人形がソウル市内で焼かれ、抗議デモがくりかえされた。ソウル市当局は、ついに慰霊碑と納骨堂の維持をあきらめ、前述の記事のような決定を行わざるをえなくなった。この年の秋、知恩院の住職は、ふたたび韓国におもむき、五千体の遺骨を日本にひきとった。この時も改めて韓国の僧侶たちによって経が読まれたが、住職が会場の地下室から外へ出たら、警官隊が立ちならんでおり、建物のガラスは投石で割られていたという。

朝鮮の人の戦争体験と日本人の戦争体験との断層がここになまなましく露呈されているではないか。本多勝一氏の主宰する座談会で、私は在日朝鮮人の李泰彬氏に会ったが、その席上で、わだつみの像の破壊が話題にのぼった。李泰彬氏は「わだつみの像などを韓国にたてたら、一日でぶっこわされますよ」と日本人の手による破壊に対して共感を示しつつ語っていた。（この座談会は本多勝一著「事実とは何か」（未来社）におさめられている。）

一九六九年五月の「わだつみの像の破壊」については、このような戦争体験の断層が想起されてしかるべきであろう。

わだつみの像は、戦没学生記念会が、「きけ　わだつみのこえ」の出版の純益を基金として、本郷新氏に制作を依頼したものである。一九五〇年の秋に像は完成し、十二月八日の開戦記念日に東京大学に寄贈され、図書館前にたてられるはずであった。「きけ　わだつみのこえ」という文集には、反戦の意識はほとんどあらわれていない。納得しきれぬままに運命にしたがって戦場におもむくというあきらめの声が大半を占めている。そういう心情の象徴である「わだつみの像」であるから、たてても、たてなくても、どうというほどのものではなかったはずだが、当時の東大評議会は、朝鮮戦争下のアメリカの意向をおもんばかって、受入れを拒否した。

学生たちは怒って、翌年と翌々年の五月祭に、わずかの時間像を構内にもちこんで、東大当局に抗議した。「きけ　わだつみのこえ」の心情のようなものでさえ拒否する東大当局に対して、はげしい抗議がぶつけられたことは当然であるし、一定の限界内であるにせよ、この抗議行動が、朝鮮戦争のさなかの反戦運動として評価されたことに、筆者は異存はない。

しかし、それ以来、わだつみの像が日本の平和運動の一つの象徴として固定され、一九六〇年代の後半のように日本軍国主義の復活が今や現実のものとなってきた段階において、なおかつ象徴としてありつづけることに対しては、筆者は反対である。

「ここはお国の何百里、離れて遠き満州の、赤い夕日に照らされて、友は野末の石の下」という軍歌がある。こんな軍歌ではあるが、歌いようによっては悲しげな厭戦歌ともいえる。この哀調は、「きけ　わだつみのこえ」に一貫して流れている哀調と共通し、「万葉集」のなかの防人の歌のそれとも共通している。

しかし、この歌を、われわれは、現在の中国で大声で歌うことができるだろうか。満州とは中国東北部であって、日本のどこの土地でもない。これは悲しい歌であるかもしれないが、あからさまな侵略の歌である。この歌がうたわれつつ、軍靴が中国をふみ荒した事実を忘れて、今も歌いつつ感傷にひたっている日本人の鈍感さは責められるべきであろう。

わだつみの像が、死者の冥福を祈るという意味で、立命館大学の一隅にひっそりとたてられているのなら、筆者はそれに何の反対の理由ももたない。しかし、韓国にたてれば、たちまち破壊されてしまうような像を、いまだに平和運動の象徴としている立命館大学の鈍感さは、責められるべきであろう。

わだつみの像は、一九五三年の末に、末川博先生によって、立命館大学にむかえいれられた。その末川先生は、戦争中に、大阪中之島公園に学徒出陣を見送ったさいの断腸の思いを忘れがたいと言われたが、先生は、大東亜省の村田省蔵大使の顧問として、フィリピンにおもむかれた時、日本軍の占領下にあるフィリピンの人を見て、断腸の思いにかられなかったのだろうか。そうだとすれば、末川先生の日本軍国主義に対する鈍感さもまた、責められるべきであろう。

わだつみの像は、今となっては、日本軍国主義の急速な復活に対する日本人の鈍感さの象徴であると言ってもいい。朝鮮民主主義人民共和国も中華人民共和国も、日本軍国主義の復活に対しては、すでに臨戦体制をもって備えている。立命館大学がわだつみの像の歴史的限界を無視して、いまも後生大事に平和運動の象徴としているようでは、朝鮮や中国の日本に対する警戒心がきわめて強いことも、うなずける。

わだつみの像は、破壊されるべくして破壊された。かつては建設が平和にとって意味があり、今は破壊が平和にとって意味がある。歴史は忘却してもいけないし、固定してもいけない。立命館大学は、情況の歴史的変化を理解して、わだつみの像を、平和運動の象徴とすることをやめ、たんに戦没学徒の冥福を祈るという意味で、大学の一隅に、ひっそりと立てさせておくべきであろう。

（『立命館学園新聞』一九七二年四月十日）

ソンミ村虐殺の衝撃

薄っぺらな日本人の戦争体験

南ベトナム・ソンミ村でのアメリカ軍の大量虐殺の報道は、私に衝撃を与えた。衝撃といっても、アメリカ軍ともあろうものが、そんなひどいことをやっていたのかというたぐいのものではない。ベトナム解放戦線がアメリカの国を攻撃しているわけでもないのに、はるばると太平洋を越えてベトナムに攻め込むようでは、当然それくらいのことはあろうと、かねて推測していたからである。

ここで衝撃というのは、日本人の戦争体験の薄っぺらさを、改めて思い知ったということである。アメリカの場合、ベトナム戦争のさなかに、ジャーナリズムが、個々の兵士の体験と証言を追及し、軍幹部を攻撃し、兵士もまた、進んで名のりをあげている。日本の場合は、どうであったか。南京大虐殺とか、フィリピンでのアメリカ軍捕虜の死の行軍などは、確かに戦後に報道されはした。しかし、戦後といえども、ジャーナリズムが、個々の兵士や将校の証言を要求したようなことは、ほとんどなかった。ましてや、日本の兵士や将校が、非戦闘員の虐殺の体験を、あえて訴えるようなことはなかった。

「日本人の中国における戦争犯罪の告白」という副題を持った「三光」（カッパ・ブックス）という本がある。私の知る限りでは、これが日本人が侵略戦争の体験を語った唯一の本である。この本には、湖北省で四千余人の中国人を殺害し埋めたという説明つきの、二時間の間に掘り出された遺骨の山の写真がある。南京において中国人を生きながら地中に埋め殺そうとする写真がある。本文を読んでも、その残虐さに、何度もページをくる手が止まって、吐息をつかざるを得ないところがある。しかし、この本に収められている文章は、中国の撫順戦犯管理所の中で、日本人が書かねばならぬと思い立ったものである。

これと同じ文章が、日本の中で、共通の体験者によって、どうして書かれなかったのか。ジャーナリズムは、なぜ、体験者たちの証言を追わなかったのか。

ただの一億総ざんげだ

一つ、考えられる理由は、連合軍による戦犯追及のきびしさがあったということである。もし、一人の兵士が名のり出れば、当人がまず、戦犯として告訴される可能性があったし、さらに戦友から上官へと追及の手が延び、芋づる式に大量の戦犯が生じたであろう。兵士も将校も、その恐怖のために、口を緘して侵略の体験を語らなかったのであろう。

もう一つの理由は、戦後の平和運動が、日本人の一人一人の戦争への反省を求めず、すべては軍国主義が悪かったのだとする傾向を強く持っていたということである。自分の手で、中国や東南アジアの女子どもや老人を殺したとしても、軍の至上命令によったことであるし、当人には何の罪もないという調子で、平和運動は進められた。

むろん、命令を発した軍幹部と一兵士とでは、責任の重さはまるで違う。それを同一視すれば、ただの一億総ざんげにすぎない。しかし、命令であれ何であれ、武器なき住民を殺したという事実は抹殺できるものではない。軍の幹部が死刑に値するのならば、兵士もまた、一週間や一カ月は、服役すべきであったろう。何もかも軍国主義が悪かったとするのは、一億総ざんげの裏返しにすぎなかったのである。

兵士が自ら名のり出て、一週間でも服役すれば、兵士自身において、自分をその残虐に追い込んだ軍国主義に対する憎悪がわき起こったであろうし、なぜ戦争に抵抗できなかったかと自分自身を問いつめもし、二度と侵略はすまいと決意もしたであろう。平和運動は一人一人の主体的な確かさによって、力強いものとなったであろう。戦争体験は、ずっと赤裸々に、なまなましく伝えられたであろう。

ソンミ村虐殺事件の報道は、日本人にとって最も重大な戦争体験が、ほとんど伝えられなかったという事実を明らかにしたというべきであろう。大人たちは、何かといえば、近ごろの若い者は、戦争を体験していないから、かってにあばれ回るといって、若者たちの反戦行動を非難し、世代の断絶を嘆くが、これは全くあべこべの話である。戦争体験の核心を断絶させ、世代を断絶させたのは、当の大人ではないか。核心を伏せておいて、空襲が恐ろしかったとか、大豆のコーヒーを飲んだとか、芋の買出しに行ったとか語ったところで、ベトナムへの侵略戦争に反対する若者たちの共感を得られるはずがない。若者たちは、侵略の非人間性に正面から対決しているのだ。

戦争の体験を若者に語れ

卑怯なる日本の大人たちは、住民虐殺の戦争体験を語るアメリカの兵士と、勇敢なアメリカのジャーナリズムに敬意を表することが先決である。もし、大人たちが、戦争体験の核心を若者たちに語り続けていたのならば、世代の断絶など起こりうるはずはなかったのである。

日本人の戦争体験の薄っぺらさは、沖縄を別とすれば、地上戦闘は、日本の国土においては行われず、中国や東南アジアという海の向こうの外国で行われたということにもよっている。もし、どこかの外国軍が日本の国土に侵入し、われわれの町や村を焼きはらい、われわれの母親や子供や友人を、いわれなく殺したならば、侵略者に対する憎しみは、日本人の体内深く植えつけられたであろう。苛烈な戦争体験は、若者たちに語り継がれたであろう。

しかし、歴史はその反対の極において進行したのである。「ここはお国の何百里、離れて遠き満州の」などと、日本人は感傷的に歌うが、その東北中国の人たちは、この歌を聞いて感傷をおぼえるだろうか。悪夢はなまなましく、中国の人たちの脳裏によみがえるであろう。日本人は、「きけ　わだつみのこえ」などの文集を読んで、感傷的な涙を流すが、学徒兵に攻め込まれた中国や東南アジアの人たちは、他国へのいわれなき侵入に対しほとんど悩みもしない日本の学徒の知性を疑うであろう。「わだつみの像」も、とぼけた像としか見えないであろう。

注意されるべきは、日本と同じく、もっぱら海の向こうの他国の土地で戦争をやっているアメリカにおいて、日本人とは違った反応が生じているということである。アメリカは近ごろ、世界で評判が悪いが、それでも、基本的人権と民主主義の思想は、日本よりはるかに深く、国民の中に根づいていることを、わき立つアメリカの世論は示している。アメリカの兵士が、世間の非難を覚悟の上で、あえて虐殺の体験を証言しているのは、基本的人権に対する反省から、そうせざるを得ない人間的要求があってのことであろう。

アメリカの反戦運動の確かさ

アメリカの反戦運動は、日本ほど激しくはないが、目に見えぬそのすそ野はさすがに確かなものがある。だからこそ、ニクソン政権も、ベトナムからのアメリカ兵の撤退を考慮せざるを得ないのであろう。日本では、かんじんの戦争体験者が体験の核心をひた隠しに隠し、世論もそれに鈍感だという状態であるから、戦争反対の根は意外に浅い。だから、反戦運動は、局部的に、かつ激烈とならざるを得ない。そして、佐藤首相は、アジアの政治的安定の主役は日本だと、ひらき直ることができる。

沖縄返還に関する日米共同声明は、一つは、二つの国のこのような家庭の事情を基盤として成り立ったともいえるであろう。韓国、台湾、インドネシアと特に名をあげて、それぞれの政治的安定に両国が深い関心を持つとしたあたり、日米共同声明は、まさに、第二次大東亜共栄圏の設立宣言とも受け取れる。この歴史的時点に当たって、日本人の戦争体験が、いかにも皮相的、個人的だということは、私に著しい不安を与えずにはおかない。

自分の被害ばかりを強調する戦争体験は、自分に被害がなければ、戦争をやってもかまわないではないかという意見に通ずるものがある。アメリカと結んでいる限りは、空襲を受ける恐れもなく、まさか核兵器も使うまいから、〝アジアの安定〟のためには、海外派兵もやむを得ないではないかという声が生じることを、私は恐れる。アメリカの兵士に見習って、日本人の戦争体験を今こそ本道にもどさなければ、歴史は繰り返されるであろう。二十八年目の十二月八日を前にして、こうした文章を書かざるを得ないとは、無念というほかはない。

(『読売新聞』一九六九年十二月六日)

抑圧民族と被抑圧民族の心

——内なる帝国主義を告発する

一枚の写真の衝撃

私は元来科学技術関係が専門で、こうした問題についてしゃべる機会はほとんどありません。私はどういうわけか、戦後の日本の平和運動には、ビキニの死の灰の事件以外はほとんど関わらなかったんです。私は年齢は四九歳で、いわゆるわだつみの世代と、ちょうど同一年齢です。私の同期の人たちが、いわゆる学徒出陣ということで戦場に出たんですが、私は理工科系でありましたから、一年の徴兵猶予があって、ただちに現地には行かなかった。そのために戦争による死から免れてきたわけで、その意味でいえば、わだつみの問題などにも、早くからむしろ共感しているはずであったんですが、これまた私は戦後のわだつみの文集からすでに一つの違和感をもっておりまして、それにずっと関わってこなかった。

私はたまたま科学技術関係が専門ですから原子力問題については当然多くの意見を求められたし、私自身もいくつかの文章も書き、かなりたちいった議論もしております。したがって、平和集会などでは、私に対して、出てきて話をせよとか、参加せよとかいう要請が枚挙にいとまなかったんですが、私はどういうわけか、それについて体が自分でもわからないのだけれども、どうもウソのような気がして動けないんですね。ですから、こういう機会にお話するということもずっとありませんでした。

しかし、私として初めてはっきりした立場で発言させたのは、一昨年（一九六九年）の立命館大学で起きました、わだつみの像の破壊の問題です。それまで私はそういう問題についてほとんど発言しなかったのだけれど、そのとき初めて、わだつみの像の破壊は非常に意味がある、わだつみの像が大学の一隅から消えるということは、日本の平和運動にとってプラスである、ということを「毎日新聞」に書きました。これは「毎日新聞」に依頼されて書いたのではなくて、「毎日新聞」が当時わだつみの像破壊に対する激しいキャンペーンを展開していたので、私は初めて、これは私がどうしても書かねばならないと思い、特に安田武が一文を書いたときに、だんぜん覚悟を決めて書いて、これを「毎日新聞」に送りつけたわけです。たまたま当時の「毎日新聞」には私の知っている人が多かったので、すぐ取り上げてくれて、載ったのです。

ですから、私は戦後に二十六回も八・一五という日をむかえたのだけれど、この日の平和集会に私が初めて関わったのは、実にわだつみの像破壊以来のことです。そして今年になって日本のジャーナリズムがついに中国と朝鮮に対する日本の、全くいわれなき残虐行為、圧迫、抑圧、その他その他をとりあげはじめてきました。もっとも、それは総合雑誌のごく一部、あるいは週刊誌のごく一部、新聞のごく一部であります。けれども、とにかく二十六年たってジャーナリズムが、日本の平和運動の原点というべきものに、ようやく触れてきたということは、余りにも遅かったのでありますけれども、同時に、私にとっては、ようやく日本にもなにか本格的な戦争反対、平和運動というものがやってくるのではないかという希望をいだかせた。で、今日私はあえて本来得意でない問題にもかかわらず、ここに参加させていただいた次第です。

私は朝鮮や中国の問題でいろいろ衝撃を受けたことがありますけれども、一つ痛烈な衝撃といったものは一枚の写真です。その写真は残虐行為の写真ではないんです。八・一五の日に、それがソウルであったかはっきり覚えておりませんけれど、多分ソウルなんでしょう。そこの写真なんですね。解放の喜びに満ち溢れている朝鮮の人たちの湧き立つ風景があったのです。それは非常なショックでした。これほどまでにこの人たちが喜んでいるということは、どれほどひどいことをわれわれがしてきたかということを語っている。解放の喜びはわれわれ日本人に対する鋭い告発と私は受けとったわけです。もし、この写真が終戦直後から日本の新聞、雑誌、その他に、とりかえひきかえ、出されていたならば、われわれは少しは考えも変っていたんじゃないかと思うんですね。つまり朝鮮にさまざまな日本人がいて、なかにはもちろん良心的な人もいたでしょう。ヒューマニスティックな人もいたでしょう。しかし、この喜びはそういう人もふくめての告発です。とにかくそこに日本人がいたのがいかんのです。そういう鋭い告発の衝撃を私はこの写真でうけました。

アメリカ兵士の証言の意味

私は今言ったような次第で、ベトナム戦争反対運動にも、どうもあまり乗り気ではなかった。たとえば枯れ葉作戦、毒ガス、ありとあらゆる科学技術兵器を駆使しての残虐が盛んに言われます。しかし、私はそういう言い方に非常に違和感を感じたのです。なぜかといえば、じゃ一体日本は中国や朝鮮で何をしたんだ。ベトナムでのアメリカが悪い悪いといっているけれども、われわれ自身は何をしたのかという問題がすっかり抜けているからです。いかにも第三者的に私は何もしなかった、手がきれいである、アメリカはベトナムでひどいことをしているじゃないか、だから反対だ。こういう空気を私はうけとっていたわけです。私はどうもそういう第三者的な運動というものには体が動かないんですね。

一昨年（一九六九年）にソンミ村のアメリカ軍の虐殺が明るみに出ました。このときも私は非常に不愉快でした。日本人というものが非常に不愉快でしたね。いかにもアメリカが悪い悪いという言い方が不愉快でした。むしろその時に私はアメリカの兵士に非常に学ぶべきものを感じたのです。アメリカの一兵士はジャーナリズムに対して、自分の残虐行為を証言したんです。私はテレビを見たわけではないけれども、新聞やその他の報道によりますと、この兵士は汗をかきながら、たどたどしく自分自身の残虐行為を証言しとったというんです。日本のどの兵士が戦後にそういう残虐を証言したかということです。

私はこのアメリカの兵士に感心したんです。アメリカではこの人は完全に孤立無援になりますね。第一に彼にも家族があるでしょう。親、兄弟があるにちがいない。残虐を行った兵士といえども国へ帰って家庭の中にあれば、きわめて平和な、きわめて平凡な、人の好い場合が大多数です。で、まさかそういう人がベトナムで老人や女性や子どもをなぶり殺しにしたとは誰も思っていない。そういうときに「私がやったんです」と言うことは大変なことですね。ですから家族、親戚、友人、隣近所の人から、おそらく彼は激しい不信のまなざしでもって見つめられていくにちがいない。それはヒューマニスティックな立場からの激しい攻撃です。

もう一つは右の方からあります。それは彼の戦友たちです。戦友たちは、彼が黙っていさえすれば、その問題は明るみに出なかったかもしれない。しかし彼がしゃべったばかりに、それからそれへと芋づる式に犯罪は明るみに出てしまう。一緒に戦場の中で生きるか死ぬかの瀬戸際でやってきた、同じ釜のメシをくってきた、そのおまえがなんで俺たちのやったことを明るみに出すのか、そういう激しい攻撃が当然あったと思いますね。その兵士は右からも左からも完全に孤立無援になるのです。つまり、彼の証言によって彼が得をするものは、私はほとんどないと思うんです。それにもかかわらず彼は汗を流して証言した。私は、アメリカにおけるヒューマニズムの、根の深さというものを感じざるを得なかった。彼は人間的に証言せざるを得なかったのです。戦後二十六年たちましたけれども、今年になってようやくこういう集会も開かれ、また、七月七日には、今日おみえになるはずだった人のような方の残虐の証言が初めて行われている。それが、戦後二十六年かかって、やっと行われている。

引揚者が隠しとおしてきたもの

われわれはようやく一人のアメリカの兵士の心情なるものに近づいてきたけれども、それにしては二十六年間は長すぎたじゃないかと私は思うのです。つまり、日本が中国や朝鮮でやった戦争体験は戦後二十六年間ひたかくしに隠されてきたということです。そして、日本の平和運動、日本の戦争反対運動はその日本の恥部にはほとんど触れずじまいだったということです。戦後しばらくはアメリカ軍のいろいろなＰＲがありまして、真相はこうだというわけで、南京大虐殺などもいろいろ報道された。それに関する映画も、たとえば「戦争と平和」などという映画もありました。しかしそれも戦後二、三年もすればどんどん消え去っていきました。そして戦争体験といえば、たとえば引揚者のつらさ、子どもが目の前で死んでいった、その子どもを土に埋めた、乳がなくなって子どもを殺した、親と子が離ればなれになったとか、それはたしかに痛ましい物語です。たしかにこれは戦争告発の重要な証言ではあります。しかしその引揚者はやはり隠しておりますね。大切なことをひた隠しに隠しておる。

たとえば一番気の毒な人たちはソ満国境近くにいた開拓農民の人たちでしょう。一番の被害、打撃をこうむった人たち、一番の苦労をした方々ですね。一番戦争体験の痛烈だった人たちです。しかし、その人たちにしても、そこの土地は誰の土地だったかということについては全く感覚がない。そこは日本ではないんです。中国の土地なんです。したがって、中国人がそこにはいたはずなんです。中国貧民がそこにいたわけなんだ。誰が追い払ったかということですね。誰がたたき出したか、誰がその後にのこのこそこへ入りこんで土地を耕やしているかということです。この問題を引揚者はひた隠しに隠している。そして日本の平和運動はそういうことに触れるならば、分裂主義者といって、平和運動からたたき出そうとしてきた。私はその問題を感ずるんですね。

私は、戦争となりますというと、ある意味で残虐行為は免れないと思うのですね。互いに命がけです。日本の兵士は恐いのです。なにしろ日本の中で戦争をしているのじゃないですから、よその国で戦争をしているのですから。周りの人民が実に恐い。恐怖のあまりにさまざまな残虐行為もするでしょう。だから場合によっては、戦争の罪として残虐行為もいたしかたないという議論もないわけではない。百歩ゆずってそういう議論もありうるわけだけれども、しかし問題は平和のさなかに、さまざまな抑圧と残虐が行われているということです。今言ったような開拓農民の進出はまさにその一例です。

それから、瀋陽とか、長春とか、大連とか大都市にいた日本人たち、そこで彼らは何をしていたかということです。朝鮮の問題についてはすでによく書かれるようになった。本の数はまだきわめて少ないけれど、とにかく書かれるようになった。しかし、中国でのそうした平和の中での日本人のやったことについて書いたのは、これはまだ少ないですね。私はちょうど戦争中は学生でありました。戦争中に卒業して海軍にいったんですけれど、で、学生のときに私は右翼だったんですね。大東亜戦争に死を賭けようと思っていた。私は理工科系ですから、元来海軍あるいは陸軍の技術将校となるという手がある。そこにいけば前線にいくことは免れるかもしれない。つまり軍の工廠や研究所へ行けば死は免れるかもしれない、という道があるんですけれど、私は、文科系の友人たちが昭和十八年に学業半ばで召集されていった姿を忘れることはできない。で、私は技術将校を受けなかった。海軍予備学生を受けた、ということは、私が前線に行って、生きるか死ぬかの瀬戸際に自分をおきたいと思ったのですね。それで技術将校は志望しなかったのですが。まあそんなふうにして、私は右翼だったのです。で、私は学生時代に大学からも右翼として評価されていた。

「満州国」での私の体験

興亜学生勤労報国隊というのが当時ありました。私は興亜学生勤労報国隊満州建設勤労奉仕隊というものに参加するように大学から求められた。つまり、右翼的にきわめて優秀な学生であるから大いに中国へ行って見聞を広めてこいというわけです。で、私は中国に行って、つまり日本人がそこで何をしたのかということを垣間見ることができた。これが私のファシズム世界観を戦争中に大きく動揺させた最初の契機だったんです。それは実になにげない光景です。どうってことはないんだ。たとえば私は鞍山の、現在の鞍山製鉄公司ですね、当時の昭和製鋼所です。そこで工場実習をしました。鞍山の駅には改札口は二つありました。一つは日本人用です。一つは中国人用です。鞍山の町は非常に綺麗な町です。ちょうど日本でいうと東京の田園調布のような都市設計で、道路が環状にできている。しかしそこには日本人が住んでいるのですね。中国人は住んでいない。緑の都市のはるかかなたのはしっこに、やぶれかかった、くずれかかったような家が立ちならんでいる。そこが中国人の家です。昭和製鋼所の社員たちは別にかたまって住んでいる。中国人は出世してもせいぜい係長どまりである。課長から上は一人もおりません。ということを誇らかに昭和製鋼所はわれわれにいったのです。つまり、昭和製鋼所は日本の若い技術者が欲しいのです。ですからわれわれに就職してもらいたいわけだ。そのために一生懸命会社のＰＲをしていたわけですけれども、そのなかで会社はそういうことを言った。それは私の世界観を動揺させたわけです。

こんなことがありました。「中央公論」に五、六年前ですか書いたんですけれども（一九六五年九月号）、どういうことかというと、それは瀋陽から旅順へ行く列車のことなんですね。当時の中国人は、特に工場付近で働いている人は、着るものといえば、当時現地で聞いたのだけれど、夏も冬も同じものを着ている。ただ冬になると、キレとキレの間に綿のようなものを入れている。それで寒さを凌ぐ。体を洗うのは半年に一回です。ご承知のようにもちろんニンニクを食べている。したがって夏ともなるというとその体臭はすごいものなんですね。ニンニク臭さなんてもんじゃない。アカの臭さと、汗の臭さ、ニンニクすべてが重なり合ってムッとするような臭いですね。われわれは瀋陽から旅順へ行く途中で、あの中国人たちがどうせ満員列車に一杯乗っているだろう。俺たちは座れない、あの体臭の中でいられるだろうかと思った。そのとき、平和な日本の青年学徒という自分の限界を痛感したんですが、とても列車には乗れない。どうしようかと、はなはだ憂うつな感情で瀋陽の列車ホームにたちました。やがて急行列車が来た。もちろん満員でした。たくさんの中国人たちが立っている。で、われわれの前に静かに止まったわけですよ。われわれはほとんど絶望的だった。これはいかんということです。眠れるどころの騒ぎじゃない。ところが驚いたことには、満鉄の駅員が、もちろん日本人ですね、その列車の車輌の中につかつかと入っていくんですね。何やら中国語で、多分「出ろ!」と言ったんでしょう。一つの客車の中にすし詰めになっていた中国人たちに対して「出ろ」というんです。驚いたことには、たちまちのうちにその両側からぞろぞろ出てくるんですね。満鉄の駅員にとってはこれはお客さんです。ちゃんと切符代を払っているんだから。ただで乗っているわけではないんだから。しかし「出ろ」という一言でおしまいです。不平も、不満のつぶやきも何も起らなかったですね。黙々と中国人たちは降りてきた。そのときの堅い表情が私の心につきささったんです。私は今もその表情を忘れていないです。実に堅い表情だった。黙々と一言も発せずに降りてきた。それで、降りた中国人たちは満員の他の客車の中へ「入れ!」というわけです。元来、もうすし詰めなんだ。そこへ更に押し込む。われわれの前の客車はまさにこれはガラガラなんですよ。誰もいなくなった。われわれの横の方には日本の赤十字看護婦隊がいた。われわれは興亜学生勤労報国隊です。「どうぞ」

というわけです。われわれはガラガラの列車の中に入って両方に錠をピーンとかける。それでゆっくりと寝て大連まで行きました。私はそのときに、心の中に実にひっかかるものを感じた。けれども、とにかくありていをいえば「ああよかった」と思いました。これで寝られると思った。そのときに黙々と降りた中国人たちの表情は私の心につきささったけれど、私はおそらく、それを忘れようとしたんですね。それからあと、私はその中国人たちが隣りの客車の中でどんな思いでいるかということは全然考えなかったです。

これがきわめて平和のさなかで行われていた日本人のふるまいです。いわゆる引揚者の方々というのは、そういう日常生活をなにげなくしてきたんです。そして、この実情は語られていないということです。引揚者はこの実情については固く口を閉ざしている。今の若い人たちのご両親には引揚者の方々が多いでしょう。そのご両親の方々は今の若い人たちにそのことを語っているかということです。語っていないです。決して子どもに語っていない。ただ自分がつらかったということだけをしゃべっている。おまえを育てるにどんな苦労をしたか、お父さんやお母さんは引揚げでどんな苦労をしたかをしゃべったでしょう。しかし、自分たちが日常的にどんなことをしていたかということについてはひた隠しに隠してきた。むろん、日本の兵士の残虐行為はそれ以上ですね。あるいは朝鮮にいた日本の警官、日本の憲兵、そういった人たちが朝鮮で何をしたか。今の若い人たちのお父さんであり、叔父さんであり、そういう人は当然たくさんいるはずです。その人たちに今の若い青年たちは何を聞いているかということです。何も聞いていない。しばしばそういう人たちは「今の若い青年たちは戦争の苦労を知らない。だから反戦、反戦といってやたらに騒ぎまわる」。そういう不平を並べたてるけれども、戦争体験は一体語られたかということですね。語られてないんです。戦争体験の核心は語られなかった。隠されてきた。それは日本の平和運動がきわめて形式的に、第三者的に行われてきたということです。私がどうも日本の平和運動に体が動かなかったというのは、結局、戦争中の私のそういう体験が心の底にひっかかっている、それがなかなかふっきれなかったものだから、いろんな集会にどんなに呼ばれていっても、なんかしらんけれど、「私は御免こうむります」といって出なかったんだろうと、今にして思えば、私は説明したいような気がいたします。

隠されたもう一つの戦争体験

日本の平和運動は、なぜ、このような戦争体験の核心を白日のもとにさらさなかったのか。私は、それは第一に、平和運動の指導者たちが、ことさらに自分たちの戦争体験を隠しとおしてきたことに由っていると思います。私が「わだつみの像」の建設に違和感をおぼえたことは、このことにもよっております。あの建設委員には、平野義太郎、柳田謙十郎、亀井勝一郎の三人が入っておりますよ。お若い方はご存じないだろうけれど、この三人は文化人の中でも極悪戦犯というべき人たちです。平野義太郎はマッカーサー司令部によって教職追放さえ受けた人です。彼は大東亜共栄圏の理念を精力的に説きまわって、当時の若い私たち、つまり「わだつみの世代」を戦場にかりたてた。柳田謙十郎は、たとえば「日本精神と世界精神」などという本を書いて、戦争の渦中にとびこむことこそ、世界史をつくる道と語り、亀井勝一郎は、戦争は天皇陛下の大御心によるもので、その理念づけなど行う必要はない、よけいなことは考えず一切放下あるのみと言いきったのです。

当時の若い私たちは、生れながらの右翼であったわけじゃありません。私は旧制高校のとき、いかにして戦争と対決するかと、ずいぶん思いなやみました。ひたすらに考えつめれば、戦争の中に思いきって飛びこんでしまうか、それともだんぜん戦争に反対するか、どちらかの道しか、私ちの前にはなかったのです。そのとき、私を戦争に押しやったのは、今申しました柳田謙十郎の「日本精神と世界精神」という一冊の本だったのです。

私は東京工業大学で、学生新聞により、積極的に大東亜戦争を宣伝しました。しかし、中国で見た光景は、先にも申しましたように、私のファシズム世界観を大きく動揺させたのです。そして右翼運動の渦中でゆれ動いている私を、もう一度戦争に押しやったのは、亀井勝一郎の「一切放下論」だったのです。「わだつみの世代」は、こんなふうにつくられたのですよ。私自身は、戦争中についに柳田や亀井のイデオロギー支配から脱することはできたが、ともかく東条英機が、われわれのところにやってきて、一人一人戦争へ行けと宣伝したわけじゃない。その宣伝は、東条英機に代って、平野義太郎や柳田謙十郎や亀井勝一郎などによって行われたのですね。

もちろん彼らは、戦争の主犯じゃない。主犯は軍部であり財閥であり官僚であり政党でしょう。しかし、その主犯のお先棒をかついで、直接に「わだつみの世代」を戦場につき落した黒い手は、平野や柳田や亀井のものではありませんか。そうでしょう。私は東条によって説得されたのではない。これら学者、文化人によって説得されたんです。

「わだつみの世代」を、死の淵につきおとしておいて、事、志と反し、侵略戦争に敗れたあとは、素知らぬ顔をし、学徒兵はかわいそうだったなどと、「わだつみの像」の建設委員になるというのは、どういうことなのですか。これに違和感をもたなかったら、まともな人間じゃない。彼らが「わだつみの像」の前に手をついてあやまり、私が悪かったと自己批判をしたならば話は別ですが、彼らはそんなことをするどころか、初めから私は平和主義者だったというような顔をし、その戦争体験の核心をひた隠しに隠してきたのです。隠されとおしてきた戦争体験はここにもあるのですよ。そして、生きのこった学徒兵たちも、中国や東南アジアでの戦争体験を隠しとおしてきた。日本人の戦争体験は二重に隠されてきた。これが日本の平和運動の実態であり、平和運動の恥部であります。

日本の「平和運動」のイデオロギー

日本の平和運動から、このような戦争体験の核心が排除されたもう一つの理由は、何もかも軍国主義が悪かったので、私が悪いんじゃないという没主体のイデオロギーが、盛んに吹きまくられたことにあります。昭和二十二年頃にはやった流行歌に、こんな文句があります。

「人は見返るわが身が細る、町の灯影のわびしさよ、こんな女に誰がした」平野も柳田も亀井も、戦争中の自分については、まあこんな気持でいるのでしょう。「こんな男に誰がした、みんな軍国主義が悪いのよ」と思っているのでしょう。

しかし、流行歌の文句についていえば、夜の女性は、平野や柳田たちよりも、はるかにりっぱです。なぜなら、この女性は自分の姿がどんなものか、決して隠してはいないでしょう。「人は見返るわが身が細る」と正直に歌っております。それにひきかえ、わが戦犯文化人たちは、一言も「わが身が細る」などと言ってはおりません。細ったはずのわが身については、頑として口をつぐんできたのです。

これはまさに、軍国主義の手先の中間層としてのイデオロギーです。それはまた、朝鮮や中国で、平和時にも戦争時にも、あらゆる残酷な抑圧を無意識的にも、意識的にもやってきた将兵や引揚者たちのイデオロギーです。

もちろん、戦争犯罪には主犯と共犯の区別があり、重罪と微罪の区別があります。しかし、たとえ、軍部にだまされたにせよ、強要されたにせよ、軽い罪であれ、微罪であれ、罪は罪です。その客観的事実は、だれも否定することはできないんです。主観的な情状酌量の余地はあるでしょうが、それで罪が消えるとはかぎらないんです。自己の共犯を認め、自分自身を告発しないで、どうして、極悪戦犯の非をとことんまで告発し、追及できるでしょうか。朝鮮や中国や東南アジアへの残虐を認め、日本人民への罪を認めて、自己批判して、はじめて、こんなことは二度とくりかえすまいと決意しこれほど非人間的なことをさせた軍国主義に対し、はげしい憎しみがわくのです。そうしてこそ、全人間的に侵略戦争を防ぎ、軍国主義の復活をゆるさないという力強い平和運動が可能なのです。

にも拘らず、日本の平和運動は、戦争体験の核心をそらし、それを隠しとおし、自己批判は、形式的に第三者的におしすすめられてきました。だから、当然にも、支配階級の戦犯追及も不徹底となり、今日、大戦犯の賀屋興宣などが、大きな顔をして、政治のまん中に居すわっているんです。かんじんの平和運動の指導者が、じつは戦犯であり、その事実に口をつぐんでいるんですから、どうして平和運動の指導者たちが、支配階級の戦犯を徹底的に追及し、また、朝鮮や中国での戦争体験の核心を白日のもとにさらすことができるでしょうか。だからこそ、今日、靖国神社法案や出入国管理法案のねらいを、戦争体験の上でばくろすることができないんです。たとえ微罪であっても、しっかりと自己批判せず、戦没学徒の侵略的性格を批判しないで、「わだつみの像」に託して死者の冥福を祈っているようでは、それはそのまま靖国神社法案へのかけ橋となってしまうでしょう。「わだつみの像」のわきに、「三島由紀夫の像」が並んでたてられてもおかしくはないということになってしまうでしょう。「わだつみの像」は、内なる帝国主義を内在しているといったらいいすぎでしょうか。

中国では、中国への侵略に対し悪いのは日本軍国主義であり、日本人民には罪はないと言っております。私も中国を訪れたさい、しばしばそのように言われました。しかし、私たち日本人は、その言葉を甘えて受けとってはいけない。人民とは何でしょうか。人民とは、自己批判もできないような存在ではないはずです。自己の非人間的行為をひた隠しに隠している人間ではないはずです。人民は、日本軍国主義の復活に知らぬ存ぜぬを押しとおすような存在であっていいのでしょうか。「きけ　わだつみのこえ」の文集にあらわされているようなわだつみの世代は、そうした意味では、日本人民とはいえない。それは、軍国主義の手先としてのセンチメンタルな中間層にしかすぎません。真の平和運動の象徴になるようなものではありえないんです。

感傷と残酷との隣りあわせ

さて、重要なことは、先ほど申しましたように、きわめて平和の中で残虐が行われているということです。これはまさに侵略者の心なんです。抑圧民族の心なんです。抑圧民族は年がら年中おっかない顔をしているわけじゃない。日本人は年がら年中おっかない顔をしているわけじゃないでしょう。朝鮮の方々、中国の方々もそうお思いでしょう。われわれは日常的に、きわめてやさしい顔をしている。きわめてセンチメンタルです。日本人は非常に感傷的な国民です。しかし、そのやさしさが実は残酷さと背中合わせなんですね。これは抑圧民族であるというわれわれの肉体と心から切り離すことのできない問題です。日本人はヨーロッパ、アメリカよりも、おそらく中国や朝鮮よりもさらにセンチメンタルですよ。世界の国の中では、一番センチメンタルでしょう。だから日本人は、以前の、かつての残虐行為をセンチメンタリズムによって忘れることができるのです。

最近のなつかしのメロディー。実に不愉快な歌がたくさんあります。森繁久弥という歌い手が――いや俳優か、彼は――〝ここは御国の何百里、離れて遠き満州の〟と歌うでしょう。感傷的に、目を細めて切々と歌う。多くの日本人たちはそれを聞いて、「ああ戦争はひどかったなあ」と、まるであれが反戦や厭戦の歌と思われている。しかし、その満州とはいったいどこにあるのか。そこは関東平野かということです。そこは一体大阪なのかということです。それは中国ではないですか。他の国の土地ですよ。他の国の土地へ行軍していった、そういった歌を無神経に歌う日本人、センチメンタルに歌う日本人、これこそ感傷の陰に隠された残酷さでしょう。これを感傷と隣りあわせの残酷と私は言っているのです。それに酔っている日本の男たちの残酷さ。私にはそれはやさしさとは思われない。やさしさではない、残酷さなんです。そういうふうにわれわれは考えなければいけない。日本人のセンチメンタリズムというのは矛盾が自分の心の中に激してくるというとそれを和らげる。隠蔽するんですね。センチメンタリズム、まことに都合のいいものです。それは矛盾を緩和し、矛盾を隠蔽するものです。

誰に対してやさしいか

そして、多くの日本人は支配階級に対してもセンチメンタルになるんです。これも日本人の心のやさしさとしばしばいわれることですね。つまり多くの日本人は、幹部ないしは社長とか、学長とか、学部長とか、総理大臣だとかそういった人たちに対しては確かにやさしい。寛容です。多くの日本人は日本支配階級に対して寛容です。やさしさのもって行き方が違うんです。被抑圧民族に対してはきわめて残酷であるけれども、支配階級に対してはやさしいです。私も立命館大学に六年間籍をおいたことがあって、そのときに些細な経験だけれども、私は教授会で学部長を辞職の瀬戸際まで追いつめたことがあるんです。あんまり大学がくだらないことをするもんだから、私は要するに正論でじゅんじゅんと反対する。そうすると私の方に理屈があるから、教授会は初め圧倒的に私を支持してくれる。ほとんど一対二十いくつで勝つ瀬戸際までいきます。そこまでくると、学部長がホロリと涙を流さんばかりになるわけです。そして、「星野さんのように言われてしまえば、私は辞めなきゃならない」という。とたんに情勢が一変するんです。驚くほどに一変するんです。みんなホロリとしてしまう。「星野さん、まあそこまでいわなくてもいいじゃないか、学部長もああまでいわれているんだから」。今まで私を支持してくれていた教授連中がパッとあちらを向くんですね。私は票をよんでいて、これは二十対一ぐらいだと思っていたのが、あとをみたら若い助教授あたりがせいぜい二、三人ついてくるだけで、全部向こう側にまわって、星野教授はいきすぎであるということになる。実にやさしく、寛容ですナ。

日本人のやさしさはこういうものですよ。だから、やさしさと残酷さというのは、まさに、実は両手のものですね。アメリカの人類学者ベネディクトが日本人の性格を「菊と刀」と表現しました。日本人の残酷さと日本人のやさしさ、菊と刀。私はあれはアメリカ流のひねった言い方だけれども、やはりある点で、多少真理に迫っていると思います。おもしろい言い方ですよ。確かに「菊と刀」です。

だから、われわれの中における帝国主義というものは、われわれの中にあるそういうやさしさ、残酷さなんですね。なぜわれわれが支配階級にやさしく、被抑圧民族に対して、あるいは日本の中でも特に部落の人たちなどに対して残酷なのか。私はどうもこれは、江戸時代以前もそうだったんでしょうけれど、明治以来特にそうなってきているのじゃないかと思われてしかたがない。私は歴史の方の専門家でないからわからないけれど……。

中間層の心

ただ、こういう心情というものは、明らかにたたかう労働者階級の心情でもなければ、たたかう農民の心情でもない、つまり人民の心情ではない。それは一つの中間層の心情です。つまり中間層というのは上を見ればきりがない。上には上がある。たくさんいる。しかし下をみればまだ下がいるわけですよ。中間層の心の支えは、自分より下に不幸な人がいるということですよ。人の不幸が自分の生きがいになるんです。私よりもっと不幸な人がいる。もっとくだらないやつがいる。自分はせめても幸せだと思う。それが中間層の生きがいですね。中間層にはそういう非常ないやらしさがあります。悪しざまに朝鮮の人たち、部落の人たちを罵しるばあいもあれば、あるいは目を細めて「まあ気の毒に、おかわいそうに」というばあいもある。やさしくも、残酷にもできますけれど、ともかく人の不幸があれば私はこれで幸せだという。そして長いものに巻かれて、上の人のおこぼれをもらおうと思う。中間層の心は、そういう心です。私は日本人の残酷さとか、日本人のセンチメンタリズムというのは、結局はそこに由来するように思うんです。つまり、明治維新後しばらくして日本は朝鮮に進出した。特に日韓併合あるいは第一次大戦以後は朝鮮の人たちが土地を取り上げられて、日本にぞくぞく流れ込んできた。そういう人たちが日本の人たちの心の支えです。朝鮮の人たちの不幸は多くの日本の人たちの心の支えです。あそこにもっと生活の悪いやつがいる、俺はまだしもだという、そういう優越感と、そういう蔑視、これがからくも中間層の日本人を支えているといったらいいすぎでしょうか。

だから、これは小役人の心です。役人の心ですよ。そういえば日本の文化は非常に官僚的です。私は科学技術関係ですから、日本の科学技術の植民地的性格というものを痛感しつづけてきたし、その問題をずっと考えつづけてきたけれども、所詮それはきわめて役人的なんです。ですから、世界の技術の歴史において、画期的な発見というものは日本には一つもありません。すべてそれは欧米ないしは中国、あるいは朝鮮などからきているというようなものです。しかし日本は外国の良いものがあればもってきて、その枠の中で最善をつくす。部分的に改良に改良をかさねて、むしろ本物より良くなってしまうようなものをつくる腕は、おそらく世界でもっとも優れているでしょう。これは余計な話ですが、高度経済成長の秘密は一つはここにあります。日本の技術が国際競争力に勝る点はここにあります。

ですからなんでも形式的によその国のものをもってきてその中であれこれ、あれこれやる。日本の国内でも一つの枠をつき破るってことはしない。労働組合でも企業解体とはいえんのですね。企業をつぶせとはいえんのです。大学の教師は大学解体とはいえないのです。しかし、資本主義ということは、具体的には日本の大学に現われ、日本の企業に現われるんですから、それを打倒するということは企業を解体し、大学を解体するということです。それ以外の何ものでもない。だから、学生の革命的なことばは〝大学解体〟これ以外にない。労働者階級の革命的なことばは〝企業をつぶせ〟です。これ以外にない。しかし、日本の労働者はそうは思わないですね。真に今やそう思いはじめている労働者階級は、日本では組合とすれば、チッソ水俣の第一組合、あるいはゼネラル石油精製の第一組合ぐらいしかない。大多数は企業の枠の中で考える。

いわゆる大学民主化運動なるものもそういうことですね。大学の枠内でなんとかして民主化しようとする。そういうかっこうでは創造的ないかなる学問も、芸術も、科学も、技術もあらわれんのですね。そういう日本人の官僚性というものと、日本のさきほどまでいいました残虐さ、戦争体験をひた隠しに隠してきたこと、日本人のセンチメンタリズム、私はすべて密接にからまっておると思うんです。これはまさに抑圧民族の心ですね。抑圧民族の文化だ。ですから、われわれが日本において真に創造的な科学や、技術や、文化をうちたてようと思えば、このわれわれの日本人の恥部のようなものを、われわれ自身が破壊していかなければならない。これを破壊しない限りは日本の軍国主義の復活は、私は阻止できないと思うんです。

なぜ憎しみの言葉がないのか

日本人の心のやさしさといえばまだあります。私は「きけ　わだつみのこえ」の文集を何度も読んだことがあります。あの中には「敵を憎め」ということばは一つもない。一つもないですよ。憎しみのことば、全くないんだ。なんで憎まずして戦争ができるかということです。そしてこれについては、かなり進歩的な日本の知識人たちが、日本の学徒兵の心のやさしさよ、というんだナ。冗談じゃない。憎しみのことばがないということが学徒兵の残虐性をあらわしているんです。ここがポイントなんです。だってそうでしょう。戦争は他の国への侵入で始まっておるんですよ。なんで日本人が中国人を憎まねばならんのですか。なんで日本人が朝鮮人を憎まねばならんのですか。こっちが侵入したんだから、そうでしょう。朝鮮の人たち、中国の人たちは日本を憎むいわれがあります。憎まずにはいられないでしょう。当然な話です。このばあいの憎悪はきわめて倫理的なものです。それは人民の基本的な道徳です。しかし、こちらは侵入していったんですからね、憎むいわれがないんだ。だから、「きけ　わだつみのこえ」の中には憎むことばがない。ないということは彼らが侵略の兵士の一人であるし、その自覚が全然ないということを語っているのです。

しかし、これを日本のいわゆる学者、評論家先生は日本人の心のやさしさという。とんでもない話です。立場を逆にしてですよ、もしも中国が日本に攻めこみ、朝鮮が日本に攻めこんできて、この京都が戦火の巷になった、その中で自分たちの妻や、子どもや、父親が殺された、いわれなく殺されたとすれば、われわれはその敵を憎むでしょう。したがってそのばあいのわれわれは、私は敵を憎む、断乎戦うぞ、そして銃後に生きている人間に書く手紙には君らも戦えと書くでしょう。しかし「きけわだつみのこえ」の文集の中には一つも、ただ一言も、父よ戦えとは書いてない。弟よ戦えとは書いてないんだ。弟よ、母よやすらかにねむれということは書いてあるんですね。これは憎しみがないことと共通しているんです。そのときも日本の識者たちや、有力者、偉い人たちは、〝父よ母よねむれ、やすらかにねむれ、私は戦場にいる〟この心のやさしさよという。そうじゃないんです。侵略兵だからそういうことをいっているんです。ですから、そういうふうに読まなくちゃいかんのです。しかし、われわれはそうは読んでないのです。そして、わだつみの像を建てるんですね。そして学徒兵の侵略性への批判もなしに、死者の冥福を祈っているんです。だから私はわだつみの像の破壊に対して、非常に晴々としたんですね。あのときに、初めて晴々としたんです。そうだ、これを倒さなきゃいかん。本来ならば私が倒せばよかったんでしょう。しかし、私は臆病であったか、あるいはふっ切れなかったか、そういうことができなかった。で、学生諸君が倒した。で、私は初めて「ああこれでいいんだ」。それでそういう一文を書いたんです。だから、内なる帝国主義、内なる軍国主義というものは意外なところにあるものですね。まさに「きけ　わだつみのこえ」の文章の中にあるんです。わだつみの像こそ内なる帝国主義というべきでしょう。

日本文学の恥部

最近特に、日米共同声明以来日本軍国主義の復活がしきりにいわれるようになりました。軍国主義の復活に対して、われわれが真に阻止できるとすれば、何はともあれ、内なる帝国主義をわれわれ自身がたたき出さなくてはならない。そうでないというと、三島由紀夫がハラキリをして日本の右翼を鼓舞激励したのに対して、われわれはそれを粉砕しうる自分の武器をもつことができない。つまり三島由紀夫は日本を讃え、日本の天皇を讃え、日本の歴史を讃えてきたけれども、彼は一体、朝鮮や中国での日本人のやったこと、それは戦争中の残虐行為でもあれば、反乱を鎮圧する残虐行為でもあるし、かつ日常的な、また平和的状況の中でのひどさでもあるし、そういうことに対して、わが三島由紀夫は何ら見ることができない。感ずることができないのです。そういうことを感ずることができない文学が、はたして文学でありうるのか。私は残念ながら三島由紀夫のものは一つも読んだことがない。だから彼の作品を云々することは私にはできない。しかし、それを正視しない文学は私は意味がないと思う。どんなにテクニックがうまかろうと、どうであろうとも、そういうものは文学じゃない。問題にすべきものではないと思うのですね。

しかし、日本の作家の大半は、まあ、井上光晴氏のような優れた人を除けば、彼のような優れた人は別として、武田泰淳のような、かなり中国や朝鮮を理解できるはずの人でも、三島由紀夫を切ることができなかった。これはやはり内なる帝国主義が日本の文学者の中に、深く、広く根づいていることだと思うのです。そして、日本人のやさしさと残酷さの隣りあわせのようなものを、結局は日本の作家には見ることができない。人間のありのままの姿を日本の作家は見ることができんのです。大体、日本の文学にはそういうものがありますね。私は、よく知らないけれど、外国の文学を読んだときと、日本の文学を読んだときはまるで違う。日本の文学はいつも表面を、こう、なでているみたいですね。人の心の恥部にぐいぐいぐいぐいこう迫るところがない。きれいごとが書かれていたり、つまらん枝葉をやたらに追いまわしている。最近のいろんな作家たち、私はあいにくさっぱり読んでないけれど、たぶん同じようなものだろうと思いますね。つまり、日本人の、ことに日本の中間層的な文化人、学者その他は今いったような日本人の恥部を告発しない限りは、文学は書けんということです。科学や技術はできんということです。だから軍国主義の問題、抑圧民族と被抑圧民族という問題、日本の文化の創造の問題、その他全て密接にからまっているのですね。

淡白とはどういうことか

日本人は淡白だというでしょう。これまたやさしさと残酷さの一つのあらわれですね。淡白さということは、自分が支配階級にさんざんいじめられたということを忘れるということです。淡白さということは、被抑圧民族をさんざんいじめたということを忘れることです。センチメンタリズムによって忘れるということです。それが日本人の淡白さなんだ。だから、八・一五を境としてそれまでは〝米鬼、米鬼〟と呼んでいたアメリカ軍が上陸したとたんに、多くの日本人はアメリカ兵の後を追いかけた。何も夜の女性たちをいっているわけじゃない。そういう日本人が、昨日は米鬼といったのに、今日はどうなっちゃっているのだろうかと私などは思ったんですけれども。チューインガムが欲しい、チョコレートが欲しい、コンビーフが欲しいということです。変り身の速さというのは日本人の驚くべき才能ですな。平野や柳田や亀井の変り身の早さは、その最たるものでしょう。これが日本人の淡白さなんです。

被抑圧民族に何を学ぶか

これに対して、私、さきほどちょっと申しましたけれども、中国で私が受けた中国の人たちからの圧迫感は忘れられません。淡白なものではなかったのです。それは肉体的なたくましさもありましたよ。たとえば昭和製鋼所というのは非常に大きな工場ですから、毎月たくさんのトラックがごうごうと入ってきます。八月でしたから、炎天下にどんどん入ってきます。そのそばで、労働者、中国の人たちが、こう、昼寝をしているのですね。道路に昼寝しているんです。レンガを一枚枕にして、大の字に寝ているんだナ。頭のすぐ傍をトラックがごうごうと走っているんですよ、ひっきりなしに。その中で平気で寝ていられるんですね。私はまだ二十歳そこそこの学生でしたけれども、非常な圧迫感を感じた。で、昼めしを食ったあとですから、口のまわりなんか、こう、カスがついているわけですよ。そこに蝿がいっぱいたかっているわけだ。まあ、日本人なら眠っていても手ではらいますね。しかし中国人は全然そんなことはしないんだな。ゆうゆうと眠っている。私はそのときに一種の恐ろしさを感じました。そのことを書いた文章がまだ残っているけれど、圧迫感を感じた。しかしこれこそ被抑圧民族のたくましさですね。

朝鮮の人たちと、日本人とを比べますと、朝鮮の人たちは非常に執拗ですね。で、しばしばわれわれは手をあげてしまう。それほどまでにおっしゃらなくても、とまあ思うわけだが、とにかく非常な執拗さを感じますね。これはまさに被抑圧民族の心です。いためつづけられているならば執拗にならざるを得ない。執拗こそまさに人民のモラルです。それこそ人民の大切な道徳ですよ。日本人の淡白さは日本人の善なることを示しているか。そうではない。日本人の淡白さは、日本人の中間層的な卑劣さです。それに対して、中国の人たちや、朝鮮の人たちのあの執拗さは、まさに憎むべきものを憎むという、きわめて健康な人民の道徳です。で、われわれはその健康な道徳にしばしばやりきれなくなる。それはわれわれが不健康だからなんです。

だから、私はいわゆる日本の国民性を形づくっている、あるいは日本の文化を形づくっている、そういうようなわれわれの心の奥底を見ると同時に、この中国や朝鮮の人たちから非常に多くのものを学べると思うのですね。われわれにないもの、一番肝腎なものはそこにある。それを学ばない限りは、われわれは日本の解放を勝ちとることができない。私はしばしば思うんですけれども、あいにく政治論が不得手でよくわからないけれども、ただこういうことは確信している。日本は、現在はむろんアメリカ帝国主義の支配下にある。しかしこの支配からわれわれが解放されるには、われわれ自身が抑圧している民族の、その民族の解放運動にわれわれが協力せずしては、われわれ自身をアメリカ帝国主義から解放することはできない。日本の平和運動はそういう意味で、朝鮮や中国の人たちの解放闘争に、われわれがどう関わるかということを根本的な問題としていると私は思うんです。

どうも、私の考え方はいわゆる今日の平和運動の主流的な考え方ではない。私の体験から発したかなり個性的な考え方で、あるいは私自身に違和感を感じられる人もあるかもしれない。しかし、私は先ほど申しましたように、いわば二十六年たった八月十五日に初めてこういう壇上にのぼって、お話する機会を得たわけで、それは日本人民の遅れであるとともに、私自身の遅れをも語っているわけで、私自身いまさらこういうところに上って、こういうお話をするのはむしろ恥ずかしい思いなんです。なぜ、もっと早くから、私自身の恥部に気づいて、私自身のふっ切れない思いをさらにつきつめることができなかったかと後悔しております。しかし、まあ遅れても歩まないよりはましである。遅れても走り出さないよりはましである、と思って、私は今日この会に参加させていただきました。そして、私の未熟な思想の一端をお話したわけですが、みなさま方から十分なご批判をいただければ幸いです。ご静聴ありがとうございました。

（「八・一五記念の夕」講演、『序章』一九七一年十月所載）

伝えられざる戦争体験

一九四三年十一月三十日の夜の東京駅の光景を、私は忘れることができない。学業なかばに広島県の宇品に集結を命じられた学生たちが、夜行列車で出発するので、構内はあちこちの大学の出征学徒と見送りの親兄弟や友人たち等で、ごったがえしていた。至るところで校歌や寮歌や応援歌が歌われ、名状しがたい興奮が渦まいていた。「改札」と駅員が大声で呼ぶと、友人たちは肩と肩をぶつけあいながら改札口に殺到した。それは、国のために一身をささげるという凛然たる姿ではなかった。のっぴきならぬ権力の命令のもとに、改札口にむかって、我先にとやけっぱちにかけだしたという光景だった。これが戦争だと、私はその後姿をじっと見守っていた。

私の家は、代々国学を学んでいた家柄であったから、私の思想もおのずから天皇崇拝に傾いており、天皇陛下の命令のもとに戦場に行く決意を固めていた。私は東京駅の光景を前にして、君たちだけを戦場にはやらぬと心を熱くしながらも、複雑な感情につつまれた。

しかし、それからまもなく私の周囲にはさまざまな事件がおこって、私は天皇制下の家族制度のためにしたたかに裏ぎられた。それがきっかけで、私の思想は一八〇度転回し、極端なニヒリズムにおちいった。私は何ものも信ぜず、冷めた眼で戦争を見つめ、人びとを見つめた。戦争に反対し侵略に抵抗している人たちのことは何も知らなかったから、戦争へ戦争へと気が狂ったように流されて行く巷のなかで、私は心よ冷たくあれ、頑なれと己れの心に呼びかけ、絶望的な孤独をけんめいにたもちつづけた。しかし、それでもなお、私は友人たちのあとを追って前線に出る決心を変えなかった。生と死の境で自分自身をきたえることなしには、この異常な世界に生きぬくことはできないと考えていたからである。

私は前線に出ようとして、技術将校を志願せず予備学生の進路を取ったが、皮肉なことに、江田島に集められた六十一名の予備学生は、主として海軍兵学校の教官要員で、私は技術将校よりもさらに安全な位置に身をおくことになった。白い眼で戦争を見ている心を隠して、私はきびしい軍事訓練に身を投じたが、一カ月もたたぬうちに、軍隊の鉄の組織の恐ろしさを全身に感じた。初めはそれぞれに個性をそなえていた予備学生たちが、毎朝同じ時刻に起こされ、体操をし、食事をし、学科を学び、軍事訓練をうけているうちに、まったく等質の人間像に変わっていった。自分自身も、その没個性の人間となり、じりじりと軍隊組織に埋没しかかっているのだった。それはまるで、底なし沼のなかに、どうにもならず引きこまれるのに似ていた。

「こころよわがこころよ、ものおぢするわがこころよ、おのれのすがたこそずゐいちなれ」という高村光太郎の詩の一節を心のなかでくりかえしながら、私は必死になって孤独をささえた。

上官からなぐられなくても、礼儀正しくあっても、十分な食事をあたえられたとしても、軍隊には人間の個性を確実にうばっていく強力な空気があった。軍隊の門を一歩入ると、人間の体も心も容赦なくとらえる眼に見えぬ鋼線のようなものが、すでに張りつめていた。兵学校の広い校庭に、たとえ人の姿がなくても、そこは、外部の空間とは異質の鉄の空間であった。

戦後、私は学問のうえでも運動のうえでも、何度も少数派に追いこまれたが、この頃の孤立にくらべれば、どれもよほどましである。大戦争下の孤独は、私をきたえあげた。その意味で、私は戦争のさなかの青春を空しいものとは思っていない。徒手空拳で精一杯に生きたという自負があり、わが青春に悔いはないと思っている。

侵略者の軍隊は人を変える。最近私の中学時代の同窓の友人である——黒髪繁雄が処女歌集「アンデス山系」を出版した。戦争体験は彼にも痛切であり、なかに、それを歌っている短歌がいくつかある。

捕えたる少年兵に乾パンを与えやすやすと吾が部下は殺しぬ
刺突されし支那軍捕虜はつぎつぎに河に落ち行くその水の音
吾が捕獲せし若者の後を纏足の母は追い来る杖にすがりて

戦後二十年近くたって歌を読みはじめた黒髪が、静かに息をつめて戦争を回顧している姿がここにある。国際法によって生命の安全を保証されているはずの捕虜を、日本の軍隊は無造作に殺した。日本の家に帰れば、平凡で善良な親であり子であるのだが、侵略者の軍隊は、その人間を変えてしまう。戦争は日本の国内でではなく、中国の国内で行われた。中国が日本に攻めこんだわけではなく、日本が一方的に中国に攻めこんだ。これは誰がどう弁解しようとも、まったくいわれのない戦争である。だから、日本軍は中国人民の憎しみのまっただなかで行動せざるをえず、誰にどこでどう仕返しをされるか分らぬ恐怖におびやかされる。捕虜を殺すのはその恐怖の心理に発してのことであろう。ここにこそ戦争体験の核心がある。しかし、戦後に、どれほどの人がこの戦争体験を後の世代につたえただろうか。

軍隊が人を変えるという体験さえ、つたえられてはいない。日本の国内にあって、恐らくもっとも古武士風であった海軍兵学校においてさえ、日本軍隊の組織は苦もなく人間性を消滅させてしまう。そういう軍隊がよその国に一方的に攻めこむのであるから、どんな人間がつくられるか推して知るべしである。日本軍は負けるべくして負けた。黒髪繁雄は歌う。

下痢の中いざりて別離の日を見せし学徒兵は死にき五時間の後
武漢地区に米なくなれば数千の日軍捕虜の移動迫りぬ
欠礼せし吾を罵りなぐりたる支那憲兵は少年にして

ほとんどの戦争体験は、この後段の歌のような体験を語っている。焼夷弾の雨のなかを逃げまどった悲惨さ、飯粒もろくろく見えないような粥、空腹になやまされた学童疎開、夫の顔もろくに見ぬまに未亡人となった新妻等々の体験は語られても、中国やフィリピンで日本軍隊が何をしたかという体験は、いまだに黙秘のままである。黒髪繁雄のように、率直に戦争体験を語った作品が、どれほどあるというのか。

侵略戦争だったからこそ、戦争の大義名分は、国民のなかに浸透しなかった。学徒出陣のさいの東京駅の光景は、戦争下の国民の姿を象徴していた。それは、墓場にむかって無数の羊が突進するのに似ていた。私は近所の小母さんたちと何度も近くの駅まで友人たちの出征を見送りに行った。

皆、日の丸の小旗をふりながら、国のために死地におもむく若者との別れに涙を流した。そして、帰り道では、闇の食糧の買いだめの話題に、小母さんたちは眼を光らせ、冗談をいいあってはけたたましく笑った。「イマ泣イタ烏ガモウ出テ笑ッタ」というはやし言葉そのままの情景が、何度もくりかえされた。それは戦時下の国民の素朴な姿にはちがいなかったが、友人の胸の内を思いやっている私には、その笑声はやりきれなかった。

大義名分のない戦争だったからこそ、女性は、戦争で死ぬのは男で自分ではないと思っていた。男に負けずに前線の看護婦を志願するというような女性は、寥々たるものだった。しかも、男も女も、老いも若きも、それぞれの利己心をかかえつつ、戦争という時代の流れに遅れまいとして、戦争の渦のなかに巻きこまれて行ったのである。

親も教師も、時流に乗って、鬼畜米英と中国人はやっつけなければならないと子供に語った。子供もまた半信半疑でいながら、結局はいいつけに忠実に戦場に出かけた。親や教師をそうさせたものは、むろん軍国主義の権力であるが、子供に直接に侵略戦争の善であることを教えたのは親と教師であり、この事実は疑うべくもない。

戦争に敗れて、隠されていた真相がつぎつぎに明らかになってくると、人びとは、ああ戦争は嫌だったと本心をさらけだした。しかし、その時、親や教師は、時代の流れに乗って、若者たちを戦場に押しやった自己の言動は、すっかり忘れさっていた。誰も彼も、あたかも、そもそもの初めから私は一貫して戦争に反対していたのだといわんばかりの顔だった。親や教師の言葉を守って死んで帰ってきた若者の骨にむかって、すまなかったと詫びた親や教師の話は、私はほとんど聞かない。羊の群れの戦争体験は、ここでもつたえられず、それと意識もせぬままに消えさってしまおうとしている。

戦争体験の核心がつたえられていないからこそ、戦争への反省が中途半端なのである。だから、今また、似たようなことがくりかえされているのだ。戦争中の日本人を動かした思想は天皇崇拝であったが、戦後はそれが金権崇拝に変わった。かつて、日本軍隊がとめどもなく大陸に戦線を拡大したように、今は日本の大企業は、世界にかぎりなく商戦を拡大しようとしている。大企業は急速に膨張し、人びとは、ふたたび、この時代の流れに遅れまいとし、大企業の金権の傘のもとに入りこもうと、ひしめきあっている。受験戦争とは、このことにつきるではないか。

教育ママを見ていると、私は白エプロンにたすきがけの戦争中の大日本婦人会の小母さんたちを思いだす。子供たちが有名大学を卒業して大企業に入社し、汚職があれば企業ぐるみ証拠湮滅をはかることを、今の親や教師は期待しているのだろうか。それは、天皇陛下のご命令のもとに、大陸の戦場に出かけて中国人民を打ちのめせと教えた、かつての親や教師に似ている。

（創価学会青年部反戦出版委員会編『学徒出陣の記録』、第三七巻、一九七七年）

「きけ わだつみのこえ」の悲劇の本質

一九六九年のはげしい学生運動の渦中で、立命館大学に建てられていた「わだつみの像」が、造反学生たちによって引き倒された。平和運動の象徴とされていた「わだつみの像」の破壊に対して、世論は怒り、造反学生たちを、はげしく非難した。

しかし当時の私は、世論とは反対に、はればれとした気分になった。なぜなら、「わだつみの像」は戦争に反対しつつも、戦場に引きたてられて行く苦しみを表現していたからである。

私は一九二二年生れで、学徒出陣の世代ではあったが、理工系であったので、徴兵は一年間猶予されていた。しかし文系の学友たちは、ある日突然に、学業を中止されて、即刻軍隊に入ることを命じられた。私には戦争について考える余裕を与えられていたが、文系の学友たちには、その余裕はなかった。

学生の大部分は、いずれ戦場に身を投じなければならない。その日は一日一日と迫ってくる。だから、学徒出陣の号令が突如として下る前に、自分の生死にかかわる戦争についてどう対処すべきか、深刻に考えるべきであった。その余裕は十分にあった。しかし、ほとんどの学生は、生死を決める戦争について考えることを避けた。考えまいとしたのである。運命の分かれ目を先送りしたのであった。そこに学徒出陣の日が不意にやってきたのであるから、彼らがどれほど大きなショックを受けたか、想像に難くない。

私は学徒出陣前の余裕のある時期に、学友たちが、戦争と自己の運命について語りあった光景は見たことはない。もっとも、数人集って戦争を語りだしたら、たちまち警察に拘束されてしまうという予感があったから、話すとすれば、誰にも聞こえないようにひそかに語り合うか、それとも一対一の会話で話すほかはない。だがそうだとすれば、戦争の真実について、口から口へ、ひそひそと伝えられたろうと思う。だが、私はその口伝えも聞いたことはない。

新聞には毎日のように戦況が報道されていた。その報道をどう解釈すべきかを考える素材はいくらでもあった。しかし学生たちはそれをよそ事のようにしか見なかった。私は一九四二年から四四年まで、工業大学の学生新聞の編集長をしていたから、商業新聞の報道は、わがことのように熱心に読んだ。しかし親友と喫茶店でコーヒーを飲みながら話しているうちに、思わず戦況の話題に入りかかると二人は立上り、外へ出て歩きながら大本営報道の裏の真実を互いに見定めようとした。

戦争に勝つか負けるかが、二人の最大の関心事だったのである。私は東京工業大学の学生で、大学は全学をあげて戦時研究体制に入っており、軍人たちは連絡のためにしきりに出入していた。だからアメリカの技術との差はきわめて大きいという情報が断片的にではあるが、耳に入ってこざるを得なかった。それらの情報と大本営発表とも照合して、戦況の真実はどうなっているのか。二人はあたりを見まわしながら、議論しあった。

私がたまたま工業大学新聞の編集長をしていたからこそ、戦況の真実を求めようというモチベーションが強かったのである。もし私が学生新聞と無関係であったら、やはり普通の学生のように、戦争をよそごとのように受けとるにすぎなかったであろう。

もう一つ、一般学生と違うところは、父が、一九〇八年から四二年まで、明治・大正・昭和の三代の天皇に宮内省掌典として仕えていたことである。夏と冬を問わず、父は起床するとまず風呂場で水をかぶって体を清め、それから幅一間、高さ三尺をこえる神棚に向って祝詞を捧げた。そしてわが家には「延喜式」や「古事類苑」、「本居宣長全集」、「平田篤胤全集」などがぎっしりと並んでいた。父は「天皇様は人間でいらっしゃる。ただ大嘗祭のとき高御座に上がられる時に神におなりになる」と言っていた。宮中には私たちの知らない祭祀はいくつもあり、ことごとく天皇が主催するのであるから、天皇は神に最も近い存在と私が受けとっていたのも当然である。家庭環境の故に天皇に対する尊崇の念は普通の学生にくらべてはるかに強かった。

私の少年時代は、一九三〇年代とほぼ一致しているが、一般には軍国主義思想が国民を制圧していたと思われやすい。一九三〇年に調印されたロンドン軍縮条約をめぐって、天皇の統帥権は政治の領域にまで広がり、三一年には満州事変が勃発して「満州国」が設立されたから、そう思われるのだが、その政治・軍事の世界と思想とは必ずしも一致していない。私は旧制中学から旧制松本高校に進んだが、当時の高等学校では、教師・生徒ともに西欧文化の素養が非常に重視された。おそらく「きけわだつみのこえ」の筆者たちも、多分にその西欧文化の影響をうけたと思われる。彼らは軍国主義的統制になじめず、さりとて西欧的教養を強力に押し出すほどの理解力も勇気も欠けていた。

全国各地の高校には、むろんマルクス主義研究会がつくられて、少数の学生たちがマルクス主義を学び、軍国主義に反撥してはいたが、それらは片端から警察の探知するところとなり、それら学生たちは続々と検挙された。私が高校二年の時、数人の三年生が拘引された。しかし軍国主義はその思想の枠内に他の高校生を引張りこむことは出来なかった。全国の高校にみなぎっていた西欧文化の雰囲気が、軍国主義一辺倒に抵抗したのである。

私は一方では天皇陛下を半ば神として崇め、他方では西欧の文学や歴史学、哲学に強く惹かれた。そして一九四一年十二月八日の日米開戦を迎えたのである。真珠湾のアメリカ艦隊に対する奇襲の成功で、世論は万歳、万歳と浮きたったが、当時十九歳であった私は極度に緊張した。年齢から言って戦場に出る日は、近く必ずやってくる。相手が中国であれば生きて帰還できる可能性はあるが、アメリカと戦うのであれば、その見込みは少ない。私の人生の終りは近いと覚悟せざるを得なくなった。

私は戦場で死ぬ意味を求めつつ東京工業大学に入学し、後に述べるように、松本高校の先輩からすすめられて情報部に入り、工業大学新聞の編集にたずさわりはじめた。

その五年前は一九三七年、中国に対する日本軍国主義の全面的侵略が開始された年であるが、それでも高等学校の西欧文化へのあこがれの伝統は大学の新聞部に生きていた。新聞部は左翼思想や自由主義思想の拠点であった。しかし特別高等警察による思想的弾圧はいっそうきびしくなり、一般学生の思想も左から右へと一年、一年と転回しはじめていた。私が入学する一年前、一九四一年に自治会は根本的に改組され名を奉誠会と改め、学生部の強い支配下におかれた。学生のあいだに文化の伝統が消えかかっていたので、学生たちの抵抗はなかった。大学の自治組織のみならず、学生たちの思想が、わずか五年で左から右へと変ってしまったのである。そして軍国主義にとって都合の悪い国内外の重要な政治情報には禁断の鉄壁がはりめぐらされたのである。おそらく、私の当時の年齢あたりで、西欧文化の素養が最後的に切断されてしまったのではあるまいか。大学二年の時に北アルプスへの登山の途中で松本に寄ったが、「星野先輩はよく本を読んでいた」という評判があったらしく、後輩たちが私の旧下宿に訪ねてきたが、彼らの読んだ本と言ったら蓮田善明や保田与重郎などの、多分に神がかったものにすぎず、フィヒテもバルザックもニーチェも、彼らはその名すら知らなかった。

私が在学中のクラス主任は二年、三年と勝田守一先生で、先生はドイツ語を教えたが、そのテキストは哲学書であり、私は二年間先生から哲学の手ほどきを受ける結果となった。勝田先生は、戦後、東京大学の教育学の教授に就任し、戦後の教育民主化運動に積極的に参加された。戦後先生と再会し、しばらくお話をうかがったが、先生は沈痛な表情で「君たちがあれほど西欧の思想を知らないとは思わなかった」と言われた。

あれほど何も知らない学生たちがどうして、戦争に対して思想的に苦しむことが出来ようか。「若者たちはあらん限りをふりしぼって悩み考え抜いた」などという思いで、本郷新がわだつみの像をつくったとしたら、それは見当違いもはなはだしい。彼らは体は大きくても心は少年のレベルを超えてはいなかった。そしてただ従順に、運命の死を受け入れたにすぎない。そして、こんな不幸は自分だけでたくさんだと死んで行った。思想的に苦しむことも悩むことも出来ずに学友たちは死んだ。これが「きけ　わだつみのこゑ」の悲劇の本質である。私はいくつもの偶然によって、八十四歳まで生き延びてきたが、今も素朴な彼らの死を思うと目頭が熱くなる。

（本書で初出）

沖縄特攻作戦の軍事的意味

「きけ　わだつみのこえ」について私が強く批判的な論文を書いたのは、一九六六年のことである。私はそこで「きけ　わだつみのこえ」と「雲ながるる果てに」の「二つの文集を読んで気のつくことは、あの大戦争の最前線にあって、敵への憎しみを書いた言葉が一言半句もないということである」と書いた。つづけて「中国の兵士の場合は、こうはいかなかったであろう。殺しつくし、焼きつくし、奪いつくすという三光作戦を、老人、女、子どもにいたるまで展開しつくされた中国人は、はげしく日本の軍隊を憎んだことだろう。……しかし宣戦布告もなしに、いわれのない戦争をしかけたのは……日本の軍隊であり、学徒兵たちはその一員だった。どうしてそこに敵を憎まねばならぬいわれがあったろう。」

憎しみの言葉がないというのは、学徒兵の心が、やさしかったからではない。学徒兵が侵略兵だったからである。

日本軍が侵入してくれば、中国の軍隊も人民も、日本軍を撃退しなければならない。白兵戦ともなれば、互いに相手を殺さなければ、自分は生きることは出来ない。だから生きて帰ってきた学徒兵の何割かは、中国人を殺したに違いない。それは彼らにとっては、死ぬまで心の深い傷となったであろう。だから生きて帰ってきても、そのことには触れない。事実、私は帰還した学友たちから戦闘の情況を聞いたことはない。聞いてもはぐらかされてしまう。学友たちは戦争体験の核心を、強く意識して語らなかったのである。彼らは、中国についても中国人についても何も知らず、ただ柔順に運命に流されて中国人を殺した。これこそ「きけ　わだつみのこえ」の最大の悲劇と言うべきであろう。

しかし、これは中国に大挙して侵入した陸軍部隊の場合で、アメリカと戦った海軍の場合は少し情況が違う。日露戦争の終結以来、アメリカは日本海軍の仮想敵国であった。日本軍国主義は、中国資源の掠奪をめぐってロシアと戦ったが、次には太平洋の向うから、東アジアの資源の掠奪を狙って、アメリカが日本近海に押し寄せてくると、日本海軍は予想していた。アメリカは、第二次世界大戦中、中国やソビエトと連合軍を結成し、ナチズムと日本軍国主義を敵とする反ファシズム戦争の中核となったが、それはアメリカ政治の半面であり、もう一つの半面は、東アジアの資源の掠奪の際、目の上の瘤と言うべき日本軍国主義を叩きつぶし、日本列島を東アジア侵略の拠点とするという戦略を考えていた。

太平洋戦争は、東アジアの資源略奪をめぐる日本軍国主義とアメリカ帝国主義との争いでもあったのだ。一九四三年二月に、日本はガダルカナル戦に敗れて撤退し、以後、戦争のイニシアチブはアメリカ軍の手に帰した。私が日本の敗戦を確信したのはこの年の六月頃である。

それからちょうど一年後、一九四四年二月に、東太平洋戦線と東南太平洋戦線とを結ぶ日本海軍の最重要拠点であるトラック島が、アメリカの大機動部隊の奇襲をこうむって壊滅状態となり、大本営は大きく動揺した。トラック島の真北にはサイパン島、さらにその北には小笠原諸島や硫黄島がある。真西にはフィリピン群島があり、その東北には台湾、さらに東北に沖縄諸島がある。

アメリカ艦隊が、この二つのコースをとって、日本本土に上陸しようという作戦は明確になった。アメリカの本土上陸作戦の最後の拠点は、硫黄島と沖縄諸島であると推測された。

トラック島壊滅から一年余りを経過して、アメリカの大機動部隊は輸送船をともなって硫黄島の総攻撃を開始した。一つの島が包囲された上、桁違いの戦力を行使されて、二万余の精鋭部隊で編成された防衛軍もじり押しに後退せざるを得なかった。硫黄島の司令官に対する大本営の指令は、あらん限りの戦力を駆使して、一兵でも多くアメリカ軍に損傷を与え、アメリカ軍の本土上陸の時期を遅らせよということであった。硫黄島防衛軍は、司令官をはじめ全員が特攻兵となって、続々と上陸するアメリカ軍と戦った。防衛軍の戦意は高かったが、圧倒的な戦力差は如何ともし難く、約一カ月余の戦闘で全滅した。しかしアメリカ軍の死傷者は二万四千八百五十七人をかぞえ、日本軍の強烈な戦意に愕然とした。

硫黄島の陥落は一九四五年三月二十七日で、アメリカ機動部隊の次の目標は沖縄諸島であることは明白であった。しかし大本営は、あるいはまず台湾を占領するのかとも考え、沖縄防衛作戦においても、アメリカ軍の上陸を阻止する水際作戦をとるか、それとも山岳部での持久作戦に持ちこむか、いずれかと動揺した。しかし硫黄島と同じように、約五万の将兵が特攻兵として最後まで抵抗し、アメリカの本土上陸作戦に大きな消耗を与え、本土への進行を遅らせよという指令は同じであった。

航空機による特攻攻撃だけが特攻作戦ではない。硫黄島と沖縄の全将兵が、特攻兵として殉じたのである。ジャーナリズムをはじめ戦後の日本人は、一機ずつアメリカ軍艦に体当りする特攻機を悲しみ、あるいは称賛しているが、硫黄島と沖縄諸島に散った特攻将兵については、ほとんど関心がない。特攻機は絵になるが地上戦闘を描写しても読者には受けないという商業主義がここに露骨にあらわれている。わだつみの会は、ほんらい硫黄島・沖縄諸島をはじめ太平洋のいくつもの島で特攻玉砕した将兵の問題にまで議論を広げるべきだと思うのだが、ジャーナリズムに乗せられた彼らには、そんな関心はなかった。

沖縄での戦いは、硫黄島にくらべてはるかに不利であった。防衛軍は陸軍約五万、海軍陸戦隊約二千五百、それに設営隊、工員、兵站部員合わせて約二万五千、さらに沖縄義勇軍約二万五千、男子中学上級生約一千六百、女子挺身隊六百人にすぎず、弾薬もほぼ一週間分ぐらいしかなかった。そのうえ沖縄にはいくつもの島があり、海岸線は長くて、アメリカ軍はどこからでも上陸作戦を実行できた。四月一日、アメリカの戦艦十隻、巡洋艦九隻、駆逐艦二十三隻は、沖縄本島南部の那覇の北北東十キロの嘉手納沖に集結した。上陸は容易であった。海岸には地雷も敷設されず、障害物もなかった。総兵力十八万二千のうち、六万人以上がその日のうちに上陸を完了した。こうなっては、沖縄戦でのアメリカ軍は、日本軍がどこでどのように反撃しようとも、片端から撃破できる態勢となった。

四月七日は本島の東南端に布陣した陸軍が、首里北方の防衛線を突破して、アメリカ軍に占領された中・北両飛行場を奪還する総攻撃開始の日であった。ところがアメリカの輸送船団が沖合に出現したので、側脊からの攻撃を警戒して総攻撃は中止された。海軍では世界最大の巨艦大和が瀬戸内海から豊後水道を通過して、沖縄に向い海岸に乗り上げて浮沈空母となり、陸軍の総攻撃を支援する筈であった。しかし、これもまた挫折した。豊後水道の出口で、アメリカ空軍に発見され、延べ三百機による爆撃・雷撃を受けて四月七日に沈没した。残るは陸海軍の特攻攻撃によってアメリカ艦隊を撃滅し、アメリカ陸軍を沖縄に釘付けにする作戦のみであった。

四月六日・七日に決行された菊水一号作戦では、六百九十九機（うち特攻機は三百五十五機）が飛び立ったが、撃沈戦艦二隻、巡洋艦三隻、駆逐艦八隻、輸送船二十一隻という戦果が大本営に届いた。軍令部は狂喜し、多くは旧型機に未熟パイロットを乗せた特攻機を続々と発進させた。経験豊富なパイロットは特攻機に攻めかかるアメリカ機とわたりあい、さらには自らアメリカ軍艦に爆弾を投下した。

五月に入ると、パイロット・軍用機・燃料ともに底をついてきて、特攻作戦の余地もなくなったが、沖縄作戦終結までに飛んだ軍用機の総機数は七千八百五十二機、そのうち特攻機は二千二百二十機に達した。大本営はこの航空作戦により四百四隻を撃沈・大破したと総括したが、アメリカ側は沈没三十六隻、損傷三百六十八隻、戦艦、空母、巡洋艦については一隻の沈没もなかったという統計を発表した。巡洋艦以上の大鑑の防衛弾幕は緻密に出来ていたから、未熟な特攻機ではそれを突破することは不可能であったろう。特攻機に弾丸が命中して火災を起こし、つづけて海中に墜落した時に上がる大きな水柱を他機が目視して、それを撃沈あるいは大破と報告した可能性は高い。

このような特攻攻撃によって、アメリカの日本本土上陸作戦を阻止できるはずもなければ、硫黄島戦でのようにアメリカ軍に大きな損傷を加えることも出来ない。つまり日本国土を守ることは不可能である。

それにもかかわらず、大本営は次から次へと、特攻機の出撃を命じ、多数の爆死者を出した。「きけ　わだつみのこえ」や「雲ながるる果てに」の筆者たちの一部は、特攻将兵として爆死したが、それは戦況を転換させるのに何の役にもたたなかった。このような特攻作戦を学友たちに強制した大本営の高級軍人たちに、私は涙のにじむような怒りを覚える。沖縄特攻作戦の爆死者こそ、「きけ　わだつみのこえ」の、陸軍の学徒兵の中国人殺しとはまた別の最大の悲劇である。

その悲劇の主人公に対して、「わだつみの会」の内部から、彼らもまた戦争責任がある。彼らの責任を追及すべきだという声が上がった。追及者の一人――安川寿之輔に対して、特別攻撃隊生き残りの後藤弘が手紙を送って、安川に強く反撥した。安川もまた反論して、後藤の許可を得て、「わだつみのこえ」一一〇号に後藤からの私信を公開した。その手紙の中で後藤は次のように書いている。

「無残に焼かれた焦土をみて我々は何を為すべきだろうか。敵機から日本をとも角守らなければならないと思った我々の同期生、そして迎撃戦に散り、文字通り二五番（二五〇K爆弾）を抱いて航空母艦に突入して散った神風特別攻撃隊の戦争責任を私は追及する気にはなれないし、その責任を追及しようとする人を私は許せないのです。」

後藤の気持は私にはよく分かる。私が文系で学徒出陣の一人であったなら、やはり特別攻撃隊に参加して沖縄の海に散ったであろう。しかし私は理系で文系より一年多く徴兵猶予の特権を得ていた。だから私は日本の政治経済が、沖縄戦当時どんな状態にあったかを知ることが出来た。先にも書いたように、航空機、軍艦、兵員の数から言っても、軍事技術の性能から言っても、アメリカ軍の戦力は日本を圧倒していた。特攻機が日本を守ることが出来る戦況ではない。

一九四五年三月十日の東京大空襲以来、アメリカ空軍の無差別爆撃は全国的規模に拡大した。それまで陰に隠れていたアメリカ帝国主義が、牙をむきだしてきたのである。特攻隊がアメリカ軍の市民みな殺し作戦に対して自己の爆死によって日本を守ろうと決断したことは、私もまた責められず、戦争責任を追及しようとは思わない。

しかし、後藤たちが「日本を守る」と決意した時の日本とは何であったのか。沖縄戦当時、日本列島はすでにアメリカの制空権・制海権によって包囲されており、弾薬、石油、食糧は底をついていた。この情況のなかで日本国民を守る唯一の道は、アメリカ軍に対する降服以外にない。あらゆる点で無意味であった特攻作戦に突っ込んでいた後藤たちには、この日本の状態を考える余裕はなかったのであろう。

ましてや、彼らが守ろうとした日本とは、日本国民と言うより日本軍国主義者を意味していたことなど、全く念頭になかったのであろう。日本政府がアメリカ政府に降服すれば、日本の陸海軍は解体され、日本軍国主義は雲散霧消する。日本軍国主義者はそれを恐れた。

日米開戦の前夜、アメリカ政府は日本政府に対して、中国大陸からの日本軍の撤兵を要求した。「満州国」の処理は第二段階の協議事項とする可能性はないでもなかったが、もし日本軍が中国から撤兵すれば、日本国内における日本陸海軍の政治力は急落する。アメリカ政府の要求を拒否すれば、日米開戦は必至となる。アメリカ軍に勝つという確信はなかったが、ヨーロッパ戦線におけるドイツの初期の完勝ぶりを頼りに、日本軍国主義はアメリカ軍との戦争に賭けたのである。

賭けは破れた。一九四四年二月のトラック島基地の壊滅以後、大本営は本土決戦体制を考慮せざるを得なくなり、硫黄島戦と沖縄戦で、少しでもアメリカ軍に打撃を与え、日本本土への進攻を遅らせる作戦を行使した。しかし沖縄戦では、本土に布陣した日本軍の残存戦力では到底アメリカ軍に抗し得ないことが、白日のもとにさらされた。

やがて十分に戦備をととのえたアメリカ軍が硫黄島を基地として関東平野に上陸し、沖縄を拠点として九州地方に上陸したら何が起こったか。沖縄戦でのように、男子中学生や女子挺身隊も動員せざるを得なかったであろう。私はその日の来るのを予想しつつ、一九四四年九月、中央航空研究所での研究を終え帰宅の途についたが、思わず心に生じた歌は「また会う日まで」という讃美歌であった。航空機の研究をしている以上、アメリカの戦車は必ずここに来る。そして研究者たちを拉致するに違いないと考えた。研究所の周辺で戦闘が起こると予想し、付近の住民たちはどうするだろう、「また会う日」が来るだろうかと思った。それで讃美歌の一節を心の中で歌ったのである。

本土決戦では、さらにおびただしい数の日本国民が殺され、多くの都市が火災に包まれたであろう。やがて長野県松代の大本営も陥落し、日本軍国主義は壊滅するだろうが、おそらく日本陸軍の参謀本部はその事態が来る可能性は高いと考え、自分たちも戦死はまぬがれないと覚悟していたであろう。だが、それはおそらく数十万の日本国民との無理心中を意味する。沖縄だけでも約十万人の一般人が戦争にまきこまれて死んだのだ。無理心中とは、心中をしかける人間の、心中相手にたいする殺人行為である。このような日本軍国主義者の死は、日本国民に対する殺人にほかならない。

後藤たちは「日本を守る」と決意したが、その日本とは日本軍国主義者にほかならず、日本国民は彼らによって守られるのではなく殺されるのである。後藤たちは、そんなことは夢にも考えなかったであろう。だが沖縄戦当時の日本の戦力とアメリカ軍のそれとの差を冷静に知的に考えれば、このような結論を考えることも出来たはずである。あの特攻作戦のなかで、それを彼らに要求するのは無理であると私は承知している。しかし、客観的にはこのような可能性はあった。今、後藤たちの戦争責任を問うとすれば、議論はここまで煮つめられなければならないのだ。

（本書で初出）

第二部

一本道の由来

——一年の余裕を与えられた理系学徒の戦争体験

戦場におもむく心情を一年にわたって書きつづけた日記

私が後藤弘の安川寿之輔への反論の気持はよく分かると書いたのは、私自身が一九四三年の秋、後藤たち特攻隊員と同じ心境に達したからである。ただ後藤と違うところは、私が理系の学生であったために、学徒出陣後、私の海軍入隊まで十カ月の余裕を与えられるという特権を持ったことである。私は一九四三年二月の日本軍のガダルカナル敗戦以後は、日本は必ずアメリカに敗けると確信した。そして父が三代の天皇に仕えた宮内省掌典であったことで天皇を半ば神として崇める心を抱き、地方では旧制高校の伝統を受けて西欧の文化と思想に強く惹かれていたから、信仰と思想との矛盾は、私の心の奥深くに内在していた。その致命的な矛盾をかかえながら、私が敗けると分かっている戦争に征く日は一日一日と近づいていた。

保阪正康は私の「きけ　わだつみのこえ」批判に触れて「星野は、一九二七年（昭和二）年生まれだが、直接には軍隊経験をもっていない」と書いているが（『きけ　わだつみのこえ』の戦後史、一九九九年、文藝春秋）、そうではない。私は一九二二年生まれで、予備学生として江田島海軍兵学校で訓練を受け、一九四五年六月に海軍少尉となり、九州の海軍兵学校針尾分校に教官として赴任した。

それはそれとして、天皇を半ば神として崇める以上、徴兵を回避するという心は全くなかった。しかし西欧哲学の洗礼を受けているからには、敗けると分かっている戦争に死ぬ意味を求めた。しかし、重要な政治情報には国の内外を問わず禁断の鉄壁がはりめぐらされていたから、死の意味を哲学的に教える人も書物も見当らず、書物なき独房の中で、死の意味を求めて一人悩み苦しむという形になった。しかし独房の中では信仰と思想との矛盾が解けるはずがない。私は徒労に等しい思考に疲れ果てて、ついに自らの思考を捨て去った。私がわだつみの世代の悲劇の根源は思考の切断にあると断じたのは、私自身のこの経験があるためである。

わだつみ学徒兵の戦争責任論を手がかりとして書かれた安川寿之輔の「国民の戦争責任再論」（一九九九年八月）を、私は原則的に支持するが、後藤弘の私信を引用しているにもかかわらず、特別攻撃隊員たちの心情に立ち入っていないところに、わだつみの世代の中心的存在の一人である私としては不満を抱く。心情的には、安川論文よりも後藤の私信の方に共感するところがある。しかし「きけわだつみのこえ」や「雲ながるる果てに」には、死を前にした学徒兵の心情が書かれているのだが、それらはひと時の心情であって、学徒出陣以前からの長いスペクトルで語られたものではない。

私は二年生の時、一九四二年から四三年夏まで大学の向嶽寮に住んだが、四三年九月に自宅に戻り、家の東南端の四畳半の部屋で軍隊に入るまでの一年間を暮した。大学の寮にいたとき、「現代日本技術の発展と政治経済の交流」というテーマに一生をうちこもうと考えたが、それと卒論研究とを、この部屋で静かに学びたかったのである。軍隊に入れば研究は中断され、戦死すれば、まだ出発点を探す段階にあった私の研究は社会に何の寄与するところもなく私もろとも消えてしまう。しかし、その日まで私は精一杯自己の研究に専心しようと決心した。

そして、その一年の自分の心情を日記に記し、戦場での死を考えての遺言として書き残そうと思ったのである。軍隊に入るまでの心情を淡々として語るつもりであった。大学ノートの表紙に「四畳半の日記」という表題を記した。

ところが、その一年間は、私の心情にとって人生最大の激動期となった。日記は一冊の大学ノートでは書ききれず、結局一年間で三冊の日記を記す結果となった。私の心情は三つの時期に大きく揺れたので、三冊もの大学ノートを必要としたのであった。

さて当時の日記の全文を公開したらきわめて分厚いものとなり、読者には分かりにくくなると思うので、本書では、私の思想と心情の変遷の経過を語ると同時に、当時の日本社会の雰囲気が感じとられるような部分を再録し、日付順に構成した。旧仮名使いを新仮名使いに改めたほかは少々の書き違いがあっても、そのままに再録した。


私は敗けると分かっている戦争に死ぬ意味を求めて、さまざまな人や集団に接触したが、自分が納得できる答えは得られなかった。私は孤立し思考に疲れ果てて、死ぬ意味を考えることを停止した。それは一九四三年十月頃のことである。この年の二月にドイツ軍はスターリングラード戦に敗れて降服し、同じ二月に日本軍もガダルカナル戦に敗れて撤退した。枢軸軍と連合軍との攻守の力関係が逆転し、以後はドイツ軍も日本軍も後退に後退を重ねる戦争となった。

私はこの年の末、一人の女性にめぐりあい、たちまち恋におちいった。戦場で率先して死ぬ決意を固めた私が、この女性に惹かれるというのは、いわば大義にもとるものであり、彼女が死を決意している私に惹かれるというのも意味をなさないが、愛は死を超えるのか、二人は死と恋との双方に挟まれて苦しみ悲しみつづけた。破綻は始めから分かっており、そのとおりになった。それが一九四四年五月十三日であった。

わずか五カ月に足りぬ短い恋であったが、その間、恋の楽しさなどというものはほとんどなかった。その五カ月は、どうあっても大義を守ろうとする私の苦しみと、彼女の涙に満ちていた。彼女の愛はついに死の世界から生の世界へと私を引きだした。私が戦場から生きて帰ってきた暁には、二人は結婚しようという風に、私の大義は半ば後退した。

しかし次には天皇制下の家族制度が二人の愛を認めなかった。心と心とが通じあう愛は、天皇への忠誠心に劣らず、私にとってもっとも大切なものであったが、それにもかかわらず、天皇制は容赦なく二人の愛を打ち砕き踏みにじった。

愛の破綻の前後ほぼ十日のあいだに、私は真の孤独者となると同時に、天皇のために死ぬ心を私の体から放りだした。私は中国の抗日民族統一戦線や国内の三二テーゼなどは知らなかったから、連帯という発想はまったくなかった。そして天皇制と精神的に戦うために孤独の論理を掲げた。私の著作集の第八巻人間論の最終章は〝第一歩〟と題されたが、その冒頭の三つの文章――孤独について、愛について、良識人について――は一九四四年五月十三日から九月二十四日にかけての私の日記とそれにつづく海軍日記の中の短文を拾い、それらで構成されたものである。これが文字どおり私の思想の〝第一歩〟であった。

それとともに、日本はなぜ戦争に敗けるのか、日本人はなぜ戦争にのめりこむのか、敗戦後の技術と世界はどう変わり発展するのかという三つの問題を生涯をかけて解くと決意した。一本道が私の前に開けたのである。

もし彼女とめぐりあわず愛しあうこともなかったら、私は天皇陛下への忠誠心を燃やしつつ戦場に向ったであろう。そして敗戦によって天皇の主権が剝奪されたとき、私はなすすべを知らず、茫然として歴史の先行きなど考えることも出来なかったであろう。私は技術院に就職したが、敗戦とともに文部省科学教育局に転勤となっていた。私はその官僚の道をとぼとぼと歩きはじめるほかはなかったに違いない。

彼女の私への愛は、その道を放棄させた。そして愛の破綻の代償として、私は一本道を得たのであった。彼女は二人が別れた直後に、私が天皇への忠誠心を投げ捨て、孤独の論理をかかげ、一本道を歩きだしたとは思いもよらなかったろうし、むろん知ることもなかったであろう。しかし客観的には、彼女が私に一本道を与えたも同然である。

私は一九四三年十二月二十四日の日記にこう書いた。

「昨日は午後、明治神宮に参拝した。『海行かば水漬く屍、山行かば草むす屍』この坦々たる言葉が始めて身につまされて分かったような気がした。この言葉を口ずさんで居ると、涙が目頭に熱くなった」

ところが翌一九四四年六月五日の日記、わずか半年後の手記はこうである。

「大東亜戦争が一面強力な天皇政治を益々厳にして居るように見えては居るが、事実は殆ど逆であろう。むしろ、その強化の方向こそ、裏を返せば天皇政治の弱化・崩壊への道である」

さらに九月十二日の日記には次のような断定がある。

「一体この国に暁はくるのであろうか。自分は日本人を殆ど信頼できない。この国に活を入れる道は只一つ、国体を打倒して指導者を完全に一掃するにある。けだし〝国体〟は二十世紀の神話であろうか」

人がもし、本記録を読む時、たまたま第二冊をとばして第一冊と第三冊だけを読んだとしたら、その二つの記録のあいだの思想にも記述にも文章力にも大きな断層があって、これが一人の人物の日記かとおどろきあきれるに違いない。

その断層の上に、大義と涙、死と恋とのどうしようもない苦闘が、五カ月間存在することを知って、人は初めて深い断層の理由を理解するのではあるまいか。しかし死と恋との苦闘が続いたのは、一九四三年末から一九四四年五月にかけてのことであるから、読者はなおかつ思想的転換もまたあまりに早すぎると思いもしよう。

その理由はこうである。天皇陛下のために死ぬ心にしても、死と恋との解きがたいもつれにしても、すべては若者たちに対して死ぬか生きるか迫る戦争の強圧のために、私は極度の思考と感情を集中し、自己がどう死ぬか生きるかを決断せざるを得なかったのである。

どんな態度であれ、戦争に積極的に対処しようとすれば、戦時体制が緊迫してくればくるほど、私たちは明日をも知れぬ切迫した生き方を迫られたのであった。あれかこれかと長く思い迷ったり、優雅に読書しゆっくりと思想を決めて行けるような、余裕のある情勢ではなかった。付け加えると、戦後は長く平和が続いたが、無思想・無教養・無娯楽の三無主義で六十年間やってきましたと、朝日新聞の記者に語ったように（二〇〇三年十一月二十八日付、同紙）、一九四四年五月十三日以来、私はその生き方のペースを落とさなかった。目標があまりに大きく深かったためであることはむろんだが、主要因はそれだけではあるまい。

人間の行動は人をめぐる外的必然と、人の心の内的必然とが合体して形成されるのであるが、外的必然については、情報を集め現象を分析し掘り下げることによって、比較的容易に理解できるが、内的必然は外部の人が見ることも出来ないし、当人にも分からないことが多い。

本記録は、それを敢えてして、私の一本道が形成された内的必然を明らかにしようとしたものである。しかしさらに分かりにくいのは、一本道の形成のきっかけや私の心理はこうであったとしても、それが一つも戦争のなかった六十年にわたって続いたということである。そのモチベーションは何であったのか。外的必然については、すでに「技術史研究」誌の七十一、七十二、七十三号に書いたが、内的必然については、ほとんど語っていない。今も何が私をそうさせたのか、自信をもって答えることは難しい。それについては本記録の最後に一つの推理を提出した。

死の意味を求めて・四畳半の日記　第一冊

（一九四三年九月二十日～一九四三年十二月三十一日）

一九四二年に東京工業大学入学早々、ふとしたことから、私は奉誠会の中枢をなす情報部に入ることになった。一九四一年に学生の自治が廃されて、旧自治会は教師・学生一体の奉誠会に改組され、旧自治会の文化系各部は新設の情報部に統轄され、各運動部はこれも新設の協同部の傘下におかれた。

情報部自体は一部と二部に分かれ、二部はもっぱら工業大学新聞の編輯・発行にあたった。そしてかつての新聞部にたてこもっていた学生たちは放逐されて、右翼系の学生が新聞の編集を始めた。しかし右翼系の先輩たちの編集能力は貧しく、工業大学新聞のレベルは急落した。かつては帝国大学新聞、一橋新聞、早稲田新聞、三田新聞と並んで、帝都五大学新聞の一つであったが、私が入学した当時のレベルは、編集企画と言い、記事の内容や構成方法と言い、到底五大学新聞の一つと言えるようなものではなかった。

むろん私としては新聞の編集は初めての経験だったが、親友のIと力を合わせて入学早々二人は新聞の再建計画を推進した。人事でも、大学当局との関係でも、印刷所（初めは国民新聞、後には読売新聞に変わった）との契約や原稿の受け渡しでも、ありとあらゆる障害があったが、私は半年かかって再建を軌道に乗せることが出来た。

毎月二回、論説を書かなければならなかったが、その大部分は普通の新聞のように、政策論にならざるを得なかったから、私は日本のみならず欧米の戦時体制にかかわる書籍を買い集めて勉強した。電気化学の授業や実験に出る余裕はなかった。実験は数人のグループで行なうのが普通だったが、学友たちはレポートに私の名前も加えてくれたので、私は実験せずに実験の単位をとる結果となった。

一方、戦いの急迫はミッドウェー敗戦、アッツ、ガダルカナル、ビルマの激戦のニュースが新聞にこそ出ね、情報部の我々には耳に入って来ざるを得なかった。卓越した敵アメリカの科学、じり押しに後退する日本。日本はこれでよいのか。否、もっと足もとに向って、自分の姿はこれでよいのか。情報部の学生達は一様にこんな苦しみにうたれて居た。而も誰もの心の底にある新聞の編集発行に対する疲労感、勉学に対する強い希望が、情報部の中によどんだ渦を巻いて、じりじりと人々の心の中に沁みこんで行った。

「何時もこう………自分の心の底に秋風が吹いているような淋しい気はしないかい」

一九四三年の春あたりになると、同期のNがよくそんなことを言った。ただ現在の生活を惰性でつづけて行く人々の、誰もの心に秋風が流れていた。一九四三年六月二十二日脱稿と記された「現代の意義に関する一考察」は大学の寮誌に投稿されたものだが、それは論説を書きつづけた過程での私の社会科学研鑽の結果と言えた。これが私の最初の雑誌論文である。その一節では私は次のように論じた。

「差し迫った眼前の大戦争を遂行する観点より見た時に、生産増強の根本問題を云々する時、之等の問題の表面に強く浮かび上がった今日の指導的官僚、資本家、教育家の夫々の策の拙劣、或は極端に言えばその無自覚を一旦我々は責めざるを得ないのであり、事実巷にはこの様な声の氾濫するのを聞くのである。然し乍ら我等は徒らに之を攻撃し、悲憤慷慨するよりも寧ろ、何故かくの如き矛盾が如何なる歴史の流れから生じ来ったのであるかを見ることがより重要でなくてはならない。」（本書の最後に、この全文が掲載されている）

まるで左翼調の論じかたであるが、事実、この原稿は大学当局により思想的に問題ありとして没にされてしまった。日本国内の現実はこのとおりであったうえに、この頃はガダルカナル島の西のブーゲンビル島での死闘がくりかえされており、日本軍の敗色は愈々日一日と濃厚になっていた。アメリカ艦隊のレーダー射撃の威力と飛行場建設での機械力の強大さは、日本軍のそれと比べて、あまりに格差が大きく、私はも早敗戦は避けられぬと判断し、行政改革の不可欠をこわだかに主張する一方、敗けると分かっている戦争に、まもなく自分も参加し、自分の戦死もまた避けられぬと考えた。私は敗けると分かっている戦争に死ぬ意味を求めた。

しかし一九四三年六月号の中央公論誌に高坂正顕が書いた巻頭論文「思想戦の形而上的根拠」が、西欧思想によって大東亜戦争の意義を説いたとして、軍部の忌避に触れて翌月号が発売禁止となり、つづいて大学側に要請されて興亜学生勤労報国隊に参加して、満州で日本人の横暴の現実を見た時、大東亜戦争の歴史的意味とその戦争に自分が死ぬ意味をどう考えるか、私は明瞭な結論を出しがたくなった。私は思考に次ぐ思考に疲れはてた。四畳半の日記の第一冊はその時点から書き始められている。

中央公論の発禁は日本の論壇に決定的な影響を与えた。各総合誌には神懸かり派の論客が勢ぞろいして、それまで論壇の寵児であった高坂はじめ京都学派に対する攻撃が猛烈をきわめた。その論客の一人に亀井勝一郎がいた。亀井は大君の詔書のまにまに戦争を遂行するには〝一切放下〟のほかはないと論じた。西欧の伝統の論理を借りてくだくだしく理屈を言うなということである。その一文が私の思考を断ち切り、死ぬ意味とは天皇陛下のために死ぬことにほかならぬと、私は心を決めた。*

＊　亀井勝一郎のほかに西欧思想を借りて、さらにわだつみの世代を戦争にあおりたてたのは、柳田謙十郎である。柳田は一九三九年に「日本精神と世界精神」（教養文庫、弘文堂）を刊行し、次のように論じていた。「戦争は既に我々の現実に対して与えられた不可避なる歴史的現実である。これを回避することは、唯人生を逃避することであるにすぎない。これを否定する者は歴史を否定するに外ならない」（一三八頁）「一死報国のおもいを深く胸に秘めた出征兵達が萬歳々々とどよめきひしぐ国民の歓呼の声に送られて其の父母の国を出で立つ時、其処に意識される処のものはもはや太郎や次郎たる個人的存在ではなくて唯自己即国家、国家即自己として一体となる日本国民であるということだけである」（一四三頁）

私は一九四二年に出版された第十版を読んだのだが、柳田の理論は亀井よりもさらに強力に私を戦争に突きやった。私の書棚には「はるかなる山河に」、「きけ　わだつみのこえ」、「雲ながるる果てに」と並んで、この本がその隣にさしこまれている。五十余年間その位置は変わっていない。その柳田がなんと一九五〇年に設立されたわだつみの会の初代理事長なのである。柳田は昔のことは忘れたろうが、私は六十年間鮮明に記憶しつづけている。亀井は文学的に、柳田は哲学的に「わだつみの世代」を戦場めがけて突き飛ばしたのである。

時をおかず新聞には近く理工系統と教員養成諸学校のほかは、徴兵猶予は認められなくなると報じられた。私は工業大学の学生であったから、従来通り学業をつづけることになったが、文科系の学友たちはことごとく学業途中で前線に動員されることになった。

私の在学期間は二年半に短縮されたので、私はその年の十月から三年生となり、K助教授のもとで卒業論文にかかわる研究を始めることになった。情報部での活動の主役も新二年生に渡すことになったが、彼らの編集能力はいかにも頼りなかった。月二回四頁の新聞を発行するのは、実験、演習、輪講に追われている学生にはかなりの負担であったのだ。

しかし大学当局は私を中心とした情報部再建が軌道に乗ったことによって、学生たちの重労働には関心がなくなっていた。その行き違いと、文化週間の開催の是非をめぐっての意見の相違によって、私をはじめ情報部の全員は十月十五日、新聞編集活動を返上し、情報部は瓦解してしまった。

一方、私は敗けると分かっている対米戦争に身を投じる覚悟をしていたが、「私はもともと天皇陛下のために死ぬべく生まれ、今まで生きてきたが、やがて戦場で死をとげることは私の名誉であり運命である」と考えるようになった。死の意味を追求しつづけ（今にして思えば徒労であったが）、疲れ果てて私はこの境地に達した。おそらく初期の特攻隊の隊員たちも、そのように考えたのではあるまいか。

この頃の日記には、情報部員を辞職したこともあって、軍隊に行く前の一年足らず、ただ静かに暮らしたいという記述がつづいた。しかし、その安閑とした生活は二カ月足らずで終わってしまった。学生新聞を発行する手足を失った大学当局は、私一人を呼んで、情報部再建の意見を求めた。私は学生たちにとっては、新聞の編集発行があまりに重荷であり、情報部から新聞部を切り離し、大学側の誰かが編集長として責任をとって欲しいと要請した。そのほか欠員となっている会計事務員の補充を求め、さらにいくつかの要求を出したが、大学側はすべて了承した。こうなっては、私自身は新編集長の補佐役として、事実上ただ一人の三年生として、ふたたび編集の中心に位置せざるを得なくなった。

そして十一月三十日、文科系の友人たちは、東京駅から臨時列車で宇品に向かった。前夜、中学以来の親友であった友人が、訪ねてくる約束であり、酒を暖めて待っていたが、来なかった。喜び勇んで戦場に向かう気分ではなかったのであろう。やはり中学以来の別の友人が、東京駅から出発するというので、私は送りに出かけたが、校歌や寮歌をどなるように歌うグループ、「連れて行くのはやすけれど女は乗せない輸送船」というずんどこ節を手を打ちながら歌うグループ、そうかと思うと風呂敷包みをかかえて一人じっとたたずんでいる学生等々、征く者、送る者で溢れかえっていたドームには、なんとも形容しがたい異常な興奮が渦巻いていた。

文科系学徒出陣の時期と情報部の改組問題の時期は、このようにほとんど重なっていたのである。私は大学側に辞表を提出して、はじめて心静かに日々を過ごせるようになったので、ふたたび新聞の編集のために心を乱されるのを恐れた。戦場での死を前にして、静まり返っていた池に石を投げ込まれた思いであった。しかし以前に比べれば、すでに編集体制は整っていたので、翌年の二月末まで卒論研究のかたわら出来るかぎり穏やかに仕事を進めようとした。それに加えて、新しい事務員として会計を預かった女子事務員K子は顔立ちも華やかで、礼儀正しく、はきはきとものを言う性格で彼女のかもしだす雰囲気が、新聞部全体の空気をやわらげていた。

しかしK子とのめぐりあいは、かつて味わったことのない苦しみと混乱に満ちた私の精神状態を引き起こした。十二月二十一日に私ははじめて、K子と二人で長く話したが、その時私はこの人に惹かれてゆく、この人も私に惹かれ、そして二人の愛は破綻するという思いが、まるで既成事実のように、私の胸中に湧いた。十二月も末に近づいていたから、部員の多くはそれぞれの自宅に引き揚げてしまったので、私とK子との二人きりの対話は続いた。私とK子との心の距離は急速に縮まった。

しかしどんなに心の距離が近くなったとしても、私自身が天皇陛下のために敗ける戦争に死ぬという信念を抱いている以上、二人は愛そうとしても愛しきれぬことは明らかであった。私の苦しみとK子の悲しみは、二人がめぐりあったその時から二人の心に固くからみついていた。

この頃万葉集への私の感傷的な傾倒は絶頂に達していた。あの素朴な感情を抱きつつ、人生を美しく死んでゆきたいと私は願っていた。自分のこのような心は所詮は甘い一つの感傷であった。甘さへ甘さへとかたむき流れて行く自分を、私は心のかげにちらと感じていた。美しい冬の日がつづき、自分の心がこのように、たゆたって居る時に、自分は自分の前に現れた一人の女性を熱い心で見つめはじめた。静まりかえっていた私の心の池に、新聞部よりさらに大きな石が投じられたのである。

私を理解していた唯一の先輩は館山の予備学生隊にあったが、十二月三十一日、私はその先輩に長い手紙を書いた。新聞部の改組のこと、再出発のこと、戦場に向かう私の心などを語った最後に、K子について書かざるを得なかった。

「その人は自分が『水漬く屍』の気持ちを持っていることを知っています。それでこちらの方で或るリミットで付き合えばと考えているのです。

互いに実によく相互の人間を知りあって居り、少なくとも僕は相手の愛情を心に感じるのですが、若しも之が恋愛の一つであるとしたら、実に奇妙な恋愛であると思っています。然し少なくとも、女のために一生の大義を動揺される等とは殆ど僕には考えられません。大義に死することは、一生をかけての僕のプライドであり、一生をかけた美しさの中に身を投入することだと思います」

＊　＊　＊

九月二十日

七畳半の長細い部屋の障子の破れを眺めつつ暮らした二年の月日、松本の生活と変わって、今年の十月から愈々四畳半の中に一年暮らすことになった。家にいると人間が甘くなる、こう思って（大学の）向嶽寮に入った自らを祝福したのが一年前、どうやら情報部のおかげで色々なことを覚えた。苦労しないといけないらしい。

銃後の思想界は動乱の極致である。京都学派はひどい鋭い批判の的になっている。一番ひどいのは、高山岩男、次に高坂正顕、西谷啓治。京都学派が少し調子にのりすぎたのが悪かった。本当の所は自分でもどうも分からない。然し京都学派の思想的根底がヒューマニズムであることは確かである。それはどこまでも明治以来の文明開化の思想に違いない。それはどこまでも客体の論理である。

東京学派が攻撃した所は、結局は京都学派が「客体の論理から出発した主即客のディアレクティークなる前提があって始めて国体が確立し得る」こう考えた京都の哲学の僭越にある。哲学でも論理でも何でもない。一切を放下した所に国体があるのである。「国体帰一の理念から学問はならねばならぬ、特に哲学に於て」之が東京学派の言い分である。東京学派の攻撃は随分汚い心が見え、言うことも辻つまの合わぬ所が多いが、確かに急所はついて居る。

九月二十一日

卒業式、幾多の先輩を送った。からりと晴れたそれは美しい秋空が澄み渡って居た。吹き亙る秋の風が冷やりと肌に触って清々しく、頭の中が洗い清められるような気がすると同時に、どこか胸の底に冷たい秋風が蕭々と流れて居るのを感ずるのだった。そこはかとなくたよりない、取り縋るものを失ったような淡い淋しさが心の中を流れた。

九月二十四日

蠅がぴんと翅をたててじっと身動きもせずに、脚を広げたまま障子にへばりついて居る。寒さに凍え死んで居るのである。まだ九月というのにうら寒い灰色の雲がうすく大きく広がって、時折冬の日のような日ざしが桟窓のかげを机の上に弱々しく落とす。ここ三、四日何となく落ちつかない日々を送った。

二十二日の夜、国の決戦体制強化が発表された。「所謂理工科系統の学校を除く外、法文系統の教育を停止す」我々は入営延期と言う形になるらしい。

この国の非常の時にあたって金属工学科の学生が二人、予備学生に採用されたにも拘わらず辞退した。Y教授が大学院へ入れると言う名目でことわったという話しを、O先輩からきいた。言いようのない、胸の底からむっとつきあげてくるような怒りがした。情報部を退こうかと思った。昨夜の送別会では之を人々に言った。ただでは済まさぬ心持ちであった。

然し静かに机の前に座って居ると、一切の怒りも苦しみも霧が流れ去るように、何時のまにか音もなく消えて行くのだった。何でもよい。あらゆる刺激を避けて静かに本を読み、ずっと世の中の鼓動に耳をかたむけたい様な気がしてくるのである。

之は悪であるかもしれない。然し自分は世の中の刺戟に、目まぐるしい一切の闘争に疲れたような気がする。とりわけこの頃の刺戟、満州、朝鮮、思想問題、戦局問題、学校閉鎖ETC。目をつぶりたい。ひょっと人麻呂の歌を思い出す。

淡路の　野島ケ崎の　浜風に　妹が結びし　紐吹き返す
淡路島の浜で海の方を眺め乍ら、胸もとの紐がしきりに風にひるがえる。うららかな日ざし、おだやかな海、夢のようなうっとりした又物わびしい沖の島々、ひたひたと浪がよせる。美しい砂、砂。大和の国に別れて来た妻の姿、家の中が、そのたたずまいが目に浮かぶ。

この歌は悲しみの歌ではない。この詠嘆の一瞬は、恐らく人麻呂にとって何ごともない、音もない静かな幸福が胸の中を洗ったであろう。世は騒然として居る。この世の慌ただしい雑然たる烈しいわめき声、そのようなものから、じっと目をつぶってひょっと心の中をおだやかに、のどやかに単純にして見たい。
近頃は万葉集をくり返し読んで居る。

九月二十七日

姉の嫁ぎ先の親戚へ二十五日に行った。姉は「お前はよかったねえ」と言った。義兄は「うまいことをしたな。親爺さんも鼻が高いだろう。無理に息子を理科にやって」と言った。目をつぶりたい気持ちであった。胸の中から何かが貫き出てくるような気がした。「いい悪いの問題ではないでしょう」思わず言ったものの矢張りその人々の前では大声を出せなかった。教養がないんだから仕方が無いと、そっと胸の中を抑えた。

父は所謂日本精神論者、父の言い方にいく多の疑惑はあり、正当なものではないと思いつつも、神官としての敬虔な生涯を思うと矢張りその底に真実なものがある。毎朝の敬虔な祈りは父の人格の表れであろうか、そう思った。

二十六日、昨日のことである。たしか昼前のことであった。茶の間の方に歩んで行った父は突然「お前もよかったろう。文科へ行くよりも理科へ行って」と言った。見よ。父すら言った。日本人として日本の心を持って居ると考えていた父の口から、その言葉が出た。「僕は一寸もいいとは思っては居ませんよ」「然し矢張り学問を中途できられるのはなあ」「そんなことは個人の自由じゃないですか」

怒りと淋しさが交互に胸の中をかすめた。私の心には二重の怒りがあった。国のことなどよりも先ず自らの浅い学問を考える父の心に対しての怒りである。もう一つは「文科へ行けばよかったと後悔している自分が、文科へ行けば今頃学問を中断されて居り矢張り父の言う通り理科へ行ってまあ一安堵した」と父が自分の心を見すかしたような事を言ったことである。

天地神明も照覧あれ。その時の自分の心の中に、どこにそんなものがあったか。父は自分をそう言う人間に育て上げたつもりなのか。それで満足して居るのであろうか。

も早父の如何なる人格も尊敬し得ない。あの父の毎朝の祈りは三十数年も大いなる欺瞞であった。日本精神を説くのを止めよ。祈りを止めよ。一切は偽りである。

それ以来、父を軽蔑するのである。教養の無い一般的日本人なら未だ許せる。或は所謂都会的な浅い広い教養のみを持って、その底にはなにものもない人々でも未だ許せる気がする。然し朝々に祈りを捧げ、日々に日本の神々の徳を説く者のその偽善は許されぬ。日本人の最大の罪に近い。も早父の如何なる言も信用し得ないのである。

九月二十九日

我一生の学問のテーマ〝日本現代史に於ける技術の発展と政治・経済の交流〟。各研究部門別に、文献を整理し覚書を作っておくのもよい。

とにかく万葉集の研究は西村真次の言う通り、その文化史的研究が大切である。奈良時代に唐突には入り難いから、一方情操の涵養と精神の休息を狙いつつ、万葉集から逆に奈良文化に戻って行く。之は一つの帰納法である。そして或程度の漠然たるイデアが摑めたら、今度はそのイデアから万葉集の個々のものを解釈し、そのイデアの中に位置づける。どうせ、ここで解釈し得ぬものとか、位置づけ難いものが出てくるに決まって居る。そしたら、つまりその得たイデアの再検討と言う所になる。つまり又帰納である。

こうして帰納、演繹、帰納……とくり返す。之は常に自分の研究方法である。自分のよく使う比較研究は之と少し違い、帰納演繹繰返法が縦のものなら、比較研究法は横のものである。緯と経とをうまく使って学問が少しずつ出来る。

ところで実に前途遼遠である。求むる研究題目の一応の完成は先ず三十年後、我れ五十才の時に成るのつもりである。結局最もフレッシュな最も自由な学生時代に各研究部門の基礎感覚を養わなくてはならない。今でなくては難しい気がするのである。

十月一日

今日も霧雨が降る。冷たい日である。

蓮田善明の「本居宣長」を読了した。保田与重郎の「万葉集の精神」と似たようなもので、著者には何等の思想も根底もない。もっとも「思想だとか根底とか、そう言ったものは汚きからごころであるとして問題にならない」と言うのならば、それはそれで別の問題である。

而して本居宣長に対する従来の見方は、宣長を文献学者としか扱っていなかったのではないか。宣長が根底として深く頼んで居るやまとだましい、みやじ、そのようなものを少し軽視してはいなかったか。むしろ宣長のこの見方が非常に特徴のあるものであり、我国にはこのような考え方をする者が案外多い。

たとえば維新の際に活躍した真の意味の攘夷論者などは、この系統である。理論、体系などはこちたくうるさきものである。それはなまさかしらにからめかしたものであり、我国の神道に比べたらまるで穢らわしく一顧の要なきもの、従ってからめいたものなら何でも、それを手にとり近づくことはよくないことである、と考える皇国絶対天壌無窮の考え方。

彼のこの信念を精細に分析し、その得たるものを以て、本居宣長の学問を再検討して行けば、必ず新見が生まれるに違いないと思うのである。そんな意味で、宣長をもう一度振りかえり、もう一度彼の学問をふりかえることは、明治維新の際の尊王攘夷論の究明、現代国学の研究に於て、案外面白いものが出てくるかも知れない。

十月六日

アスファルトの坦々たる道路が見る見る足の下に気持良く流れていった。両足の膝が爪先がぐんぐん進む。久し振りに大学から多摩川迄駈けてみた。クラスメートの五人であった。空がどこ迄も青く、生の躍動を覚えると言うよりも、生命が自らを悲しいと感ずる程の青さであった。今日から駅伝の練習が始まる。去年の楽しかった練習を思い出す。

やっと卒論研究の相棒のYとK助教授を摑まえた。重金属研究所の部屋で話し合ってから又先生に連れられて外へ昼飯を食べに行った。大岡山ではどこも食べられなかったので、目黒迄出かけた。発火合金の性能調査が、それが鋳造してくれる所がないと言うのでセリウムの溶融塩電解の理論になってしまった。

しまったと思ったがもう仕方がない。発火性能調査のつもりで卒論は楽に考え、自分の作った〝日本現代史に於ける技術の発展と政治・経済の交流〟の研究にとりかかるつもりだったが、すっかり駄目になった。電解理論をやるのでは、とても自分の研究のA部門のような簡単な具合には行かない問題など、従来の実力が乏しいのだから、余程腰を据えてやるのでなければ先は覚束ない。

隊に入る迄後一カ年、実際の所、何をしても余り変わらない。形勢がこうと決まったら電解理論をがっちりやるより他に道はない。余暇に万葉集でも読むことにしようと思う。

十月八日

しっとりとした空を仰ぐような落ちつきがある。新聞をやって居ないことと、技術史研究を放棄したことによるのであろう。

殆ど焦燥も感じない。未だ片付いて居ない仕事もあるのだが、それにしても殆どその存在を覚えない程の伸び伸びとした気持である。卒論は不安なことも不安だが、当分は文献にかかって居るのどかさがある。昨日から図書館の中にこもる。エンゲルハルトのBANDⅢのセリウムの所を訳して居る。

秋の気がここ二、三日急に冷たく皮膚にふれてくる。

万葉集は実際良い。一年間で短歌を作る勉強もしようかと思う。戦争に行って居る間のことを考えると、何か一つ、そう言ったものをもって居る方がよさそうだとも思う。ここ一年間は世の中の動乱と離れて、静かな心でセリウムと万葉集にひたろうと思う。

十月十三日

又しても論理に疲れたと思う。思えば高等学校の二年から大学の二年迄、自分はただ思索、論理と思いつづけて来た。空の色の美しさに身を投げるようなこともせず、山へ登りながらも自然の荒々しい息吹を心行く迄吸おうともしなかった。昨日の電車から眺めた東京の街の風景は、澄んだ大空から流れ落ちる秋の和らかい光の中に、息をつめたような家々が並んで居た。

神の恩寵、自分はこの三年半、神の恩寵も知らなかった。

十月十六日

昨日、辞表を安藤さんの所へ提出した。

別に辞表を出したと言う気もしない。なにごともなかったような気もする。

昨日の朝はひどく寒く、秋の気が手足に冷たかった。朝、寒さに目を覚ました。それきり眠れなかった。今日は又暖かいうららかな日、ただぼうっとして居たいような日である。十月は早くたった。もう月なかば。午後はどこか散歩にでも行こうと思う。中学以来の親友Kは戦地でどうして居るだろう。

我が命はここ二、三年余り。この一年人生の息をしみじみと吸って戦いに行きたい。

十月二十四日

うす寒い曇り日。もう十一月になる。徴兵検査はこの二十八日、二十九日に決まった。二十六日朝に出発、柏崎へ先ず行くつもりである。矢張り検査が済まないと落ちつかない。検査は一生の大事であるからである。卒論が検査で中断されるのが何か惜しい気もする。それ程焦って居るのかと思う。又とない静かな休暇がとれるのである筈だが休み中焦燥を感じて居るのは愚かである。
何時か三年の生活にすっかり入ってしまった。何とはない悲しさがたえず胸の中にたゆたって居る様な気がする。

一九四四年五月四日（一九四三年十月末から十一月末までの回想記）

休息の底の中に、自分の手にしたものは万葉集と古事記の歌であった。

三輪山をしかもかくすか　雲だにも
　情あらなむ　かくさうべしや

額田の大君のこんな歌が。

夏草の　あいねの浜の　かき貝に　足ふますな　明かしてとおれ

古事記の軽の大嬢のこんな歌が、そのころの自分にぴったりとした、それこそ涙ぐませるような歌であった。戦いに行く迄のこの一年間、自分は静かに息をつめて暮らしたかった。この丁度九月末から十一月の末に至る二カ月間、この時期は又大学生活の中にあって一つの時期を画すものであった。自分はあっさりと辞表を情報部長の下に提出した。僅かな感情的なものよりも、自分は最後に未だ自分の身にこびりついて居る過去の残渣を払いたかった。一切の残渣を払って、青空から流れ出る和らかい日の光を伸び伸びと身一杯吸い込みたかった。
だがこのような憩いが何時迄つづくものではなかった。十一月もそろそろ末になるような頃であった。情報部の部長と三人の副部長、それにO助教授の会合に出席した。新聞再建の意見聴取であった。所詮は自分の再出馬を要請するものであった。

「正直な所、つくづくいやだと思う。然しとらねばならぬ責任である。一旦情報部にかかわったが最後、所詮は平和な生活が又壊れる。たえず人の心に気を配らねばならぬ。自分一人きりの生活が欲しい。イデオロギーはやめたいと思う。然し之も亦入ってくるものである。又理屈を言わねばならぬのかと思うとぞっとする」（十一月二十五日の日記）

自分はこのような気持であった。一年の時から抱懐して居た自分の懸案の新聞部の独立の好機であった。結局は自分はこの未練のために、平和なものを乱してさえ、再び新聞に手をつけたものかも知れない。

十二月九日

十二月の寒さが日増しに身に沁みる。愈々炬燵が入って例年のような冬の生活になる。夜は何時も遅く迄起きて居るようになった。朝が寒くて落ちついて朝の日ざしの中に日記をつけるような気にもならない。之から夜、炬燵の中で、森とした空気の中で日記を記すことになるだろう。

卒論も春日の蝸牛の歩みのようであるが、ともかくも少しずつ進む。その中に酸化セリウムと弗化セリウムの状態図を作ることにしようかとも思う。それにしても、塩化セリウムの電解を一応やってみたいとも思う。

新聞の方もどうやら春の日のようなのどかさの中に次第に運転を始めて居る。も早全面責任の地位に無く、張り切って居るO助教授のワキ役なので、ただ新聞が徐々にスムーズに動いて行くのを見て居れば良い。

正月号の特集にとうとうかり出されたが、始めは憂鬱そのものであったが、殆どアルバイトらしいものでもなく、かえって心楽しいものであるので、も早何もない静かな気持である。こんなものだったら、ずっと新聞をやって居ても、一つの趣味のようなもので嫌な気も起こらない。

然し曾ての烈々たる闘志はなくなった。非常に純粋な思いつめた理想への戦いは、今かえりみて去年の十二月迄であったと思う。それからは実に現実的な、むしろ俗界的な半年余りも亙る苦痛であった。曾ては美しかった理想への論理も、俗界的な苦痛のまさり行くと共に、何時か心虚しいピラミッドに変わって居った。〝理論に疲れた〟そこでこのような感じが全身に疲れとしてしみ渡ったのであろう。

十二月十八日
もうすぐお正月。何やかやと言って居る中に、やがて大君に召されて戦いへ出で向かう日もやってくるのである。
人生を美しくして死んで行きたい。美しく死にたい。美しい感情が、うるおいのある感情が欲しい、きれるような少女と古事記を語り万葉を語りたい。そんな女はいないものかなどと思う。
「星野は甘いくせに、甘さを決して見せようとしない」親友のIがこんなことを言った。さすがにIはよく自分を見ている。何という甘さだと、何時も自らを思う。

天飛む　軽の嬢子　甚泣かば　人知りぬべし
波佐の山の　はとの　下泣きに泣く
好きな歌。こんな歌が好きである。
味酒三輪の山　あおによし奈良の山　山の際に隠るまで
道の隈いつもる迄に　つばらにも見つつ行かむと
しばしばも見放けむ山を　情なく雲の隠さう可しや
泣きたくなるような歌である。
妹が見し　あうちの花は　散りぬ可し
　我が泣くなみだ　未だ乾なくに
何という純粋。
春の日の　うら悲しさに　おくれ居て
　君に恋いつつ　うつしけめかも
ああと言いたい。記紀の歌、万葉の歌、美しいもの、涙ぐましいもの。

十二月二十日
「武士道とは死ぬことなりと見つけたり」
この言葉がよく分かるような気がする。小田切さんの家からの帰り途、新宿駅の人ごみの中でひょっと「分かった」と思った。

武士道とはこの人生の道を涙ぐましくも正しく生きる道である。つきつめた人生の美しさは最も美しい死に方をする時に体得するものであろう。

大君の　命かしこみ　磯にふり
　海の原わたる　父母をおきて

防人歌の絶唱であろう。大君に仕え奉る道は只一つ、〝一切放下〟であるとは亀井勝一郎の言だが、いみじくも又美しい言葉ではないか。亀井勝一郎は大した実力もない男だが、ただこの一点では自分の心を強くうつものがある。

今日よりは　かえりみなくて　大君の
　醜の御楯と　出で立つ我れは

防人は恐らく現代の我々のような複雑な心も、高度の教養も持っては居なかったであろう。従って防人の今奉部与曾布が、我々のような心でこの歌を歌ったとは思えない。然し乍ら、それにしても、この歌は実に我々の感動に強く波うつものがある。一切放下とはこの心であろうか。

一九四四年五月四日（一九四三年十二月末の回想記）

ああ自分は今思ってもこの頃のことがひたすらに懐かしい。この頃の自分のことを恋しく思う。そう……十二月に入ってから、この五月の始め迄の自分は又一つの時期を画するものかも知れない。この五カ月間に実に自分は色々の辛酸を嘗めた。それは今迄にない、今迄には考えもつかなかった烈しい心の中の苦闘とぎりぎり迄に追いつめられた血のにじむような涙とがあった。そしてその序曲はこのように春の日のように、暖かい流れるような雰囲気の下に始まった。之から以後の自分の生活には も早一人の女性、その人を除いては考えられないものであった。

一九四四年五月五日（一九四三年十二月末の回想記）

ここ迄くると、さすがに自分のペンもはたとまった。これから後の五カ月の日々は今静かに五月雨の音に耳をかたむけて居る自分にも、余りにも未だ生々しく、その頃の焦燥と苦痛がまざまざと自分の胸に戻ってくるのである。然し、もう来る可きカタストローフに備えて、その日のための心構えを作るのには、どうしても、これらの日々のことを記さないでは、何かあってもびくともしない心を作ることは出来ない。自分はこう思って又これから先のことを続けて行かなくてはならない。これから先の回想は、新聞を自分の生活の中心として述べて行くよりも、一人の女性K子を自分の生活の中心として記して行かなくてはならない。

十二月二十一日

次第に〆切り日を近くにおいて、新聞もそろそろ忙しくなってくる。今日は午後は五時迄、編集室で仕事をした。大体わりふりも見出しも決まった。

冬の弱い日ざしがのどやかな編集室の中に流れて居た。音楽部の下手なピアノがたどたどしく鳴って居た。ひょっと去年の凄惨な部室を思い出す。その頃に比べて、今の部室は何というのどかな住心地のよい部屋なのであろうか。

一九四四年五月五日（一九四三年十二月末の回想記）

彼女が自分の傍に来て話しに来ないか、自分はひょいとそんなことを思った。いや、そのために自分はこうして編集室に一人居るのかも知れない。あれこれとそんなことを考えて居る中に、事務室と編集室の間のドアが開かれて、K子が盆に二つの茶碗をのせて現れた。「おや」と自分は思った。彼女は自分の机の前に火鉢の横の椅子に腰を下ろした。「少なくともK子は自分に好意を持って居る。それにしてもこの行為は随分大胆だ」彼女の態度はひどく自然であった。どこにもコケティッシュなかげは見えなかった。

自分は礼を言って茶を啜った。彼女は二十一歳、自分と同じ年、同じ早生まれだと言うことが、K子の口から語られた。

「少なくとも貴方は私よりも二つは年上だと思ったわ。大学生って案外若いのね。貴方とおない年っていやねえ。喧嘩しそうだわ」

彼女はこんなことも言った。「喧嘩しそうだな。危ない」自分はそう答えて、ひょっとすると俺はこの人に惹かれて行くかも知れない。何かそう言う声が耳のどこかにするようなものを感じた。この人もそんなことを感じて居るのじゃないか。不思議なことには、自分はそう言う声も耳もとでするように思った。

自分は何ということもなしに、過ぎ去った凄惨な情報部時代のことを語り始めた。

自分が情報部に入った頃の情報部は惨憺たる微力であったこと。その頃の一年部員で今も関係あるものは僅かにI一人きりであること。そんなことを話した。一つは、自分は彼女に新聞部のここまで歩んで来た事情、今の部員たちの気持を彼女に教えて、その上で動いて貰いたかったのである。Iと二人、協力して情報部再建に力を尽くしたことを語ると彼女は「いいわねえ」と言ってにっこりと笑った。白い揃った歯並みが美しかった。

「貴方とIさんは本当に合っていらっしゃるわねえ。……不思議ねえ、お互いにずい分違っていらっしゃると思うけれど」

「いやIと僕とは根本に於て一致して居るからね」

自分はK子が何時の間にか自分とIの姿をじっと見て居たのに、且その判断の正確なのに意外なおどろきを感じた。不思議な女性と自分は思った。自分は彼女の大きな深い瞳の中に女としては珍しい澄んだ知性を感じた。

十二月二十三日

昨日の朝方であった。学徒出陣したKの夢を見た。軍服を着て居た。兵士であった。何か夢の中で親しく色々なことを話したことを覚えて居るが、何をしゃべったのか覚えていない。兵隊らしくなって居た。ただそう思ったことが今も頭の隅にある。

矢張りKは自分の親友であった。切々たる愛情を感じる。

一番嬉しい例会は何時も悲しい例会である。

二十二日、編集会議は終わった。終わった後の例のそこはかとない淋しさを全身に感じる。体がふるえるような淋しさである。

二年部員のSとTと風月でお茶を飲んでから又編集室へとってかえした。誰も居なかった。冬の日がひそやかにかすかに暖かく、室の中を流れて居た。

やっと新聞も軌道に乗った。O助教授ははりきって居る。古い情報部の残渣を身にしみこませて居る自分は、も早この新しい新聞には存在しない方がよいのであろう。然しその残渣も過去一年半の苦闘そのままのしみである。苦闘した敢闘したそのしみが、今は又自分の身にまつわる悲しいにおいとなって居るのであろう。

ほっとした。心の底からふっと出てくる安心は甘く、又悲しい。自分の責任、過去一年半の苦痛そのままの責任は今こそ終ろうとして居る。自分の新聞に於ける終末が、古事記・万葉集の特集に終わることも、又自分の生活と自分と言う人間に相応しい気がする。

Iが来た。「しょんぼりして居るだろうと思って来たよ」と言った。Iは敏感に自分の心を感じたのであろう。一番信頼できる二年部員のSも「そのお気持ち、よく分かります」と言った。編集会議上の何気ない自分の顔にも二人は早く自分の心を悟ったのであろう。

Iはやがて去った。特集原稿の手入れを終わって暫くしてから、ひょっとしたことからK子と誰も居ない編集室で十年の知己のような話を始めてしまった。時々じっと話が途切れた。すると不安になって又自分からしゃべらずには居られなかった。これが平和な世の中であったら、自分はこの人と恋愛してしまうかも知れないと思った。二時間余りも殆ど他の人には話したことのない事々迄、自分は話さずには居られなかった。

信頼するに足りる人であると思った。

十二月二十四日

心が烈しく動揺する。静なるものか動なるものか。何れへ身を寄せるか。戦うか退くか、動くか考えるか。新聞か研究か。何れへ行こうとするのであろう。昨日の日と今日の午後と、どうして心が揺れるのであろうか。

昨日は午後、明治神宮へ参拝した。

「海行かば水漬く屍　山行かば草むす屍」この坦々たる言葉が始めて身につまされて分かった様な気がした。この言葉を口ずさんで居ると、涙が目頭に熱くなった。

父もない。母もない。親しい友もない。愛人もない。一切のものはない。もとより、自己もない。すべてのものは大君にささげるその日こそ「今日よりは　かえりみなくて　大君の　醜の御楯と　出で立つ我は」である。

思索と論理の世界からはなれて詩歌の世界へ入りつつある自分を嬉しく思った。論理にはたえず自己弁護がまといつく。詩歌の世界にはそれがない。真実の歌があるのみである。

子規の

佐保神の　別れ悲しも　来ん春に　再び会わん　我ならなくに

いちはつの　花咲き出でて　我が目には　今年ばかりの

春行かんとす

こうした死に面してしかも明鏡止水、水をうったような心になりたい。人生の目的は死にある、そう思う。

静かにこの世のことを考え、人生の底を見つめて、そして大君の醜の御楯となり、大君の辺に死する構えを作って行きたい。自分が徴兵延期をうけて、更に半年か或は九カ月考える余地を与えられたことを感謝せずには居られない。

短かった一生である。清い一生であると思う。

一九四四年五月五日（一九四三年十二月末の回想記）

K子とは不思議に二人で話す機会が多かった。自分の心は刻々彼女の方に近づいて行った。而も自分は一方、このような戦いへの心を持って居た。自分はK子に自分のこのような心を語った。彼女は深くうなずきながら、じっと思い入ったような顔をして自分の言うことを聞いて居た。その時の彼女の瞳はますますその深さを濃くして行くように思われた。

自分はもう之以上K子と深く進みたくはないと思った。然しそれにせよ、彼女は今迄探し求めて居た自分の心に描く女性に不思議にも殆ど一致して居た。之程自分に性格の似て居る、之程自分にぴったりとして居る女性が居るとは。自分は何か運命的なものさえ思わずには居られなかった。

「貴女に似て居るね」自分はこう言ったことがある。

「似て居るわ」K子は美しく顔を輝かせた。*

若し万が一つ自分が生きて日本に帰ってくるようなことがあったら、恐らく彼女の様な配偶者を得ようとしても先ず見当たるまい。自分はつくづくとそう思った。一言話せば話す程互いによく相手の人間が分かってくるような気がするのだった。

澄んだ水のような理性が頻りに働こう働こうとするが、又何かともつれる感情が、時折波の様に去来した。恐らくは二人のフェイスが合ったり食い違ったりして居るのであろう。自分は漠然と前途の悲劇を、カタストローフを予感した。

＊　ごらんのように、一九四三年九月から十二月までの「四畳半の日記　第一冊」までは、「きけ　わだつみのこえ」の大部分の手記のそれに似て、少年ぽくセンチメンタルである。しかしかりに、私が戦死したとしても、「天皇陛下のために死ぬ」などという文章があっては、第一冊目の日記を「きけ　わだつみのこえ」に投稿したところで拒否されたであろう。一年分をつづけて日記を読むと、私の心の二転三転のありさまが、第二冊、第三冊とつづくことが分かる。一人の女性が偶然私の目の前に現れて、死と対決した私の青春は大きく動揺した。

死と恋・四畳半の日記　第二冊

（一九四四年一月三日〜五月十三日）

誰の初恋でもそうだと思うのだが、自分が彼女や彼を愛していることは確かだとしても、はたして彼や彼女が自分を愛しているだろうかという、不安、猜疑、空想などに振り回されてしまう。しかし、私たちの場合はそれに戦争での死、しかも「きけ　わだつみのこえ」に書かれた運命としての死ではなく、私の死の決意が粘っこくからみついていた。この頃、私は土井虎賀寿の「ツァラトゥストラ――羞恥・同情・運命」を読んでいた。それはツァラトゥストラの解説でもあり評論でもあって、当時の私には分かりやすく、心にひびくニーチェの文章が光っていた。

私は一方ではニーチェの戦いの宣言にならって「醜の御楯となるその日まで全力をあげて戦わん」と書きつつ、他方では二人のフェイスが「全く食い違って居るのか、少しずれているのか」と、じつは愛されてはいないのではないかと不安に満ちていた。

私は天皇のために死のうとする私の心を彼女に理解してほしく、戦場に行くまでの私を見守ってほしかった。さらに言えば、彼女もまた看護婦隊の一員として直接に戦争にかかわってほしかったが、それは言えなかった。K子は中流家庭の上品なお嬢さんとして育てられてきたことが、すぐ分かったからである。

しかしK子もくりかえし言っていたことだが、二人の性格には似たところがあった。二人とも表面は明るく快活で社交性もあり、仕事もてきぱきとやるが、半面は何かと言えば、一人の世界に閉じこもる孤独症であった。K子は早くから私の孤独症に気づいていた。灰の中に白く消えて行こうとする炭火を見ながら、事務室のK子に炭を足してくれとも言わず、自分で足すこともせず、寒さに耐えて仕事をしている私の姿を何度か見かけたのであろう。

一方彼女は、困ったり悩んだりしたとき、誰かが相談に乗ってあげようと言っても「何でもないのよ」とことわり、自分の世界に引きこもり、一人涙を浮かべるという性格であった。心と心が行動の裏側で通じるようなK子は、私にとってはこのうえなく強い魅力であった。

K子も私が彼女を愛しているかどうか、二人のあいだの会話、ちょっとした仕草の一つ一つをくりかえしくりかえし思い出して、私の心が自分にまっすぐに向けられているのか、そうではないのかと思い悩んでいたに違いない。しかし、そのように思いまどうことも、じつは徒労にすぎなかった。なぜなら愛する人は、敗けると分かっている戦場に自らを投じて、天皇のために死ぬと言いつづけていたからである。彼が自分を愛していると分かっても、それで二人が結びつくことは出来ない。それはあまりに明白であった。しかもまた、それでもなお、K子は私に確かに愛されているかどうか、あれかこれかとくりかえし悩んだことであろう。

この頃私は、文学に対する眼が急に開かれていた。ツァラトゥストラ以来、蕪村、芭蕉、清少納言、高村光太郎、ドストエフスキーと移って行って、一つの文章のどこかに突き当たると、突然霊感にでも打たれたように、「あっ、これだ」と思うことが続いた。その時、自分の頭の中にある世界が忽然として見る見る広がって行くのを感じた。文学に対する自分の眼が急速に開け、自分は伸びていた。ぐんぐん伸びていた。そのことが痛みきっている私の心をわずかになぐさめた。

K子が彼女のなぐさめになるような何かを持っていたかどうか、知ることは出来なかったが、一月の中頃には彼女は明らかに疲れていた。生気を失っていた。頭のひらめきが自由さを欠いていた。前年の人とこの頃の人と、人が違ったような気さえするのだった。

一方私の足は編集室から遠のいた。人々の目から離れて孤独の中に文学をつうじ、自分一人のわびしい世界を愛撫したいような日がつづいた。ふたたび心の乱れのない世界がおとずれたようであった。ところが二月の中旬になると、新聞部の雰囲気はおどろくほど急激に変わってきた。私がめったに編集室に足を運ばないようになったためか、部員たちが事務室に入りこんで、K子を中心としてだべっている情況となった。そして二年生の幹部たちのあいだに、K子をめぐっての嫉妬やあてつけが目立つようになった。編集室の中で各自が真剣に記事を書き原稿に手を入れる風景は稀となった。

一人の女性をめぐっての二年部員の人間関係は日増しに険悪になって行くようであった。私の心は複雑であった。二人の身の回りにはたえず他人の目というものがあった。特に自分は唯一人の三年生であったし、それに前編集長と言う格でもあったので、自分には殊更に編集員の前でK子に惹かれて居るような様子を見せることは出来なかった。K子はごく自然に私と二人でいるところを、他の部員に見られぬように振る舞っていた。私は何でも話すIにも、K子に対する私の気持ちを打ち明けていなかったから、編集部員の誰一人、私とK子との微妙な関係に気づかなかった。その私の前で彼女を獲得しようと二人の部員が争っていたのである。

とうとう私はK子を研究室に呼んだ。研究所の屋上に出て、新聞部の男女関係について気をつけてくれと言った後、私は彼女への愛を告白した。K子はすすり泣いた。あれかこれかと思いまどっていた鬱積が一度につきあげてきたようであった。私も彼女が私を愛していることをはっきりと知って、愛の心は定まった。

通常の恋ならば、これで二人は長かった重荷を卸し、幸福な恋愛を謳歌するのであるが、私たちの場合はそうは行かなかった。二人が愛し愛されていることがはっきりしてしまうと、私もK子も後戻りできなくなった。と言って前に進むことも不可能であった。死の壁と恋の壁が二人をきつく挟みつけ、二人は身動きが出来なくなった。*

＊「きけ　わだつみのこえ」にあるように、出征前に「私を未亡人にしちゃあいや」と妻に言われて、宇田川は胸深くどうしようもない痛みを感じたであろう。K子の場合は、私が生きているうちに、すでに未亡人になっているように思ったであろう。戦時下の青春には、男性と女性とのあいだに、このような離別なき離別のような苦しみがあった。

もう本当にきっぱりと別れなければならないと、私は考えた。だがそこで運命は反転した。私は改めて、国家と戦争と仕事の三つの関係について一つ一つ考えた。それまでの私は、天皇のために死ぬことばかりが頭にあって、国家が私に仕事を要求しているとは考えなかった。

私に対する国家の要求を考えると、死の世界から生の世界へと一歩踏み込む必要があると考えざるを得なくなった。それは前年の秋以来の死ぬ意味をひるがえして、死よりも生に力点をおき、そこに生きる意味を見いだすことにほかならなかった。

三月二十四日、私はK子と連れ立って校門を出て、洗足池の方へと歩いて行った。私の心の変化を静かに話した末、私は彼女に結婚してほしいと申しでた。私が戦争はまもなく終わる、私が戦争から帰還するまで待っていてほしいと言うと、K子は深くうなずいて、「お待ちしますわ」と答えた。

K子は、私が彼女の世界へ一歩近づいたことで、それまでのどうするすべもない悩みも噴きあげて、それも涙となったのであろう。二人はともに三カ月にわたる重荷を卸し、何の屈託もなく安心して、この恋ではじめての幸福感にひたった。

しかしそれははかない幸福のひと時であった。私は日本の家族制度のきびしさを知らなかった。ただ母親に可愛がられていたので、そんなことを考える必要がなかったのである。K子の家族は両親と二人の娘だけであったので、彼女の母親は、養子として彼女の家族に加わるなら考えても良いという風に傾いてきた。

私は私の母親が簡単に承知すると思っていたのだが、これが大きな錯覚であった。K子の家に養子に行きたいと切りだしたとき、私は全く思いがけない事実を聞かされた。徳川時代末期の恩義のために、私はすでに親戚の某家の養子と決まっているのだと言われた。明治維新の直前、柏崎の商人であった八代星野藤兵衛は若くして死に、子供がまだ幼かったために弟が九代藤兵衛を嗣ぎ、この人の代で星野家は身代を増やした。酒屋や廻船問屋をやり、持ち船は日本海沿岸で商売を行ないつつ長州の下関まで達した。

一方柏崎は桑名の松平藩の飛び地で、東の長岡、その東の会津とともに幕府親藩として周辺の大名の動向を看視し、反乱が起これば三藩の兵力を合わせて鎮圧にあたるという体制が組まれていた。

長州藩の近藤芳樹は万葉学者であったが、勤王思想の持ち主でもあり、藩命をうけて九代藤兵衛の家に滞在し、やがて、いずれ長州軍が北陸道を通って江戸城を攻める可能性があり、その際には藤兵衛が天皇方に味方して、さしたる抵抗もなく柏崎を通過できるようには出来まいかと相談を持ちかけた。

徳川慶喜が鳥羽・伏見の戦いに敗れて、慶喜は江戸城にもどり謹慎蟄居すると宣言した時、柏崎の松平藩もまた天皇方に恭順するか否か、賛否両派に分裂した。藤兵衛は近藤芳樹との約束に従い、ひそかに天皇方についた。星野家は柏崎・松平藩の重要な財政パートナーであったから、その影響力は少なくなかった。一八六八年奥羽越二十五藩の同盟が成立し、柏崎・松平藩もそれに加わったにもかかわらず五月一日官軍は柏崎を容易に占領し、次の攻撃目標長岡に迫った。

八代藤兵衛の息子が成長すると、九代藤兵衛はその名を本家に返したが、その血統が私の少年時代に絶えようとしていた。本家としてはかつて九代藤兵衛に助けてもらった恩義があるということで、私が知らぬうちに私が九代藤兵衛の家系を嗣ぐことが決まっていた。母親はそのことを私に話して、きっぱりと私の希望を拒否した。

K子の家では、星野家がこうした事情にある以上は、この話は一切無かったことにするという結論が出された。K子と私との結びつきは、旧憲法下の家族制度という鉄壁にぶつかって、あっという間に絶望状態に陥った。

K子への愛に引かされて、死の世界から生の世界へ一歩踏み出た時から、私は死を目前とした毅然たる姿勢を失っていた。もともとは一人戦場に向う私を見守り支えてほしいと言うことにすぎなかったはずなのが、今の心は生きる意味を求めて彼女にすがることに集中し始めていた。Iが「あの時ほど星野が弱々しく見えたことはなかった」と言ったほど、私は生きてゆく恐怖がはじめて全身に沁みとおるように感じた。

天皇のために死すべく生まれたと考えた私が、K子との愛に惹かれて、死の世界から生の世界へ入りかけた途端、天皇制は私を裏切り私たちの襟くびをつかんで、日本の家族制度の海に投げ込んだのであった。私は家族制度の海に溺れそうになり、しばらくは生の恐ろしさに身をすくませていたが、やがて我にかえり落ち着きを取り戻した。ようやく岸に這い上がった私は、真っ青な顔になって砂を摑んで立ち上がり、天皇制と正面から向き合った。天皇のために死ぬ心はまだ消えてはいなかったが、天皇制社会に対する激しい怒りが燃え上がった。

五カ月に足りぬ短い月日の恋であった。他の編集部員の目もあり、私も何度か離れようとしたこともあって、二人で話しあった日は少なかった。接吻はおろか手さえ握り合ったことはなかった。二人でコーヒー店に入ったこともなければ、いっしょに映画をみたり、音楽会に出かけたりする楽しみもなかった。すでに前途が絶望となった時、日曜日に二子から丸子まで多摩川の堤を散歩し、さらに大岡山まで歩いたことが唯一の外部でのデートであった。

それにもかかわらず、死と恋とに挟まれて、おそらくK子が涙に濡れぬ日は少なかったであろう。私は死の世界から生の世界への転換に、どれほど苦しんだことか。私は泣かなかった。この恋の揺れは、私の世界観の激しい揺れと表裏一体のものだと分かっていたからである。泣けば世のありきたりの恋愛と同じことになってしまう。悲しみの涙は、私のまなじりに凍った。この頃から現在まで、すでに六十年の月日が経過しているが、その六十年間のうちでのわずか五カ月の恋の日々が、思想的に最も苦しんだ時期であった。

私は九代藤兵衛の家系を嗣ぐ話を拒否し、星野家から精神的に離れて、日本の家族制度の海からただ一人岸に這い上がった。心と心がつうじあう愛を平然と打ち砕く旧憲法下の家族制度への怒りに端を発して、私は日本の天皇制を全面的に否定する哲学の構築を始めた。K子は天皇制下の家族制度の海の潮流に流されて行き、やがて波間に消えた。私は生まれてはじめて真の孤独者となった。すべての甘さを捨て、限りなく続く一本の道を歩みはじめた。

＊　＊　＊

一九四四年五月五日（一九四四年一月から二月までの回想記）

冬は相変わらず美しく続いた。休暇が終わって再びK子の顔を見るようになっても、自分はもう彼女のことは忘れて、新聞と卒論の研究に全力を尽くそうと考えた。八日の日、自分は編集室で再び彼女と顔を合わせた。自分はK子に向ってひどく事務的な口調で必要な仕事は頼んだ。

だがK子は自分に対してはそうは来なかった。

「小田切さんからお葉書が来て居ます」そう言いながら一通の葉書を渡す彼女の眼には親しそうな嬉しそうな輝きが見えた。〃万葉集と現代〃を執筆した小田切秀雄からの葉書には「特集は変化に富んで居て面白く拝見した。正月号がもし残って居たら、折り返しもう五部ほど送って貰えまいか。万葉集を抱いて入営した学徒達に送ってやりたいと思う」というようなことが書いてあった。K子の眼の輝きはそれであった。

「そう、それじゃあ貴女、この通り小田切さんの所へ五部許り送って下さいね。住所は分かっていますね」自分はそう言い残して、すぐ編集室から研究室へ向かった。もう離れようとした自分の心を彼女の目の輝きがじっと捕えた。矢張り駄目だ、自分は心の中に嘆息した。

自分はこの頃ニーチェのツアラトゥストラを読んで居た。自分は自分の闘志を燃え上がらせる深い思想的なものを求めて居た。自分はひたすら自分に「強くあれ」と叫んだ。「大義を貫け」と叫んだ。時とすると自分は彼女のために自分の大義と言うものが弱められることを感じた。自分はそんなことがあると、殆ど反動的に大義を思った。大義に死す可き自分の決意を思った。

十二月の末の頃であった。K子は編集室の中で、一年前の六頁の正月号をじっと見て居たことがあった。彼女の見つめて居る面は、自分の作った特集〃美と日本人〃であった。「これ、貴方が作ったのでしょう」彼女はいきなりそんなことを自分に訊いた。自分は彼女に向って、未だその新聞の存在すら教えたことはなかった。

K子は一人で新聞の整理棚の中から、その時の新聞をひきぬいて居たのである。自分がそうだと言うと、

「あたし、そうだと思って先刻から見て居たの。〃万葉集〃の方と感じが同じね。貴方らしいわ」

彼女のこの鋭い感覚を自分は勝れて居ると思うと同時に、彼女が自分の作った新聞をよく自分のものだとあててくれたこと、じっとその面を見て居てくれたことに自分は暖かな嬉しさを感じた。然もこんなことをあれこれと思い迷って居る自分は実に馬鹿げて居るとも思った。

一月の十六日に私は館山海軍予備学生隊に居るO先輩へ面会に行った。安房神社の裏手の草原の斜面で、O先輩と三時間余り、自分は色々の話をした。日がさんさんと枯れ草の上に照って居た。風は颯々と頭上の枯れ木を鳴らして居たが、窪地に居る我々の体には当たらずに青空の中をかけぬけて行った。向こうの方には青い海が白く岸に波うって居た。

O先輩はさすがに〃吾等の仲間〃の悲劇を心配して居た。自分の又恐れるのも、この〃吾等の仲間〃の悲劇であった。もう恋愛じみた言葉は一切使うまい。ただ坦々とつき合って行けば良い。坦々とした愛情こそ必要だ。自分は館山からの暗い帰り途、暗闇の中の黒いものを見つめつつそう心に思い定めた。しかし、そうは言っても、自分のK子に対する気持ちがそう簡単に割り切れる筈のものではなかった。

「仮に世の中が平和であったら、当然恋愛におちて二人は結婚したかも知れない。然し世の中が戦争であったからこそ、二人は邂逅したのであろう。戦争がなければこんなことにはならなかったから。……運命を思わずには居られない。」

「結婚しようとも思わない、又出来ない一人の人への悲しき愛情のみがある。自分は感情の中に生きて居るのであろうか。」

「人間共から身を避けたい。孤独の中に自らの世界を侘びしい世界を、ひそかに愛撫したい。」

「何ともぬきさしならぬ自分を感ずる。」

毎日毎日日記にはこのような文が記されて行った。自分の悲しさと淋しさは日毎に増して行った。

一月になってからは、もう去年のように、二人で話し合うような機会は滅多になかった。しかし彼女は矢張り自分を愛して居る。何度となく思い迷った末、結局はそこの所へ自分の思いは落ちて行った。

やがてある日、偶然のことから自分は久し振りにK子と火鉢をかこんで親しく語り合うことがあった。

「貴女にもずい分ひどいことがあるよ」

自分は二、三日前のことを思い出して、そんなことを言い始めた。

「貴女にあの時、風邪をひくなよと言ったことがあったろう。驚いたね、あの時は」

「あら、何が」

「だってさ、風邪ならもうひいてますわと来た」

K子は赤い顔をして笑っていたが、

「時々そう言うことがあるでしょう」

「時々じゃないよ」

「でも本当に不思議な人に会ったものね」

K子は又嬉しそうに笑った。互いによく似た性格から来る懐かしさが、あたたかく楽しく、素直に胸の中を流れた。このような一つの親しさの表現を自分は求めて居たのであった。ほっとしたような心持であった。矢張り親しかった。かえって前よりも自分の求める方向へ、かすかな不安を孕みつつも、二人は近付いて来た。近付くことが不安なのではあったが。そして自分はひょっと心の片隅に思うのだった。一体、之から先はどうなるだろうと。

一九四四年一月三十一日

何だかファナティックな気持でドストエフスキーの『白痴』を読んで居た。一四〇頁ばかりをたてつづけに読んで居たら、さすがにぐったりした疲れた気持であった。まるで日本の小説などとは問題にならない深い人間性の相剋である。人間の心の底までつきこんで居る小説である。之程深く抉った小説は残念乍ら日本にはなさそうである。それだけに読んで居て非常に疲れる。何かギラギラした人間の肉体を連想する。そのギラギラするものに自分は耐えられなくなったのであろう。

それだけ自分はとことん迄つきこめる人間ではないだろう。つと現実から身を一歩ひいてみたい。或る意味では蕪村などは自分と同じようなことを考えて居た人間かも知れない。「月天心　貧しき町を　通りけり」、「ねぎ買って　枯れ木の中を　帰りけり」、「秋の灯や　奈良には　古き道具市」、「愁ひつつ　丘に登れば　花茨」。殆ど自分と同じ感覚である。「愚にたえよと　窓を暗くす　竹の雪」。この通りである。

二月三日

何時か自分一人きりの生活に入って居るのに気が付いた。

あらゆるものが一つの平衡状態に入って居る。奉誠会も新聞もその人のことも、すべてが漠然とした大義を背後に思う一つの人生の中にとけこんで居る。浪漫的だなと思う。最近は殆ど編集室へも行かない。この何とはない広々とした落ちつきを乱されないがためであろう。一頃のように全然動かないと言うのではない。自分乍らよく動いて居ると思う。而もその働きをも含めた一つの大きな落ちつきを感じて居る。

二月六日

日曜の午後は何処へ行こうかとさんざん迷った揚げ句、ドストエフスキーの『白痴』を携えて編集室まで出かけて行った。勿論誰も居なかった。

何だか落ちつかなかったが、お茶をいれて『白痴』を読み出したら急にしんとしてきた。余りに凄すぎる。ドストエフスキーと言うのは何と言う作家なのであろうか。ひたすらにひきずられて読み出した。頭がますますしんとして冴えかえって、まるで夜の家のようにじっと物ごとを考えつめることが出来るのだった。

去年の暮の頃のその人と近頃のその人が違う様な気がする。去年のその人は実に美しく溌剌として居た。教養の香り高き（それが非常な明るさと清新さを伴って）性格の自由さを如実に示して居た。最近のその人はどこか疲れて居る。頭のひらめきが自由さを欠いて目前のごく些細なことに集中して居るようだ。たしかに事務はうまくなってきて居る。然しそれは同時に初々しさをなくして居ることを意味する。去年のような初々しい魅力は急速になくなって来て居る。*

＊　おそらく一月の半ば頃から、K子は自分が恋をしていることを自覚しはじめたのであろう。私が熱い心で彼女を見てくれているか、どうか、彼女の心はその一点に集中し始めたのではないか。しかし、かりにそうだとしても、それがどうだと言うのだ。あの人は自分で敗けると分かっている戦場にとびこんで死んでしまうと言っていた。初めての恋は不毛に終わる。しかし、それでも彼女は私の本当の心を知りたいと悩んでいたのであろう。戦争は容赦なく彼女の心を締めあげていたと思われる。

然し編集室は実に気分が良かった。『白痴』を読了してから、お茶道具を洗ったり新聞を綴じたりして居たが、親しみと愛情が惻々として胸の底から部屋の中へ沁み出てくるのであった。編集室が去り難い。実に去り難かった。こんな気持がしたのは、ひょっとすると始めてであるかも知れない。自分は新聞を愛して居る。つくづくとそう思った。

一九四四年五月五日（一九四四年二月から五月にかけての回想記）

二月になっても、日は相変わらず森として静まり返って、硝子のように冷たい青空が光っていた。今年の冬程美しい冬はない。自分は空を仰ぐたびにほとほとこう嘆息した。朝の光が編集室の中にうすら寒くさすような時、自分は編集室の中でレコードをきくようになった。まだ時計も九時前をさすような時は、彼女も編集員も誰も居なかった。

自分はK子を待つような気がせぬでもなかったが、実際は彼女が来ても来なくても、朝のレコードをきく自分の楽しみに変わりはなかった。然しK子も自分と同じような時間に、つとめて来るようになった。何時か二人の逢う瀬が朝のひとときになるようになった。K子はレコードをきいている時など、殆ど無意識に自分の傍らにすり寄ることがあった。彼女の髪の毛が生あたたかく自分の頬にふれる度に、自分はK子のいじらしさを悲しく思った。

そして二月の中旬になると、急速に周囲の状勢が変わって行った。そろそろ春の色が地平線の彼方にも、黒い土の上にも、和らかに流れる日の光にも、どこにもそれと感じられるような頃になった。もう寒さも何となく底の浅い気がして何か春先の淡い感傷と言うものがあった。二年部員のSは胸を悪くして正式に新聞部から退陣した。自分も事実上の退陣も同然であった。自分の生活はすっかり変わった。ツアラトゥストラは新生したらしいと、自分はどことなく春の色彩の見える空を仰いだ。SもIも自分も、三人の足がめいめい思い思いの理由から新聞部を遠ざかった。そして新聞部は急速度に変質して行った。

も早人間がすっかり男らしさを失った。自分の机の前にがっちりと座って真剣に仕事をやる、新聞に愛情を注ぐと言う所は何時の間にかやらなくなった。すっかり人間が女々しくなって、形式的な好意、都会の野暮臭さが編集室の中を充たしていた。どこか人々の心は浮き浮きしつつ、落ちつかず、ただ部室の中で漫然として居るような状態であった。も早どの編集員も編集室で仕事をする姿を殆ど見かけることがなかった。事務室の中でK子をかこんでどうやら仕事が行われた。

K子はその中に平然として居た。

自分は一人で編集室にあって事務をとった。K子は余り自分の傍らによらなくなった。曾ての恋は自分の幻想にすぎなかったと、自分は思おうとした。自分は彼女に対しては全く自分の態度を変えなかった。事務的な口調も使う代りに、やさしい言葉をなげることもあった。

机の中にある鉛筆を自分は研究室にそのまま持って行ったことがある。机を開けて見ると、なくなっている筈の又別の黒と赤の二本、きれいに削られておかれてあった。彼女には未だこんな愛情があった。だがその時の自分は、以前程そのような愛情を信じ兼ねた。*

＊　しかしK子としては、編集部員たちとおしゃべりで、どうするすべもない自分の心をまぎらわしていたのであろう。

この頃は世の中の物資の逼迫も日に日に烈しく変転して行く頃であった。それに伴って、新聞の方も四頁から再び二頁編成に戻らねばならなくなった。一頃は四月の末迄、新聞部に居るつもりであった自分は、も早部にある必要もなくなった。*

＊　この時期太平洋戦線は劇的な変化をとげていた。一九四四年二月十七日アメリカ機動部隊は大挙してトラック島にはげしい空襲を加えた。トラック島には連合艦隊総司令部がおかれていたが、アメリカ軍の奇襲を警戒して、すでにシンガポールに後退していた。しかしトラック島が南太平洋戦線と東太平洋戦線とを繋ぐ全戦線の要であることには変わりはなかった。アメリカ海軍の機動部隊はそのトラック島の戦略的機能を全面

的に破壊しようと出動したのであった。この結果日本海軍は二七〇機の航空機と四三隻の艦船を失った。

このために大本営はトラック島から約一〇〇〇キロ南のビスマルク群島のラバウルからその全機をトラック島に引き揚げることを命じた。ラバウルはソロモン群島、ニューギニアその他に展開する陸海軍の要であるから、航空機がなくては南太平洋の制空制海権は完全にアメリカ軍の手に握られた。南太平洋の島々に展開していた陸軍に対する弾薬と食糧の補給はきわめて困難になった。彼らは大本営から見捨てられたも同然であった。

トラック島の戦力が壊滅した戦略的意味はそれだけではない。今やアメリカ陸海軍が日本列島への上陸作戦を実施する戦略が明白になったのである。トラック島から北上してグアム島やサイパン島を襲い、さらに硫黄島を占領すれば、日本列島の関東地方への上陸作戦の基地がつくられる。一方西進してフィリピン群島に上陸し占領すれば、次には沖縄島を攻撃し、九州地方への上陸作戦の強力な基地となる。大本営は今や本土決戦体制を考慮せざるを得なくなったのである。

私はトラック島での日米海戦を新聞紙上で知ってはいたが、それが太平洋戦線の要が粉砕されたことを意味することには気がつかなかった。当時私の頭を占めていたのはK子との恋をどうするかということばかりで、ガダルカナル敗戦後の戦線のきわめて重大な戦況の変化については全く考えてもいなかった。私が二人の恋にふりまわされているあいだに、戦況は大きく変わっていたのであった。

新聞部の再建のその日に定めた通り、自分は二月一杯で新聞を退こうと決めた。彼女からもこの部からも逃げ出すような心であった。二月も末近くなったある日、自分はすっかり編集室から引き上げることになった。多少の感慨も無いではなかった。だがそれにせよ、一刻も早くここから逃げ出したい、早く重荷を下したい気持の方が遥かに感慨を味わうものよりも強かった。

引き上げのその日、自分はK子に向って、自分は貴女に似て居るなどと思ったが、実は少しも似ていないことを見付けたと言った。彼女は急にうつむいた。自分は胸のすく残酷な痛快さを心に叫び乍ら彼女と別れた。「さようなら」と自分は言ったが、彼女はうつむいたきり返事も出来なかった。「ああ、これでおしまいだ」かすかなものを尚自分の心に残し乍ら、自分は自分の身のまわりにある過去の残渣をすっかり洗い落としたような気がした。「ああ、ああ、本当に重荷を下した。」つくづくと自分はそう言って見た。何もかも、もうわずらわしいものは自分の周りにはなかった。今度こそ自由の身だと自分は心の中に叫んだ。伸び伸びとした空気が自分の周囲に充ちていた。

二月の二十七日は日曜日であった。その日、自分はＩを誘って多摩川の堤を散歩した。もう三月になろうとする多摩川の景色は、早どことなくかすみがかかって、流れる河原の水にはまだ冷たさが見えて居たが、足もとの枯れ草の下からは、春の気がむくむくと伸び出てきて、生あたたかさが靴の底に伝わってくるのであった。

Ｉと歩き乍ら自分は曾ての凄惨な闘争を夢のように思い出した。その頃、何度この日を待って夢に描いたことであろう。それが突然春の日の訪れと同時に、現実に自分の上にやってきた。「お互いにやったなあ」異口同音であった。「全く重荷を下したな」互いに同感であった。曾て情報部にとびこんで互いに烈しく争いつつ驀進した仲であったが、それが又同じように春の日ののどかさを沁み沁みと味わうのであった。

だが、このような幸福感はそう長くはつづかなかった。新聞部には崩壊の兆しが表れて居た。自分は誰よりもそれを早く気付いて居た。三月の末には崩壊のあるものと、自分は観測した。もうその頃の誰の眼にも二年部員の編集長補佐役のYに対するTの反感は感じられていた。二年部員で残る者はこの二人であったが、それが誰の目にもぴったりとは見えなかった。

結局〝吾等の仲間〟の悲劇が新聞部に襲って来たのであろう。ただ一人の女のために。自分は崩壊せんとする新聞部を現実に眺めて、始めて女と編集員に対して烈しい憤りを感じた。「俺は女も男も信頼して居たんだ。」自分はSとIの前にこう言った。自分は二人の前で始めて彼女の悪口を言った。彼女は今の状態を知って居るのだ。それに今の態度だ。なんという女。自分はきりきりと唇を噛む思いであった。そして又その女を追っているYとTの姿を醜く思った。いやそれよりも増して自分の胸に最も悲痛にこたえるものは、自分の今迄のK子に対する態度であった。たえられぬ汚辱と悲しさを自分はただ悲痛に思った。


然し不思議と言えば不思議であった。自分が二人の前に始めて彼女の悪口を言ってから、自分の心の底に再びちらと芽をもたげるものがあった。そしてそれが次第に心の中に大きくなって行くのを感じた。K子は自分を愛して居るのだ。彼女は自分と彼女に対する他人の眼を明らかに感じて居る。そのために彼女の聡明な態度がある。彼女も亦自分と同じように他人の眼を右へ左へとかわして居る。

而も彼女は自分の水漬く屍の心を知って居る。それ故に自分が後ろ髪をひかれるようになってはならない。男の理想はどこ迄も貫かせてやりたい。そんな所がある。自分はもう一度改めて、前の年からの彼女との交わりを思って見た。その間に起こった一つ一つの言葉、一つ一つの仕草を思いかえした。矢張りK子は………と自分は亦嘆息した。

Ｉは自分の心に新たに起った自分でも不思議に思うこの変化を知らなかった。Ｉは綱紀粛正を唱えた。彼女にそのことを言う必要があると言うのである。自分はいく分狼狽せざるを得なかった。彼女に対する残酷さと言うことを考えると、自分はＫ子と別れる時に、彼女に向って投げつけた自分の言葉を思い出した。言わなければよかった。自分は今更そのことを悔やんだ。

とうとうそのようなある日、自分は彼女と別れて以来始めて会った。彼女は懐かしい顔をして自分の傍へ来た。彼女のうつむいて居る瞳の中には長く自分の忘れていたある親しさがあった。自分が悪かったと言うと彼女は困ったような微笑をして見せた。「僕は新聞部に対してすっかりむくれて居たんだ」と言うと彼女の答えは意外であった。

「貴方が怒っていらっしゃることはよく分かって居たわ」

「みなさん、ちっともこちらのお部屋でお仕事をなさらないんですもの。あたしも淋しかったわ」

自分もそこ迄彼女が考えて居るとは思わなかった。

綱紀粛正という問題は相変わらず残って居た。自分はも早彼女にそれを言う残酷さに耐えられなかった。それをどうしても言わねばならぬものなら、自分は自分の愛もＫ子に告白しなくてはならぬ、自分はそう思った。いやむしろ、そのことがあっても無くても、自分は彼女に一言自分の気持を言ってやりたかった。彼女がじっと事務室に日々の淋しさを堪えて居る心を自分は慰めてやりたかった。Ｉは彼女に注意するなら二人で言うのがよいと言ったが、自分はこのために一人で彼女に会うことにした。

Ｋ子と会った朝は三月の青空がみずみずしく輝いて居た。雨上がりの爽やかな研究所の屋上に自分は彼女を呼んだ。さすがに自分は苦しいものを感じた。自分は静かに新聞部の内部のことを語り始めた。どんな形態のものでもよい。とにかく新聞部は存続して欲しい。そのためには新聞部は安定でなければならぬ。不安定の一つの因子として男女間の問題がある。自分は貴女と事務の連絡をして居る時でさえ、何か妙なものが新聞部の極く一部に尾を引いて居るものを感じて居た。それが自分が辞めた後にも尚残るものがあるらしい。それが不安定の一つの契機となることを恐れると言った。彼女も矢張りそれを知って居た。彼女も右へ左へと他人の眼をかわして居たのである。

三月八日

愛情の告白はさすがに出来難かった。自分は懸命に自分を励ました。今ここで言わなければ後で苦しむばかりであると、自分は自分に言いきかせた。じっと二人とも黙って居た。彼女は重苦しいものを感じて居たらしい。練習機が一台、建築材料研究所の上を低く爆音をたてて行った。これが通りすぎたら言おう。自分はそう思った。飛行機は通りすぎた。重い唇は遂に開かれた。

「貴女が好きだった。今でも愛して居ます」

K子は瞬間、自分の脇を離れた。彼女は横を向いて居た。「しまった」自分は極く一瞬狼狽した。彼女は自分を愛して居なかった、と言うものが矢の様に胸の中をかすめた。然しK子は泣いて居た。すすり泣きの声がきこえた。手袋をはめた彼女の左手が眼のふちを抑えて居た。じーんとしたものが自分の体一面に通るような心持ちであった。自分は立ちすくんだようになった。K子も自分を愛して居た。そう思うと泣いて居る彼女の姿の傍に、自分はわけの分からない「しまった」と言う感じを再び持った。彼女の涙に自分は再び狼狽した。

然し間もなく彼女は泣き止んだ。自分はようやく平静にかえった。

「然し愛して居ても僕はどうすることが出来ないことも知っていた。僕は戦争に行かなくちゃならない」

決然として青空の彼方を見るような心持であった
「私も貴方に御迷惑をかけちゃいけないと思って」

彼女はそう言った。矢張り彼女は自分の水漬く屍の心を知って自分の後顧の憂を無からしむるような態度をとって居たのである。

「自分はこんなことを言って貴女の気持を傷つけたくはなかった。傷つけたくはなかったけれども……自分の性格としてどうしても言わずには居られなかった」

自分は確かに平静を欠いて居た。ただ、さんさんとした日ざしが周囲に流れて居たことを思い出すばかりである。

「あたしも言っていただいてよかったわ」

彼女がどのような時にこう言ったか、今は思い出すことも出来ない。自分が彼女に自分の気持に気付いて居たかと訊ねると彼女はうなずいた。彼女は何もかも知って居たらしい。自分は彼女を研究所の玄関迄送って行った。あらゆるものがわずらわしい様な気がした。

三月十日

昨日は朝から沈欝そのものであった。その人との運命を思うと、何か分けの分からない、たまらない気がするのであった。殆ど何ごとも手に付かなかった。ただ茫然として居た。なぐさめたい気がして、一旦別れたつもりではあったけれど、又その人の所へ行った。なぐさめの言葉は出なかったけれども、矢張り顔を見ると、自分の心はいくらか和らぐのであった。別れは未だ先のことに考えてよいのかも知れない。そう思うといく分心も安らぐのである。*

* 今になってK子の心と立場とを考えると、私は彼女に愛の告白をすべきではなかったと思わざるを得ない。彼女にとっては愛されていることを知った喜びは短い時間のことで、その後では悲しみの大波が連日のように、彼女を襲ったことであろう。どんなに愛しても愛されても、男は敗ける戦争に出動し天皇陛下のために死んでしまうと言っているからである。

二月の終わりに新聞部を退いた以後は、もう編集室には立ち寄るべきではなかった。そうすれば、愛されているかどうかは不明なまま二人は離れ、いずれ懐かしい思い出として残る可能性はあった。しかし愛が告白されたら、ただ悲しみが残るだけで、K子の心の奥底に深い傷が残ってしまう。私はそのことに半分は気付いていた。だから「こんなことを言って貴女の気持を傷つけたくはなかった」とも言ったのである。私の人間的甘さがここに如実に表れていた。事実、これ以後K子の悲しさは日毎に増した。

ただしK子との愛が破綻して、始めて私は天皇制下の家族制度ときびしく対立し、いくばくもなくして、孤独の論理をかかげて天皇と天皇制を否定したのである。K子との愛が不明なまま別れてしまっては、私の思想が大転換をとげることは出来なかったであろう。

三月二十日

日曜日の研究室に彼女が訪れた。桜の花を持って来た。

恋愛がこのように苦しいものであるとは思わなかった。やがてはいずれは別れなくてはならぬと思って居ると、たえず秋の風のような淋しさが二人の間を流れて居るように思った。何かときどきじっと考えこんで居た。何かものを言おうとして然も言えないような口元であった。悲しそうな様子であった。

日ざしがうらうらと研究室の中に充ちて居た。

「お茶をいれてあげてから帰るわ」

と言いながら、それも気の進まぬような、何か言いたそうな顔をして、じっと熱い湯を冷まして居た。

彼女が帰った後、たまらなく憂鬱であった。丁度愛情の告白をしたその日と同じような空漠とした淋しさであった。

去年の彼女は少しも淋しそうな所は見えなかった。爽やかな程の美しさであった。実に笑顔の美しい人であると思って居たが、その笑い顔も最近は殆ど見ない。思いに沈んだ黒い瞳が淋しくまつ毛をふせて居るのみである。

三月二十一日

「貴方、元気ね」

悲しそうな瞳であった。

「元気に見えるかい」

そう言わずには居られなかった。

おだやかな三月の朝である。例年ならば、何か希望のある様な何か楽しい風景なのだが、今年の春は心が重苦しく、一つのことが頭の中に始終漠然としたイメージを作って憂鬱である。彼女の悲しそうな瞳ばかりが目にちらつく。

一九四四年五月六日（一九四四年三月から五月にかけての回想記）

三月に入ってから天候は中々春らしくはならなかった。かえって二月などの方が春らしい日々があった。朝は大抵晴れては居たが、午後になると必ず雲が出て北風が冷たく吹き荒んだ。自分たちの心も春にはならなかった。自分の憂鬱と悲しみは遂に極点に達した。K子の悲しみもも早たえきれぬものになった。いっそのこと自分はもう彼女と別れてしまおう。彼女と別れて自分は四日市の重金属研究所へ遠く走ろう。自分はこう決意した。

然し運命は又皮肉な反転を見せた。自分はもう一度改めて、自分が彼女と結婚できぬ理由を考えた。自分は海軍予備学生を志願する。志願すると言うことは自分で戦争に向う心である。「それなら自分の一生の目的は軍隊に行くことか」と訊かれると、つい先日迄の自分は確かにそうであった。それ迄の自分の学問と自分の教養は自分は一切之を考えなかった。ともかく大義に生きる。そのための学問であり、教養であると信じて居た。

「それならば幸いにして生きて帰った暁は、どうするつもりか」と訊かれると、その時はその時だと答えるより仕方がなかった。ともかく戦いの方が先決問題だと自分は答えるだろう。「然し国家がお前に何を要請して居るのか」と問われると、自分は一つは兵隊、一つは仕事だと答えるだろう。「それではお前は国家はお前にその両方を要求して居るのだと答えられないか」自分はこうなってくると、そうかも知れないと一歩譲らねばならなくなった。

「お前は戦いを先決、仕事は後と言うが、後も先もない。国家は又お前が戦争から帰って来て仕事をする日を待って居るのだ。何故お前は今仕事を考えてはいけないのか。大体お前は戦いと死と言うものを余りに簡単に結びつけすぎて居る。戦いに行ってみんな死ぬものなら、そしてその理由のためにお前が結婚出来ないと言うならば、日本人はすべて結婚出来ぬ筈だ。

お前がお前の仕事のためにあの女性をどうしても必要と言うなら、お前はあの女性と結婚しておけばいいではないか。そして又お前は帰って仕事をするのだ」自分はこのように自問自答した。

そうだ。彼女さえ自分についてくると言うのなら、自分は彼女と結婚しよう。自分には断じてあの女性が必要だ。自分は逆の結論に達した。

別れを告げようと思った翌日の逢う瀬が逆に求婚のためのものになった。

「僕の気持をすっかり貴女に言おうと思ってね」

「余り聞かない方がよさそうね」

K子にはそう言った性格の所があった。二人は洗足池の方へ歩いて行った。自分が結婚してくれと言うと、彼女は急に涙ぐみ始めた。彼女の歩調が急に落ちて来た。自分はどうして自分が結婚してくれと言い出したか、その理由を少しずつ語り始めた。彼女は泣き始めた。彼女は泣きながら自分の傍を歩いた。

「あたし自信ないわ」

彼女は自分の肩に倒れそうにすりよりながら、

「貴方の家庭とあたしの家庭と、とても違うと思うの。あたし別の家庭に入るのとても自信がないの」

家庭！　思いもかけなかったようなものが、自分の眼の前に現れたような気がした。

「どういう風に違うって言うの」

彼女は暫く黙って歩いた。暫くは彼女は烈しく泣き乍ら歩いた。

「あたしの家では、父と母が全然一致してません。こんなことを申し上げるのは貴方だけよ」

彼女はハンカチで顔を蔽った。池のほとりで彼女は小走りに自分の脇を離れた。自分はこの時冷静であった。K子と又肩を並べて自分は暫くは何もきかずに歩いた。

「それで貴方はお母さんにぴたりとついて居るんですね」

彼女はうなずいた。涙をためた彼女の横顔を自分は美しいと思った。

「あたし、後のことが気にかかってお嫁に行けないわ」

「それじゃあ、貴女は何時迄もお嫁に行けない訳ですか」

「ええ……」

「貴女、戦争が終わる迄、どこかにお嫁に行くの、待って居てくれませんか」

「お待ちしますわ」

彼女は深くうなずいた。

「その時、僕は貴女と結婚したい」

「あたしの気持はね」

「そこ迄言ってくれれば僕はもう充分だ」

実際、もう自分はそれでよいと思った。彼女は未だ泣いて居た。彼女は泣きながら自分の体にすりより乍ら歩いた。やっと彼女は泣き止んだ。うらうらとした暖かい三月の陽の光が和らかく流れて居た。研究所の裏門迄来ても、又そこを通り過ぎてだらだら坂を下って行った。

思えば、二人の間に本当に何の不安もなく、何の屈託もなく、ただ重荷を下ろしたような幸福な気持で歩いた時は、後にも先にもこの僅かなひと時であった。彼女は泣き止んで暫くの間、二人は始めてそれ迄忘れて居た笑いを取り戻した。

「貴方にあたしの家へ来ていただくといいわ」

彼女はこんなことも言った。

「そりゃあ貴女さえ差し支えなければ、僕はどんどん行くよ。僕は平気さ。……そうだ。貴女も僕の家へ遊びに来たらどうだろう」

「あたしはそれほどの心臓はないわ」

楽しい会話であった。

「僕はこうして貴女と一度は散歩をしたかった。これからも散歩をしていいでしょう」

「ええ……」

然し果無い幸福のひと時であった。自分達は殆ど親の承諾のことも考えなかった。ただ自分達の気持さえ決まればそれでよい。漠然とそうした考えだけであった。

自分の母親はあっさり承諾した。K子の母親も自分に会いたいと言って来た。二度目に会った時自分は何もかもこれ迄のことを語った。母親は「考えさせていただきます」と言った。三度目には父親にも会った。「親達の気持をお汲みになってもう少し御返事を待っていただきたい」と言った。

朝目をさますともう自分は布団の中で一体K子と結婚出来るかどうかを考えて居た。道を歩きながらも電車に乗っても、果ては研究室にあって実験して居ても、自分はそのことをくりかえしくりかえし考えた。どう考えても、考えようとするファクターは同じであった。自分の愚かさに自分は唇を噛んだ。それでも尚考えは同じ所をめぐった。もしこれが駄目であったら……と思うと自分は思わず慄然とした。自分は憂鬱な顔をして彼女の傍らにあった。

「貴女の気持はどうなの。ある時までは待てるけれども、それ以上は待てないと言うの。それとも……」

「待ってるわ。何時迄も待ってるわ」

彼女は忍び泣きに泣いた。

見渡す限りの灰褐色の茫漠とした砂漠である。面をあげてとおくを見詰めながら歩いて行く男の顔に風は容赦なく砂を吹きつける。太陽は照って居るのだが、褐色の風のためにただ空の一角がぼんやりと光って居るので、それと分かるばかり。褐色の風の彼方に墓石のような石がはるかに転がって居るのがどうやら見分けられる。男は墓石へ向って歩いて行くのである。男は墓石を見て居なかった。中空をじっと睨みつつ男は顔をあげて尚も歩いて行く。男は漠然とどこか自分の行く彼方に墓場のあるのを感じて居る。而も尚彼は空を睨みつつ考えることは、その空の一角にかかる何ものかと現在の一歩一歩の歩行のことのみである。……太陽はぼんやりと砂塵の彼方に光って居る。砂は容赦なく彼の顔に吹きつける……。

Ｋ子を失った孤独の人生を自分はこのように考えた。自分はも早このような寂寞としたものを思うのでさえそれに堪え兼ねた。

あかあかと　一本の道とおりたり　たまきわる　我が命なりけり

たまきわる命と歌った茂吉にすら自分は到底ついて行けないことを思った。自分は寂寞の前に思わず尻ごみをした。殆ど本能的に、一歩も足を踏み出し得なかった。而も自分は自分の後から白分をつき出そうとする何ものかの手を感じた。

気の狂うような恐ろしさであった。恐ろしさの余り涙がにじんだ。これ迄苦しんで涙を流して築きあげた理想主義と言う大地のくずれるのを感じた。そして自分も大地と共に奈落の底へ底知れぬ深さの中へ落ちて行きそうであった。ああ、一切は御破算か。すべてはくずれ落ちると言うのか。自分の腰は今にも砕けそうであった。

Ｋ子は泣いてばかり居た。事務室の窓の傍に一人で大きな瞳に涙を一杯ためて居る彼女を見ると、自分は益々茫然とした。

光明の見える活路はただ一つあった。それはK子が長女である理由から、自分が彼女の家に養子に入ることであった。K子は余りにも母親に生き写しであった。性格も多分に母親から来て居る所があるが、その言葉つき、化粧、表現に至ると、気味の悪い程二人は似て居た。彼女の母親は自分の結婚の不幸からか、自分の娘への溺愛からか、余りに娘の結婚の高い幸福を望んで居た。自分の年の若いこと、その故に自分が彼女を扱い兼ね、果てはそこの所から不和の起こることを母親は恐れて居た。

それに未だ大きなことには戦争と言うものがあった。戦いに出ようと言う男にそれ程愛して居る娘を嫁がせる程の心は、到底この母親にはあるとは見えなかった。勿論自分の学生であること、恋愛と言う、言って見ればおままごとのようなものを母親は恐れて居た。然し主な二点は前の二点であった。

自分が養子に入れば……、情勢は一変するに違いなかった。年の若さも戦争も、未だ学生であると言う世間体もさ程心配することはなかった。然も愛する娘は一生傍にある。それが何よりのこの母親の頼みであった。K子は勿論母親を愛して居た。彼女に異存のある筈はない。自分は彼女を通じて母親に自分の心を通じた。

然し自分の心は、ただ一時の利を思うのみではなかった。むしろそれよりも、この不思議な母親の姿がひどく自分の胸をうったのである。母親の眼にも多分に夢を追うような知性が見えた。そして、一方K子にも見える家庭的なリアリズムが、この母親の言葉の節々と、その小さな仕草に認められた。女の四十七と言う年にしては、この母親はおどろく可き精神の若さを持って居た。この母親ならば、K子と共にどこ迄もついて行ける。自分はそう信じた。いや、ついて行きたく思った。やがて母親はIに会いたいと言い出した。ことは既に決まろうと徐々に動いて行った。自分はそれから母親に会って自分の口からはっきりと、母親へ自分の意志を伝えた。*

＊　当時の星野一族は、宮中や神社と切っても切れない関係にあった。父は宮内省の掌典であり、北海道では小樽の住吉神社をはじめとして、叔父たちは四つもの神社の社司を勤め、二人の従兄弟はそれぞれ札幌神社と靖国神社に奉職していた。両親は乃木大将夫妻を思わせるように、毅然として天皇を崇めており、やかましいことは言わなかったが、家庭内には森とした空気がはりつめていた。
　K子の母親にはじめて会ったとき、彼女は「私がオルガンを弾いて子供が歌うような家庭をつくるのが夢だったのよ」と話していた。わが家とは違って、さまざまな花が咲いているような空気を私は感じた。厳粛な家庭に育った私はこういう母親も居るのかとおどろき、かつ感動した。星野家は天皇制下の家族制度の典型であったが、K子の母親は、その枠を一歩こえた近代的な母親像を表わしていた。私はK子の母親に強い魅力を感じた。


K子は既に胸中自信を持っていた。

「貴方と始めはどこで暮らすか分からないわね」

彼女は自分が海軍少尉に任官する時のことを考えて居たらしい。

「貴方は子供が好き？　そんなに好きじゃないでしょう。……嫌いじゃ困るわ」

そんなことも言った。彼女の母親も恐らく夢を描いて居たのではないか。自分はそれに違いないと思った。母親の気持は八分通り迄動いて来たことを自分は明瞭に感じた。

だがここで自分は重大な誤算を演じた。自分の結婚をあっさりと承諾した自分の母親は自分の養子行きに対してもK対はないものと自分は過信していた。K子の家に養子に行きたいと切りだしたとき、私は全く思いがけない事実を聞かされた。徳川時代末期の恩義のために私はすでに親戚の某家の養子と決まっているのだと言われた。*

＊ 先にも述べたように、星野家の九代藤兵衛は柏崎・松平藩の分裂の際、多くの食料、雨具、草鞋、武器などを用意して、官軍の進撃を待った。星野家の影響力もあって、官軍はさしたる抵抗力にも会わず、柏崎を突破して次の長岡に迫った。柏崎の町並みは戦火をまぬがれた。おそらくはそれが九代藤兵衛の最大の関心事であり目的であったろう。
八代藤兵衛の息子が成長すると、九代藤兵衛はその名を本家に返し自らは分家に甘んじた。その九代藤兵衛の血統が、私の少年時代に絶えようとしていた。本家としてはかつて九代藤兵衛に助けてもらった恩義があり、自家の男子を九代藤兵衛の家系に養子として送るのは当然であった。我が家には男の子が四人もいたのであるから、次兄が養子となることは早くから決まっており、それは私も知っていた。しかし次兄は若くして死に、三兄が養子になることになった。その兄も若くして死んだ。
残りは私一人であったが、私には何の話もなかった。しかし私が知らぬうちに私が九代藤兵衛の家系を嗣ぐことが決まっていた。誰が私の嫁にふさわしいかという話も親戚のあいだにかわされていたと言う。

当時の旧憲法下の家族制度では、当人が知ろうと知るまいと、徳川時代末期の恩義を返すために、その家系の養子となるのは当然のことだと私の両親は考えていた。自分はK子の母親と自分のこれ迄の経過を一切さらけ出して、どうしても結婚の為には自分はその家に入るより他に仕方がないと迄言った。だが母親は頑として拒否した。情勢は再び一変した。自分はK子の家で、自分の家のこの内情を知ったならば、あの母親はとても自分を貰ってくれる訳には行かないだろうと思った。たとえ強引に行ってことが成立したとしても、戦争に行く自分の身を思い、又所詮醸し出される両家の摩擦と不和を思うと、とても強引な真似は出来そうにもなかった。特に自分は自分の卒業を唯一の希望として働いて居る父と母に対して、このように無理に振りきる気持には到底なれなかった。余りに誤算は重大であった。自分はK子や彼女の母親の夢をもすっかりぶちこわした。

K子はことの破局を観念した。自分は或は最後のものかと思って、ある日曜の日、彼女と多摩川べりを散歩した。ねずみのスプリングに桃色のドレスを着て、紫のリボンをつけて来た、何時もとは違ったK子を自分は何か哀れにも思った。二子から丸子迄歩き、丸子から又大岡山迄、彼女と自分は一言も結婚のことには触れず、不安を心の底にたたえながら、それでも楽しく歩いた。

それから暫くたって或る夜、突然自分は彼女の家を訪ねて母親に会った。自分は自分が養子に来られぬ理由を率直に述べ、それから自分の人間について知りたかったら、奉誠会のH助教授と卒論指導のK助教授にきいてくれるようにと言って、ものの一時間で引き上げた。自分は母親の顔から情勢は全く一変したことを知った。

もう暦は四月になって居たが、春は一向に春にならなかった。まるで自分の心に中々春が来ないように季節迄春にならないのではないか。自分はそんなことさえ思った。桜もやっと二十日すぎてから満開になった。

ある日、自分は事務室でK子の傍にあった。

「もう一度多摩川へ日向ぼっこに行こうじゃないか」

自分は又誘って見た。

「日向ぼっこはもう沢山よ」

「僕は普通の日の方が都合がいいんだがな」

「普通の日なら尚更だわ」

「でも、せめてもう一度行こうよ」

自分ははっきりと最後の別れを惜しみたかった
「もう本当にいやよ。外はいや。……苦しいわ」

K子はうつむいた。

「貴女は後が辛いからもう出てくるのがいやなのだろう。そこに性格の違いがあるんだな。僕は辛くって出て来たくなるんだが」

「今頃分かった?」

彼女は意外に強い言葉を吐いた。

「貴方は未だ若いのよ」

自分には彼女がこう言いたくなる気持はよく分かって居た。これが最後の別れだ。

自分は心に思った。自分は低く「さようなら」と言った。K子の顔を見ることは出来なかった。彼女は答えなかった。外に出た自分の耳には「あたし、この頃憂鬱に見えなくって」と言った彼女の言葉が耳についた。

そしてこの日から自分はぴたりとK子の顔を見なくなった。そして自分の心は次第に平和にかえって行った。今度こそ本当の心の平和であろうか。自分は何カ月ぶりかで自分にかえって来たように感じた。やっと一人で散歩が出来るようになった。大宮八幡の方へ歩きながら、自分は思わず周囲の美しいすきとおる若葉に驚きの目を見張った。五月はこんなに美しいものであったか。自分はこれ迄の五月の思い出を頭に浮かべて見たが、ついぞこのような目の覚めるような美しさを感じたことはなかった。今迄夢に苦しんで居た者が急に目を覚まして、矢張り自分の周囲は正常であったと、すぐる日の異常な春の日から思いくらべるような心であった。

自分は若葉の下をくぐり乍ら「ああ、ひどかった」とつくづくと思った。

自分は矢張り孤独なのだ。孤独な道に静かにそっと口づけをしたいような心になった。中学の四年の時からついこの間迄、何をするにも一人、旅をするのも、山に登るのも、野を歩くのも、芝居を見るのも、お茶を飲むのも、殆ど一人で楽しんだ自分が急に自分にかえってくるのだった。

風が青空の中を高くかけぬけてゆく。すきとおってきらきらと輝く若葉が一斉に風の中におどって居た。遠くのたんぼから蛙の鳴き声がきこえてくる。本当に何時の間にか時は五月になった。この二年間、ひどかった。本当にひどかった。二度とこんな苦労はすまいと思う。カタストローフも間もなく来るだろう。だがそれはもうカタストローフとも言えない程の静けさでやって来そうである。静かに自分はそれを待つ許りである。

五月八日

夢だった。自分はそう思った。ついこの間迄自分の身に荒れ狂って居た運命の渦巻が、この二、三日では目に見えて自分の体から遠ざかって行くような感じであった。だが一度渦の中をとおって来た自分の眼は渦に巻きこまれぬ以前の眼とは余程違って来たように思った。K子と別れてこの回想記を記し始める自分の眼はどこかに沈欝のかげがあった。

思えば高等学校の三年から大学の二年の冬迄、その頃が少年から青年へうつって行く時であった。やっと自分は今、青年らしい青年にすっかり成長して来たような気がする。見るからに生命の豊かさを思わせる木々の若葉のそよぎは、も早曾てのように爽やかな人生を思わせなかった。生きて行く喜びを感じるよりも生きて行く不思議さを思った。街角に輝く青空を見ると不意に涙ぐむような心があった。若葉のしげみをくぐってくる五月の風が何か幅のある複雑なものをもって、自分の胸の中に流れこんだ。

回想記を記して行って何度も自分は途中でペンを投げようと思った。然し、その度にこの苦しみさえ通りぬければ、すぐそこに五月の新生が待って居ることが思われた。稿が次第にすすんでくると、徐々に自分の身から、色々なものが洗い去られるような気がした。周囲を眺める自分の眼の沈欝さからも次第にかすが流れるようであった。

稿が終えた時は、頭がくらくらとするような全身の疲労を感じた。だが自分はその疲労の中に限りない安心を覚えた。

「ああ疲れた。疲れた。疲れた。本当に疲れた」

自分は思わず口にそう言いながら蒲団の中に目を閉じた。も早目の中に沈欝なかげがあっても、自分はそれを滓だとは感じなかった。言って見れば滓をとり去った沈欝さであった。

生きると言うことの苦しみ、恋愛の苦しみはそこにあった。も早国体も国家も戦争も自分の眼には一頃と可成り違って映った。一頃のそれは真のものではなく、その曇った映像であったように思えた。国体も国家も戦争ももっと自分には真剣なものとなった。大君の辺に身を捧げることは一切放下などと言うものではなかった。自分の身の持って居るあらゆるものを肯定してそのぎりぎり迄につきつめたものが、大君の辺に死ぬ心であった。

五月九日

何時からか自分は傍道を歩いて居る。昔からそのような気がしないではなかった。だがそれは大学に入って社会に出て行けば、自分も又世の中の人一般と少しも変ることのない道を歩むようになると自分は漠然と想像して居た。だが自分は大学に入って道を益々かたわらにとった。

自分は今になってはっきりと自分の道が世の人とまるで違った道を歩んで居ることに気がついた。自分の道はもうこれで永久に変らないものと思った。自分のこれから進む道は、この人生と正対したまま一生その深みの中に生と言うものと戦うにあった。

文学は遂に哲学に到達する。文学を読むのには哲学と歴史を経なければならぬ。こう高等学校の時に考えて大学の三年になる迄、殆ど文学らしい文学も読まなかった自分は矢張り正しいものであった。三年になって始めて万葉集を繙き古事記を読んでから、自分は文学の深みにふれて来たと思った。追いつめられた生への苦悩から文学は生まれてくるのだと自分は確信した。
こう言って見ると、短歌ではさすがに茂吉を偉いと思った。詩では高村光太郎を立派だと思った。小説では始めて藤村のものが理解出来たように思われた。ドストエフスキーやニーチェ等は余りに偉大であり余りにも高く、そこには人間として全力を尽くしきった、行く所迄行った人間の姿があった。幻の巷に涙を注いだ芭蕉の姿も、封建の桎梏の下にぎりぎり迄に烈しい生の苦闘を描いた近松も自分にはよく分かるような気がする。

五月十日

その後K子の家からは何とも言って来なかった。自分達の勤労動員の日も近づいて来た。未だ思い出の生々しい大学を去って、中央航空研究所に行く自分を、新生の門出を祝いたかった。もうこの恋愛も最後の結末をつけさせようと、自分は九日の日に久し振りにK子の声をきいた。さっぱりとした気持で動員に行きたいから、貴女の家のはっきりした所を念のためにききたい。処置をとって貰えまいか、そのようなことを言うと彼女は承知した。K子の声には明らかに動揺があった。電話をきった後さすがに自分の心の中に再び軽い動揺が起った。彼女の声が何時迄も耳に残った。夜になると彼女の前に泣きたいような気さえした。だが十日の朝方になると、もうそれも静まって居た。彼女からは十二日の午後二時に家迄来てくれるようにとのことであった。五月になっても、時々甘いものが自分の心の中に突然浮かんでくることがあった。ひょっとすると許してくれるかも知れない。未だにこんな訳の分からない甘さがひょっと浮かんでくる度に、自分は舌打ちをして自分の甘さを叱った。カタストローフが来てくれればもうこんなことはあるまい。自分は十二日の日が心楽しいものにさえなった。

五月十三日

思いがけなく十二日の日にK子から研究室へ電話が来た。十三日の日に会いたいと言って来た。もう彼女の顔を見ずに、そのまま新生への第一歩を踏み出そうとして居た自分も矢張り彼女の気持を少しでも軽くして、気をすまさせてから新生しようと思った。彼女は自分に詫びたいに違いない。自分はそう思った。それに彼女は

「御本も持って行かなくちゃならないわ」

などと言って来た。

「あれはいいよ」と言うと、彼女は、

「でも手許に置いておきたくないの」

「分かる……」

自分は彼女の心根をいじらしく思った。電話がきれてから自分は思わず眼に涙のにじんでくるのを感じた。再び何とも仕方の無い運命を思う悲痛さが自分の胸の中を流れた。何時か足は研究室を出て洗足池の方に向って居た。遠足で来たのか、国民学校の生徒が何やら大声をあげて騒ぎ廻って居た。かつてK子が自分の肩に泣いたその日が不思議な夢の中の一齣の様に思われた。自分はそれでも感傷のようなものは感じなかった。不思議な夢の中を辿るような心地がして、自分は池のほとりを歩いた。

丁度、二時になってK子の家を訪れた。全く自分は顔色も変えなかった。用件はほんの五分もかからずに終わった。自分は彼女の母親を相手に文学の話などをした。一時間半ばかりしてK子の家を出た自分の唇から、思わず第九交響楽の第一楽章の出だしのメロディーが流れた。何か分からないが、自分の人生の前方に、今までとは別の世界が開けるような予感を覚えたのである。そして「行く所迄行った」そんな気持ちと「疲れた」と言うものが自分の背すじを流れた。それでも翌日にK子と会うことを思うと、すべてが脱けきったようなものではなかった。

K子と自分は温室の裏の林の中をくぐって行った。ベンチに腰を下ろすと、彼女は「一杯言うことがあったけれど、貴方の顔を見たら言うことがなくなったわ」などと言った。

「言わなくてもいいさ。みんな分かって居るよ」

「分かって居るでしょう。あたしも分かるわ」

彼女の顔にはこれ迄のようにじっと自分を抑えているようなものは見えなかった。素直な強さが彼女の顔にあった。

自分が自分の気持を彼女に話して行くと、彼女も亦自分も二、三年成長したように思うなどとも言った。会う迄に思った程自分の心はさわがなかった。彼女の瞳にもさ程憂鬱なものは見えなかった。時々じっとうなだれてだまり込む彼女の瞳の中には、思いに沈むと言うよりは静かに生を考えて居るある静かさがあった。

三十分もたつと自分達は腰をあげた。歩きながらK子は日比谷で東響の〝ジュピター〟があると言い出した。それでは自分も行こうかと言い出すと、「あたしが行くから困るわ」と行って赤くなりながら笑った。どうして音楽会などに行くのだと訊くと、「訊かなくても分かるでしょ」と言った。彼女は自分が最も好きな交響楽は、モーツァルトの四十一番ジュピターであることを知って居た。

陸橋のたもとで到頭彼女と別れた。沈んだ心が自分の胸の中にたまって来て、自分は暫く頭をたれて歩いて居たが、決然として頭をあげた。涙が再び瞼ににじんで来た。自分は足早に急いだ。過去のものがぐんぐん足もとから後方へ後方へと流れ去って行くのを感じながら。

＊　＊　＊

戦争下の青春には、常に死がまつわりついていた。恋に生きることは、戦争での死と致命的に矛盾していた。男も女もその矛盾のために苦しみぬいた。「きけ　わだつみのこえ」にも、それにかかわるいくつかの手記がある。「きけ　わだつみのこえ」で書かれている死は運命に流されての納得しがたい死であるのに対して、私の場合は自ら進んで戦場に突入しようという死であった。それで恋に落ちるというのは自己矛盾もはなはだしいが、私は何度試みても、私の手でその矛盾を切り捨てることは、どうしても出来なかった。

私は戦後、K子がすでに見合い結婚をしていると知ったうえで、K子の家を訪ねた。K子の消息を聞く気はなかった。ただかつて私を感嘆させた新しいタイプの母親と話をしたかったのである。母親は私を歓迎してくれた。そして「戦争さえなければ…………」と言いかけて口をつぐみ、じっと私の顔を見つめた。

しかし戦争がなければ、私がK子と会うはずはなく、二人の恋が芽生えることはあり得なかった。そして私は天皇信仰を乱さぬまま普通の社会人となったであろう。戦争下の偶然によってこそ二人は会い、愛しあい、戦争によってこそ、二人の死と恋との矛盾は無残にはじけてしまったのである。

「きけ　わだつみのこえ」に散見される恋にあっては、死と恋との矛盾は、悲しみながらもおだやかに消えかかっていた。それにくらべて、私たち二人の死と恋との矛盾は、プラトニックラブでもあり恋の期間も短かかったが、死ぬ心と愛する心との矛盾は激烈であった。だが、それであればこそ私は愛の破綻後、私自身の新しい世界を切り開くことが出来た。それが「四畳半の日記　第三冊」の核心的な問題である。

孤独に生きる・四畳半の日記　第三冊

（一九四四年五月十三日～九月二十四日）

私はK子にすがれず、両親にも甘えられない立場に追い込まれて、自分はこの弱さを徹底的に克服しなければならないことを、思い知らされた。友人にも頼るべきではないと、私は決心した。すべての甘さを乗り越えて、信じ得るのは自分のみである、これが新しい私の人生の第一命題であると、私は結論した。著作集の第八巻の最終章の表題は〝第一歩〟であるが、その冒頭の節は〝孤独について〟である。続いて〝愛について〟、〝良識人について〟の二つの文章が収録されているが、これらは四畳半の日記第三冊と、続けて書かれた海軍日記の中から短文を抜取り構成したものである。

〝孤独について〟の冒頭には、こう書かれている。

「孤独は感情ではない。勿論、感傷ではあり得ない。冷たい知性である。強靭な知性である。孤独は逃避ではない。孤独は生の、対象に対する挑戦である。……孤独は一切の政治の渦から身を引いた所に、初めて存在する。自分の歩む道には理想も目的もない。ただ灰色の広漠たる野と、その中に時折烈しく火花を散らす生の燃焼があるのみである。／真実の道は、この道しかあり得ない。この道のみが、自覚した人間の唯一つの歩き得る道だ。それがこの道に与えられた名だ。」

＊　ここで使われている〝生〟という用語は、ジンメル（一八五八～一九一八年）哲学の基本概念であるが、私の生についての解釈は、生とは「あらゆる可能性をかかえた生身の人間」の形而上学的表現である。そして私流の〝生〟の表現においては、それに文学的表現が重ねられている。ジンメルはその生が現代文明によりどのように影響され、人間と文明はどこへ行くかを論じていた。一九三〇年代の日本においては多数の読者を得たが、当時すでに発達した組織と技術によって、生が追いつめられるという危機感が論じられていた。工業大学の学生としての私は、この生の哲学によって強く影響された。現代の宇宙、原子力、コンピュータ、ハイテク医学等々に対する私の視点は生の哲学に起点をおいている。

ここに書かれた〝対象に対する挑戦〟とは〝天皇に対する挑戦〟を、〝一切の政治の渦から身を引く〟とは天皇政治からの完全な脱却を念頭において書かれている。＊＊

＊＊　私は当時、中国の抗日民族統一戦線もフランスのレジスタンスも国内での三二テーゼの内容も全く知らなかった。だから連帯を求めるという発想は全くなかった。ただ自分自身の体験によって、天皇制こそ日本の戦時体制の脆弱さと、中国・朝鮮民族に対する横暴と、そして人間にとって最も大切な情感——愛を押しつぶす根源であることを知っただけである。日本のみならずドイツもアメリカも、すべての国が人間がつくりあげた文化を徹底的に破壊している様相は分かっていたから、自分一人で地球上のすべての戦争を冷たく見つめるほかに、生きる道はなかった。〝孤独に徹せよ〟とは、そういう私の、天皇制と世界戦争に対する抵抗のスローガンにほかならなかった。だから戦後になって、第二次世界大戦の全貌が明らかになってくると、私独特の用語である孤独は、〝連帯を求めて孤立を恐れず〟という方向に発展した。私は今でも少数派

であることを誇りとしているが、その誇りは戦時下の私流の孤独の哲学から生まれたものである。

〝愛について〟の冒頭では、

「愛は肉欲からも起こり、同情からも虚栄からも起こるであろう。だが一旦生じた愛の力は之等のあらゆるものを乗り越え、あらゆる曖昧なものを破壊する。そこに愛の凄まじさと、愛の真実がある。愛は夢の如きものではなくて、……愛はロマンスなどというものではなくして、遥かに生々しいものである。むしろ愛は苦痛であろう。」

この短文は私とK子との愛そのものであった。

K子を愛しK子に愛されて、私はふしぎな心理状態を経験した。K子の心が私の心に入ってきて、そこで泣いていると実感した。私自身がK子の心もかかえた複合体であるように思えた。これが愛だ、私だけでなく、人の心が私の心になり私の心が人の心になるという、人間にとって最も大切な普遍的な感情だと私は確信した。この愛を粉々に打ち砕いたのは、天皇制下の家族制度であった。私はその家族制度が、警察の網の目のように、日本国の隅々にまで張りめぐらされており、警察と同じように、天皇制の裾野を形成し天皇制を支えていると感じた。

天皇も天皇制国家も政治的に容易に対抗できる相手ではなかった。私は怒りや憎しみの目で天皇制をにらみつけるというよりも、冷ややかに天皇制の社会構造、経済構造を解明しつつ、天皇制が末期症状を呈し、アメリカ軍の強圧に屈する経過をじっと見つめた。天皇制の底の底まで見つめずにはおかないと、私は射るような、そして氷のような視線を天皇制に向けつづけた。それを頭において、私は「孤独は生の烈しい燃焼である。青白く凍りついた火花である」と書いたのであった。

そうしてみると、それまで顔を蔽っていたヴェールがはらりと落ちて、今まで見えなかった天皇制の実態が、ありありと見えるようになった。前年六月に書いた「現代の意義に関する一考察」で、私は半封建的なばらばらの戦時体制を難じたが、その半封建制の核が天皇であることが分かった。天皇制国家であるが故に、近代的・統一的な戦時体制もなく、アメリカ軍の強圧のために天皇は主権を失い、天皇制が崩壊する日が迫っていることは明らかであった。

「大東亜戦争が一面強力なる天皇政治を益々厳にするように見えては居るが、事実は殆ど逆であろう。……裏を返せば天皇政治の弱化・崩壊への道である。」と、私は六月五日の日記に書きとめた。K子への愛に惹かれて、私が死の世界から生の世界へと一歩踏み込んだのは、三月二十四日のことであるから、それから二カ月半で私の天皇観は一八〇度転回してしまった。

私はすべての曖昧なものを崩す愛の偉大さを思うと同時に、その愛をつらぬくことが出来なかった原因は、天皇制の非情さにあるだけでなく、私自身にもあると痛感した。

私は四畳半の日記の第一冊と第二冊とをくりかえしくりかえし読んだ。そして、なぜ死の意味が解けなかったのか、解けぬことに疲れ果てて〝一切放下〟という言葉の魔術に引き込まれて、思考を停止したのか、一人敵陣に斬り込む孤立感にさいなまれて、K子に救いを求めたのか、反省に反省をかさねた。そして私の甘さや弱さがひどく悔やまれ、天皇制という麻薬にふりまわされた自分が悔しかった。

中央線の三鷹駅から中央航空研究所まで歩いて三〇分の距離であったが、その往復の一時間が、ついこのあいだまで天皇のために自分は死ぬべく生まれたと考えた愚かさを、かえりみる時間であった。私自身の甘さが口惜しくて、しばしば地団駄を踏まんばかりであった。おそらく眉をしかめ歯を食いしばって考え抜いていたのであろう。通りがかりの人が何人もじろじろと私の顔を見るので、私は自分のこわばった表情に気がついた。

K子との愛の破綻が明らかになったとき、私は五月六日の回想記にこう書いた。

「気の狂うような恐ろしさであった。恐ろしさの余り涙がにじんだ。これ迄苦しんで涙を流して築きあげた理想主義という大地のくずれるのを感じた。そして自分も大地と共に奈落の底へ底知れぬ深さの中へ落ちて行きそうであった。ああ、一切は御破算か。すべてはくずれ落ちると言うのか。」

私は愛の破綻は同時に私の世界観の崩壊であると直観していたのである。私は前年（一九四三年）以来、天皇を自己の精神的支柱として生きてきた。しかし戦争に対する銃後日本人の無責任ぶりに絶望して、心の支えをK子に求めた。

その情況でK子を失えば、天皇信仰の支えが消滅してしまう。K子を失い天皇信仰も失われると、後は何を精神的支柱として生きればよいのか。愛の破綻によって、私は生の根本問題に直面したのであった。K子を頼りにすることも天皇を信じることも出来なければ、私が私自身を信じ、私自身を頼りにするほかはない。こうして私は五月二十三日の日記にこう書いた。

「信じ得るものは自分のみである。いや自分が孤独であると言うことのみである。」

愛の破綻と天皇信仰の消滅によって、私は不意に個の自覚に到達したのであった。

当時の日記には書いていないが、後に〝孤独について〟という短文をまとめる際に、私は次のように論じた。

「孤独とは、自我以外の他の何ものにも依拠せざる謂である。自我の完全独立を言うのである。人間は環境によって左右されると言うのはよい。だが、人間の弱点も環境の生むものなる故に、遂にその弱点はその環境のもとでの人間にとって致命的であると言うのは正しくない。孤独に達すると言うことは、環境に対して峻烈に対立することである。この時、如何なる弱点がこの人間にあり得るか。」

私は天皇制社会という環境の中で〝一切放下〟などと、思考を停止した弱点を背負ったが、天皇制ときっぱりと対立することによって、その弱点を克服し、天皇制に対する根本的な批判を始めることが出来た。

また星野家の精神構造と絶縁し、家への甘えを捨てることによって、はじめて日本の〝家〟の概念こそ、天皇制を支え、日本人の心の近代化を阻んでいる実態を認識した。こうして孤独の論理のもとで、私は天皇制も家も弱体化し、科学・技術の発展がそれを加速し、敗戦後の日本では、女性の自覚が始まると予見した。また科学・技術の社会的影響はきわめて大きくなるとも断じた。しかし日本以外の他国の反ファシズム運動については、全く情報を得られず、世界の歴史的事実を知らなかった。そのために連帯という概念はなく、人間の自立としては、私の孤独の概念はきわめて偏った概念にとどまっていた。

人の心をわが心とし、わが心を人の心とするという愛の概念において、じつはすでに連帯の概念の萌芽が摑まれていたのだが、天皇制社会のなかで全く孤立していた私には、愛の概念を連帯の概念にまで拡張する視点が欠落していた。だが、この孤独の論理[*]は誰に教えられた発想でもなく、私自身の体験にもとづく私自身の論理であり言葉である。

＊　孤独の論理は徹底した自立の論理と言ってもよい。「きけ　わだつみのこえ」や「雲ながるる果てに」には、家族とのつながりを心の支えとする文章が多く、「ドイツ戦没学生の手紙」に見るような自立した人間像は少ない。

その孤独の論理のもとで、国家的・統一的な戦時体制が成り立たぬ半封建的な社会制度であればこそ、愛の自由が認められなかったことを私は骨身にしみて痛感した。戦争に敗ける社会的理由と、愛が破壊された社会的理由は、ともに天皇制に帰することを私は知った。

愛を失った私は深く傷ついたが、それをバネとして孤独の哲学が展開され、その孤独の論理によってこそ、天皇政治の欺瞞と天皇制国家の崩壊のメカニズムが、白日の下にさらされ、敗戦後の日本社会の動向の一端を予見できたのであった。

日本はなぜ戦争に敗けるのか、日本人はなぜ戦争にのめり込むのか、その明確な答えを私は求めた。天皇制の崩壊以後、日本の技術や世界の政治はどこに向かうのか、それがもう一つの問いであった。二つの問いをどこまでも追求するという一本道が、愛の破綻によって私の前に開けた。そして六十年間、私はひたすらその道を歩みつづけた。

今にして考えると、K子の愛によって私は死の世界から生の世界に引きだされたこと、そしてK子との結びつきを目前にして、天皇制下の家族制度が二人の愛をばっさりと切り落としたこと、この二つの条件があって、はじめて私は一本道を涯まで歩くという生きる意味をとらえることが出来たのである。

＊　＊　＊

五月十三日

「心を冷たくあれ。頑ななれ。」これがこの新しき日記に送る言葉である。

自分は一生を技術評論家として送ろう。このように自分の心を定めて、自分はもう自分の心を動かすまい。文化と人生の底をつきつめて自分は眺めよう。この心を自分は動かすまい。所詮己は孤独であることを忘れはすまい。

良い気候になった。若葉の香りが頬のあたりを流れて行くようである。

人と一緒にさわいで居ても心のどこかに一点白々としたものがある。

五月十四日

父と母に小石川の伯母の家を嗣ぐことは断った。孤独である自分の身を貫こうと思うからである。

会ったこともない、見たこともない人の位牌を引きうけるなどとは、まるで考えられない。

五月十七日

時々甘さがやってくる、払おうと思っても仲々払えない。この家を下宿だと思えばいくぶん甘えがへってくる。自分は孤独だと言うことに納得すれば、甘さはなくなるのでもあろうか。

藤の花がそろそろ凋れてくる。やがて夏だ。

五月十八日

甘えるな。自分を叱咤する。口を閉じよ。心に命令する。孤独に堪えることが人生の一つの課題であろうか。

昨日で電解を終わったので少し暇である。中央航研への動員がまだ来ないので案外のんびりする。梅雨の様な日がつづく。山の霧の様な雨が時折音もなく流れる。空が時々ぽっと明るくなるが、何時の間にか濃い灰色の雲が動いて居る。山が恋しくなる。霧の中の岩稜を一人縦走して居た自分の姿が懐かしい。

五月十九日

相変わらず霧雨。体の調子が矢張り捗々しくない。松本の頃に似ている。

結局すべてのものは、自分の小宇宙に包含される。自分は自分の小宇宙の中にある一本の道を強情にすすむのみである。自分の才能と性格と努力はきっとその一本道を強情に歩んで行くだろう。生活は運命だ。そう思う。今日のこの日も昨日の日も明日も矢張り運命だ。運命とともに進むことは決して運命に屈服することではない。運命とともに進むのみである。じっと唇を噛み頭をたれて居るのが、自分の一生であるかもしれない。

封建をかなぐり捨てよう。自分の小宇宙を真剣に見つめよう。それが自分の歩む方向である。同時に足下を見つめる。そこに評論家として立つ可き自分の生活がある。

今の工学の勉強もその一つの基礎期である。文化の尖端の鍵をなすもの、それは技術であらねばならぬ。技術が未だ今日の日本の我々の生活に思想に、さして影響を与えて居らぬ所以は、日本の文化の低水準に存する。然し必ず近き将来、技術なるものが日本の文化の中に大きく立ちはだかってくる時がある。

五月二十三日

信じ得るものは自分のみである。いや自分が孤独であると言うことのみである。ここからすべての自分の考えは出発する。之を自分の人生観の第一命題と言いたい。

自分の今の生活、その態度、一つは第一命題よりする人生観の或る程度の体系化。或程度の体系化なくしては、自分に正しく生きぬくことは難い故である。二つには技術評論の基礎力の養成。特に工学に関する実力の涵養。

自分の前に大きく広がってあるもの、文化。その姿を冷たい眼でじっと見つめる。底まで見つめる。又高きに登って広く大きく見はるかす。それが一つの自分の人生に向かう態度である。

神を信じることは出来ぬ。自分はそこまで行くらしい。

五月二十五日

豁然として大地が、見渡す限り自分の前に開けて居る。自分の人生はやっと今始まった許りだ。すべては之からだ。

自分には家もない。故郷もない。祖国もない。神もない。あるのはただ自分の孤独のみ。仕方がないから両足を動かして歩いて行くだけだ。対象の刻々とうつり変わる姿を自分は分析する。技術を中心として。鈴木安蔵の言うヒストリカル・マテリアリズムを用いて。

五月三十一日

ともかくもこれからだ。自分はそう思う。自分はやっと人生の出発点に立って居るにすぎない。然も本当に足を出して踏みだして行く日は、後一年か二年してからであろう。戦争に行って帰ってきたら、その日がやっと本当に歩きだす日だ。今の生活もそれから隊に入ってからの生活も、ただ出発するまでの体の条件を整えて居るにすぎない。

すでに大多数のインテリは天皇機関説、民族国家主義に変貌しつつある。国体と民族とのすりかえが至る所に存在する。天皇はただ一つの統治形態になりつつある。封建の変貌は民族主義の中に次第に明かになって行くだろう。蓋し歴史というものは、矢張り政治の渦であろう。経済を動かして行くのも矢張り人間なる故に、歴史を動かすのも政治と言い得よう。そして政治とは或る明瞭なイデオロギーを持つものではなく、どこへ動いて行くか見当もつかぬ一瞬一瞬の人間共の巻き起す渦の流れである。

自分の出発点は一切の政治の渦から身を引いた所に、始めて存在する。虚偽の最も甚だしきものは〝家〟である。親子、兄弟、親類の縁である。このようなものが身にまつわりついていては、自覚は難い。冷たい知性による批判は難い。封建の桎梏はたえず感情と言うものによって知性の透明を濁す故である。現代の日本にもっとも深い影を与えて居るものは実にこの〝家〟である。だが農村の構造と都会の前進は次第次第にこの家の形すらも変えて行く。現代の流れの明瞭な一断面である。

＊「家」と近代的な家庭とは違う。家庭では親子も兄弟も自由に生きることが出来るが、「家」には個人の自由はない。「家」の利益や体面や習慣が個人の自由に優先する。

然し自分はこの虚偽には耐えられない。自分は世間体の道具でもなければ義理の道具でもない。一個の人間である。愈々出発する暁には自分はこれらのものは、断たねばならぬ。それが真実を貫こうとする自分の決意である。

六月二日

感動の根を押へろ
感動の枝葉を刈れ

高村光太郎の詩だ。実にいい詩である。一体〝詠嘆〟と言うと、既にある苦痛と言うものを脱している所がある。詠嘆は苦痛そのものを味わっているような所がある。仮に文学とは生としての人間の苦闘、及びその表現と解するならば、自分の魂を投げ出したような文学、或いは人間像をどこ迄も冷ややかにじっと見つめて居るような文学が勝れて居るものと言い得る。詠嘆の文学は既にある感傷を伴って居り、鼻につく所がある。ポーズがある。

光太郎の詩は魂を投げ出したような作である。伊藤信吉の「近代文学の精神」にある如く漱石、鷗外を冷ややかな知性の作家と見るならば、それは人間性の解体どころか、人間を投げつけたような、きびしい張り詰めた生の文学である。寧ろ人間性の解体こそ生としての苦闘ではないか。実はこの時人間は解体したのではなく、もっとも緊張したのである。冷ややかにじっと見つめると言うことは、生の緊張を言うのである。

詩、歌などは矢張り冷たく見詰めるよりも、その芸術の形式からして魂を投げ出すにとどまるより仕方がないだろう。茂吉の歌に不満を感ずるのも、茂吉が全身を投げだして居ないからだ。何故詠嘆するのかと言いたいが、特に短歌などでは中々魂を投げ出し難いのであろう。

六月四日

今年は余程気候が不順らしい。六月始めで、風など吹くような季節では無いのだが、砂塵が汗ばんだ頬にいたく当たる。雨が時折ぱしぱしと風の中にまじって、埃の中に吸われて行くようである。

昨日四谷へ行ったら「本当に近頃暗くなった」と言っていた。どんどん暗くなれ。偏屈になれと思う。自分の生き方は暗く、偏屈になるより他にあり得ない。

六月五日

ジンメルの「近代の葛藤」を読んだ。

ジンメルの言う如く現代程、生が文化形式に対して荒々しき裸の儘に挑戦しようとしたことはなかった。だがこのような規定は、それはどこまでも日本の歴史に於けるものではなかろう。仮に西欧の生の葛藤を、カント以来の体系的・固定的思想並びに民主政治、資本主義に対する生の反逆であるとするならば、日本の歴史的現象は古典に基づく日本精神思想、封建的なる政治・経済秩序に対する生の反逆でもあろうか。

所が現在の日本の情勢は明治以来の中途半端な外来思想、又反動的な封建思想、更にそれに加えて、現代に流入してきた全体主義、民族主義が渦を巻いているので、一寸見た所、何が何だか分からぬ程のひどい精神の混乱である。ともかく厳として強固なる圧倒的なる支柱は勿論、国体思想で、所謂封建の総本山である。

然し又一方この厳とした圧倒的な流れにもかかわらず、近代への自由を求めんとする生の反逆も又、科学・技術なる武器を擁して、どこまでも底流ではあるが、確かに日本の進む歴史の方向を示している。

特に技術が益々文明の中に大きな位置を占める可きである以上、この流れは徐々にではあるが、何らかの大きな日本のカタストローフさえあれば、一挙にほとばしり出ようとするものを蓄えつつあるようである。大東亜戦争が一面強力なる天皇政治を益々厳にするように見えては居るが、事実は殆ど逆であろう。むしろ、その強化の方向こそ、裏を返せば天皇政治の弱化・崩壊への道である。天皇政治の崩壊は然し日本と言う国の最大の危機である。亡びることはあり得まいが、想像できぬ混乱があり得よう。

六月六日

古典の美しさは実際燃え出そうとする魂を引き戻す、萎えさせる或る魔力を持っている。万葉集は特に危険だ。古典への惑溺こそ家よりも女よりも恐ろしい。

古典の美しさはたえず人間を良識主義の中に引きずり込む。古典のきこえのよい名のもとに、幾多の妥協と虚偽が蔓延する。現代の方向を嗅ぎつける嗅覚も麻痺させる。

珍しくゆっくり本を読みたい気がする。ベルグソン、シュペングラー、マルクス、エンゲルス、レーニン。

一体人間共はこれから何をしようと言うのか。まるで何ものかにでも、憑かれたような気の狂った渦だ。反枢軸軍はセーヌ河口に上陸した。果てしない殺戮。歴史の現実というものは実にきびしい。

六月十一日

十日に海軍予備学生の体験があった。(A)合格、飛行不合格となった。さすがに合格となった時はほっとした。ほっとしながら未だこんな気持ちがあり得るかと思った。非常に体が疲れて居る。今日も午後は二時間近くも昼寝をして居た。こんなことは無い筈だ。

徐々に自分の哲学が再建されて行く。思索の連続である。シュペングラーの「人間と技術」を読んだ。非常に常識的な本だ。ベルグソン、ニーチェが相当に入っている。ジンメルも入っている。独創とは思えない。シュペングラーはベルグソン、ニーチェ、ジンメル等の哲学を彼の諦念的厭世観の中に消化し、一つの哲学を作ったのであろう。文化を生の形式と解し、文化を広義の技術と解し、生が之等のものを創造したにもかかわらず、逆に技術が生を拘束する。

ジンメルから言えば、そこに近代主義の葛藤があり、シュペングラーに言わせれば、そこに技術が人間を押し詰めて、ファースト的文化が衰退して行くと言うのである。

六月十四日

妙に愚図ついた天候がつづくと思って居たら、今日は一日雨。雨に濡れて青葉が目立って大きく見える。依然として体の調子が思わしくない。少しずつ良くなって居る気もあるが。もう少し休養する。何となく頭の中が飽和して居る。とりとめもなく色々なことを考える。早く海軍に入りたい。結論は何時でもそこへ行く。

もっともっと偏屈になる可きだ。もっと暗くある可きだ。再出発の道程は未だ遠い。

六月十七日

反枢軸軍北九州を爆撃す。サイパン島に上陸、小笠原に飛来す。

戦いよ。もっと苛烈になれ。もっと酷烈になれ。良識主義をふきとばせ。

この戦争はどうも妙な様子だ。第二戦線の様子を見ていると、この戦争はもはや常識的には解し得ないものがありそうだ。どうにもならない戦争の渦と言うものが、世の政治家をも、軍人をもまきこんでしまった感じがする。もしこの戦争がとことんまで行くとすれば、日本はもとより世界は史上未曾有の混乱に陥るであろう。そこから何か生まれるか、まるで想像がつかない。

六月十八日

明瞭な梅雨型の気候である。付属品を捨て、虚飾を取り去って行くと、だんだん生活が爽やかなものになる。爽やかと言うよりも、地に足のついた冷たい知性が生活にしみこんで行く。付属品を捨てることは青空の幻像を払うことである。

三鷹駅からの帰途の省電の中は動員学徒で一杯である。不思議と学生達の顔にはかげが見えない。寧ろ或安心感の様なものを覚える。女学生達の女子挺身隊には、工場に疲れた顔の面影は殆ど見られず、さっぱりした虚飾をとり去ったような爽やかさがある。はたらく女の美しさ、そのようなものさえ感じる。男でさえその荒々しさにともすれば耐えかねる工場の中に挺身するこの女達が、やがて日本の母親になる時、その時の教訓がどのような形で生活に表れるか、興味ある問題である。

女が男と肩を並べ、男に負けずに一本立ちとなるような気迫を持ち得た時に、始めて世に謂う女の自覚と言うものがある。（もっともこの際の自覚の意味は、自分の思うような〝我の自覚〟と言うのではなく、その一歩手前の自覚とでも言う可きであろうか）この女の自覚、それが封建なる桎梏よりの脱出の第一歩である。所謂今までの〝家庭の女〟であっては、所詮この歴史の流れには抗し得まい。歴史の現実と言うものは、歩一歩女を自覚の段階にまで追いやり、従来の〝家〟なる内容を徐々に変貌せしめて行くであろう。〝家〟の崩壊は女の自覚よりも起こるであろう。*

＊ このあたりから、私の日記の特徴であった自然描写が全く消えさった。

小著「自然・人間　危機と共存の風景」では、この頃聖戦思想は崩壊しても、戦場におもむくという決意は変わらなかったと書かれ、「動乱の最前線にあっても生き抜くようでなければ、この道の涯まで歩き通すことは出来ないと考えたからである。たとえ戦場で命を失ったとしても、それは自分の運命なのだと私は割りきった」とある。

そして「それと同時に、その日から私の季節感は失われた。……戦争が終わり、軍隊が消滅し、若者たちに自由が与えられ、私もそれを謳歌しながらも、それでも季節感は回復しなかった。春はいつか夏になり、秋になり、気がついてみると冬に変わっているというふうであった。」と私は書いている。K子を失った心の傷は依然として治りきってはいなかった。ようやく昔のような季節感が戻ってきたのは一九五二年の半ばであった。愛が破綻してから八年の月日がたっていた。

K子は本当にお嬢さんであった。たぶん幼いときから、泥まみれ油まみれの職場ではたらく両親の子供とは遊んではいけないと、しつけられたのであろう。だから工場ではたらく女子挺身隊とは恐ろしいグループだと考えていた。二人の愛が最も苦しいとき、私は彼女に辞めてくれと言ったものだが、「辞めたら女子挺身隊に行かなければならないわ」と彼女は答えたのだった。

六月二十一日

歴史の流れがその烈しさを増して行くと、良識主義者はその力を失うばかりである。サイパン島の戦いは、相当重大なものに見える。ヨーロッパはもう大詰めだが、大東亜戦も愈々最終段階に入ってきた。サイパンは之から暫くの経過を見なければ分からないが、ここで決戦が出来ずに、サイパンをアメリカがジッヘルしたらば、愈々時代は急速度に烈しくなろう。然し日本の反攻も考えられぬことはない。艦隊が殆ど無傷に近いこと。及びサイパンが米国にとっては長大な補給を要すること、サイパンが日本の基地に近接していることがその理由である。

＊　じつは六月十九日から二十日にかけて、十五隻の空母を基幹とするアメリカ機動部隊と七隻の空母に大和や武蔵もくわわった日本機動部隊との、太平洋戦争における最大規模の艦隊決戦がマリアナ諸島沖で発生したのであった。日本の母艦搭載機三百六十機のうち、帰艦出来たのは二十五機、空母では三隻が撃沈され、四隻が損傷を受けた。大本営は敵空母四～五隻撃沈、戦艦、巡洋艦一隻撃沈ないしは大破と発表したが、アメリカ側は沈没艦はなく、撃墜された艦載機は三十三機と報告した。大本営発表が誇大であることは分かっていたが、これほどの惨敗とはとても想像できなかった。

六月二十三日

灰色だ　灰色だ
見渡すかぎり灰色だ
どこもかしこもかさかさしている
その手触りの空しさ
ただ白日の無為
生は時折りこんな姿をして自覚した人間の心に入り込む。

孤独に達した人間にとっては、悲しさ、淋しさのような感情は存在しない。一体感情と言うものが、それ自体きわめて位置を小さくしている。

孤独に達した人間は殆ど感動を味わわない。感動は孤独が超えられた時始めて存在する。

ごく特殊の一側面から言えば、政治とは非論理を論理にして見せることだ。従って政治から要請された思想には、必ず論理にごまかしがある。全体主義理論の申し子である民族主義（特にドイツの）、アメリカなどの戦争目的にされた民主主義、我国などの明治以来の統一国家より要請された国体主義、何れも極めて政治の色の濃いものであり、論理性は稀薄である。

六月二十五日

美とは〝精神の感動〟の別名である。美の存在の条件は、政治を超えることに存する。美は創られたものでありながら、創った者を超える。美は孤独を圧倒する。世に如何に多くの〝偽美〟が横行することか。

愛は嵐である。愛が一度二人を摑むと、愛は縦横に二人を引きずり廻す。孤独は愛において奔流の如く超えられる。知性の緊張が緩むと、愛は性の牽引に堕落する。愛は知性を高め得るが、性の牽引は知性を麻痺せしめる。

幸福とは良識主義の秘蔵っ子である。理想主義者には遂に幸福はあり得ない。何故ならば、理想は遂に達せられぬものだからである。幸福とは安価な歓喜である。

スチルナーの「唯一者と其の所有」第一篇を読了した。典型的な観念論であるが、ただ自由主義者の章で、自由主義者はそれより以前の如何なる時代よりも、その自由を制限せしめて居る、とする考え方はパラドクスめいて居て面白い。即ち人間の支配者は血族（古代）、教会（旧教の時代）、神（新教の時代）、君主（封建時代）、国家（民主主義時代）、社会（社会主義）、道徳（人道）と移り行くにつれて、益々その支配を強化せしめられると言うのである。

即ち支配が外的なものから内的なものに食い込んで来た。しかも食い込んでくるものは一つの幽霊に過ぎないと言うのである。スチルナーの如く唯一者の立場にある時は、それは幽霊に見えよう。然し時代と観念・思想はたえず連関して考えねばならぬ。現代の尖端に於ては明らかに之等のものは幽霊である。だがその時代にあっては、その人々にあっては、幽霊とのみ片づけずに、生の流れの生みだす一つの殼に見ることは出来ないか。（断っておくが、現代の尖端とは孤独の論理のことである）

即ち観念論の側から言っても、自由主義はそれ以前の如何なる時代よりも殼を強化したのである。唯物論的に言えば、自由主義は人類の自由への進行に非ずして、自由の申し子である技術の発展は逆に、自由の名に隠れて、人類を生の殼の中に追い込んだ。資本主義はその表現である。

全体主義は決して自由主義の反動でもなく、その解決でもない。政治の桎梏の中にある人間にとっては、自由主義にやりきれなくなって全体主義を持ち出したのであろうが、政治の桎梏から離れて見れば、古代から規則正しく堆積されて来た生の殼がまた一枚増されただけのことである。自由主義の〝自由〟の名にとらわれることは非常に危険である。スチルナーはよく之を指摘した。それが観念論の側から言われた所にその特色がある。

六月二十七日

大衆であろうとインテリであろうと、理想主義者であろうと、人間は誰でも孤独である筈である。孤独に達するということは、孤独を自覚することであらねばならぬ。人間は孤独が恐ろしいのではなく、孤独を自覚することが恐ろしいのである。「この無限の空間は私をして戦慄せしめる」と言ったパスカルは、或る言い方をすれば、孤独を自覚することが恐ろしくて〝神〟という幻影を持ち出してきたのだと、言えはしないだろうか。

理想主義にはたえず少年の爽やかさがある。理想の定立に於てこそ、理想主義者は妥協と独断を犯しているが、定立以後に於ては、真の理想主義者には何等の妥協もあり得ない。彼は観念と思想とに生きるのみである。

六月二十八日

未来の人間は孤独に生きるか、然らざれば機械的に生きるか、何れかである。こんなことが言えるかもしれない。も早人間の一人一人が機械的に生きるのでなくしては、生と言うものもたってゆかなくなる。そのような所へ、技術と組織が追い込んで行きそうである。一つの枠をはねのけるためには、更により強固な一つの枠をその代りにたてねばならぬ。これが歴史の或側面である。

六月二十九日

愛が理想主義者や良識主義者を襲うと、理想も良識もその力の大部分を失う。理想と良識の中にある虚偽の部分が愛の真実なる烈しさに抗し得ないのである。それ故、この時の愛が他の何等かのものによって破滅に導かれた時、即ち嵐が去った時、人は理想も良識もその虚偽なるものは、すべて嵐の為にうち倒されて居るのを見るであろう。人はこの時孤独に走るより生き方は無い。人は孤独に到って始めて愛の偉大さを思う。愛は余りにも運命的である。

七月二日

彼がリアルであると言うことは、彼は良識を重んじると言うことである。孤独、或いは理想に生きる人間がリアルを重んず可きである理由は、全くそれらの観念達成の手段として現実を利用すると言うに他ならぬ。従ってこの時、リアルには一点の感傷もあってはならぬ。透徹した知性の冷たさのみが必要である。一般に言われる「彼がリアル」であることは、彼は良識と感傷に長じて居ることに他ならない。ここで少しく論理を厳密にしようならば、リアルと良識とは同一のものではない。リアルとは現実をつき放して見つめることであり、良識とは現実と妥協することである。

七月五日

小笠原父島全島に亙って艦砲射撃を受く。米国機動部隊小笠原に来襲す。
アメリカは余程自信があるらしい。この分では小笠原に上陸することかと思って居たら本日十七時三十分警戒警報が解除になった。してみると、小笠原のアメリカ艦隊は追い払われたらしい。
どうやらサイパン島の命は旦夕であるらしい。一体日本は本当に自信があるのか、それとも自信がないのか、どちらかの極論でなければ、この情勢は説明がつかない。

日本の強みは宗教と政治が密接に結び付いて居る所にあるのだが、同時にそれは今次の戦争に於ては最大の弱点と化した。政治家は宗教を無視してはならぬ故に、たえず思い切った革新が出来ない。反対派は常に宗教を持ち出すからである。所が明治維新後の日本の歴史の歪みは余程の大胆な革新なき限りは、世界の現実に耐え得ぬ状態にあった。然るに仮に本当に革新す可きとの意見を持った政治家が居ったとしても、常に宗教はその最大の障害となったろう。実際には一人としてそのような政治家の存在すらなかった。政治家が常に宗教家であったのである。政治家が宗教家であった以上は政治家は完全に宗教を利用することは出来なかった。井戸の枠は井戸の中に居たのでは取り外すことは不可能である。（ここに言う宗教とは天皇信仰を指す）

外国にあっては、宗教と政治が既に分離してある故に、政治家は宗教を利用することが出来た。政治はその本来の面目を発揮し得たのである。

日本の歴史の歪みは、遂にその歪みによって潰されそうである。組織と技術に耐え得なかった。宗教などと言う西欧では今から四百年以前も前のものが、二十世紀の技術に耐え得ると思うのがそもそもの大間違いである。

然し所詮アメリカにしろ、イギリスにしろ、ソビエトとドイツにしろ、人間は全力をあげて、実に愚かな仕事をやって居るものである。もっともそれが歴史の流れであるから何とも仕方がない。繰り返して言う。人間と猿との相違は猿と牛との相違位の意味しか持っていない。何れにせよ、日本人の狂信位根強いものはない。もう殆どユーモラスな存在である。

七月八日
政治とは非論理を論理にして見せることだ。このように曾て考えた。言いかえれば政治とは人間を無意識と錯覚の中に追い込むことだと言うのである。何らかのものによって多くの人間を麻痺せしめねば、政治は人間を引きずって行くことは出来ない。
国家の行なう教育、及び宗教も宣伝の一形態である。
日本の明治以来の政治の欠陥は、このような或る側面から見ると、二つのものがある。一つは麻酔薬が効きすぎたこと、一つは政治家自身が依然として封建の残渣を身につけていたことである。言うまでもなく、この麻酔薬は国体のことである。

七月十日
孤独に生きると言うことは、自分に対しても又自分以外のあらゆるものに対しても、残酷に生きぬくことである。孤独にはたえず虚無がつきまとう。孤独は虚無に溺れろとも言わない。虚無と闘えとも言わない。孤独は虚無を見詰めよと言う。

七月十八日
サイパン島は七月十六日に遂に陥落した。
自分は戦に対して冷淡である。戦争の帰趨を決定するものは組織と技術である。日本に如何なる組織が、如何なる技術があり得るか。日本が日清・日露に於て勝利を得た所以は当時の技術の差が今日の如く大なるものではなかったこと、封建の日本の組織に対し未だ充分に近代化していなかった清とロシアの祖織が、その封建と近代の矛盾の故に日本の組織に対して優位ならざることであった。宗教が結びついて居る日本の内実は極めて封建の残滓を有して居る組織であっても、宗教がそれほど政治に優位を占めて居らずしかも完全に近代化して居ないロシアと清に対して強力なるものであった。然るに今日では如何。アメリカ資本主義の優れた組織と技術は、前世紀に等しい日本の組織と技術に対しては、余りに圧倒的であった。特に技術に関する限りは彼我の質量共に於ける差は今後益々加速度を加えて増える一方であろう。日本の宗教がどこまで組織を強固にせしめるかは問題であるが、それは総力戦の形式をとるや、現在見るとおりの力しか発揮しない。所詮アメリカの組織に対して辛くも之に肉迫するを得ても、技術の圧倒的な劣勢を蔽う可くもないであろう。もしこのような論理が成立するものであるならば、繰り返して言う如く勝敗は明瞭である。日本の敗戦である。徹底的に底から革命を起すより救いはあり得ない。

七月二十二日

東条内閣総辞職す。戦争とはこんなものか、と思う。

自分は今まで観念と思想とを混同して居たことに気が付いた。観念は必ずしも行為性を要求するとは限らない。要求せぬものが学問の形をとり、要求するものが思想の形をとる。孤独は思想の極限だと言った方がよいだろう。思想と言うのはたえず現実の歴史の流れに焦点をむけるものであり、現代を説明しようとするのは、未来を推測しようとするためなのである。思想が哲学的な問題に興味を持つのは、一つは論理の厳密性を求めようと言うのである。ともかくも思想の根本は自我の生き方である。

思想家と言うのは思想の通りに生きようとする人間である。自分のような生き方をする人間と理想主義者と二つの型がある。

八月一日

〝真理〟と言うものを、何かある絶対的なものとするならば、自分はそのような〝真理〟の存在は認め得ない。仮にそう言ったものがあるとしても、それを問題にする必要は認められない。何故ならばそれは明らかに物理学で言う仮現問題に属する故である。

自分は〝真実〟の存在は認める。然し自分は別に〝真実〟に対して価値を置くものではない。価値一般の存在を自分は否定する。自分は道徳、即ち〝善〟なるものは認めない。自分はどこ迄も論理一点張りで終始する。且論理は実験によって裏付けられたものでなくてはならない。実験によって裏付けられ得ない論理は、観念論と言い得よう。

これを思想と行為に対比するならば、現実の行為に於て力のあり得る思想を、自分は思想と認める。然らざるものは夢のみである。

八月二日

思想に於て妥協に二つある。意識せる妥協と意識せざる妥協である。良識主義と言うのはこの二つを多分に持って居る。理想主義には前者がなく、後者がある。孤独に生きる者にとっては何れもない。意識せざる妥協とは、遂に自我が独立し得なかった点を言うのである。絶対価値の付与と言うこと、それを既に自分は妥協と言うのである。

青年が絶対価値の付与をなすとき、多くの場合、そこに感傷がわりこんで居る。青年は一面非常な論理家であると同時に、一面非常な感傷家である。青年が思想に忠実である時、彼は妥協すまいとして然も現実には意識して、思わず妥協の淵に沈む。再びこの淵から浮かび上がって論理に邁進する。而もこの間彼には無意識の妥協がある。論理に徹底を欠いて居るのである。日本のマルクシストを見ると明らかにこの青年型を示して居る。

一方に実に冷厳な党の使命・組織を有し、現実の状勢に就いて実に冷静な科学的判断を下し、その下に行為する。その前に立ちふさがるあらゆる感情を払拭する。愛すらもこの論理の前には圧倒される。然も一方マルクシストはたえず大衆のためと言う。人類の幸福のためと言う。

大衆が第三階級に反抗して支配権を握ろうとするのは、マルクシズムの言う単なる歴史的必然ではなかったか。ただ歴史の運命にすぎぬものではなかったか。歴史的必然とは幸福も不幸もない。ただ一つの冷厳な科学的事実ではなかったか。大衆のためにではなくて歴史的必然のために、止むなくそうなくてはならないと言うのではなかったか。

それから人類の幸福とは一体何であるか。そもそも幸福と言う言葉を真剣にマルクシズムの云う所謂科学的に考えたことがあるのか。それが歴史的必然とどう言う関係を持つのであるか。又仮に関係があると言うならば如何なる歴史上の論拠を有するのか。等々と問うて行けば際限がない。マルクシストは〝人類のために〟と言う標語にたよらねば恐らく生きて行けなかったのであろう。哀れな神の子である。

結局青春の条件は、理想と感傷である。

青春は必ず踏まねばならぬ過程であるが、かえりみて屈辱の歴史と言う他は無い。

青春とは歴史を動かす動機となるであろう。然し遂に歴史を創るものではない。歴史を創り得る者は徹底して現実を直視し得る者でなくてはならない。政治家が理想主義者であったら真に力のある政治は行い得まい。ましてや政治家が宗教家であってはならない。近代に於ては祭政一致などは断じてあり得ない。祭政一致せる政治を行なったら、その国は恐らく無力なものになるだろう。

八月六日

その後読んだ本。カウツキー「倫理と唯物史観」。坂口昂「概観世界史潮」。

西洋史と言うのは時々読んで歴史の記憶を引きだす必要がある。

ヨーロッパの戦線も大分進展してくる。北仏戦線はレンヌが陥ちてやっと第二段階に入る。案外米英も大したことはなかったが、これから先は面白いことになるらしい。

ソビエトの攻撃は不思議と言う他は無い。目下、東プロシア国境とワルシャワ前面で戦われている。

ドイツは軍の一部の反乱後、大分徹底した強力政治をやって居る。女子徴用が五十才迄になった。

一体近代の傾向の一つに女の自覚と言うのがあるのだが、前大戦で先ずイギリスに於て女の自覚が非常に進んだ。女子参政権と言うことになった。自分で働いて自分でパンを食うと言うことは或程度の

（極く初期の）独立の段階である。これから思想が出てくることも有り得る。現在の戦争で、女の自覚は益々飛躍的に進むことであろう。次の時代の社会は女子の進出という新しい際立った社会現象を呈してくるだろう。日本の封建的現象の一つとして、女の自覚の低さと言う点がある。何時迄も〝家庭の女〟でもなかろう。

〝必勝〟の信念と言うのがある。これに対し自分は殆ど〝必敗〟と言うのを持って居る。日本の戦力を疎外して居る根本のものは、勿論組織と技術の欠陥だが、この欠陥の原因は何と言っても封建の残滓である。組織に於て国民的な或統一に欠けて居る。

又この貧弱な組織の中で所謂セクショナリズムに見られる国民的自覚の欠如と言うものがある。従って勝たんがためには先ず封建の残滓の一掃という方向に政治を向けて行くのが至当であるが、勿論組織の上に於ては或る勝れた政治家があって（どうせ有りはしないであろうが）、強力な統一組織を作り得るかもしれない。

然しその組織の中にある個々人の意識が急速にこの組織に順応して、国民的自覚の段階に達し得るかと言うと、疑問と言う他はない。且国民の日常生活と日常生活意識を強力に規定する〝家〟という概念は、陰に陽に国民的自覚を妨げるだろう。人々は〝家〟なるものに妨げられて、つき進んで国家に就いて考え行動することが出来ない。或は個人の思考の中では、国家主義がともすれば現実に懐疑を用い易く逃避の傾きがあるのに対し、封建の残滓であるこの家の観念は良い逃避場所になるだろう。

結局〝家〟を一掃せずして封建的残滓の排除は無かろう。然るに当然これは国体に関係して来よう。一体国民的組織を形成するに際して、政治家はたえず国体的問題に気を配って反対政治勢力の攻撃を警戒しなければならない。ましてや家の崩壊などは求む可くもない。然るに家は極めて余りにも強力である。と言うことは、国体を変更せずしては封建の一掃は求む可くもないことを意味する。

所が国体の変更はもはや政治力では不可能である故に、武力を以てせねばならぬ。武力は厳然たる見事な統一のもとに、特に精神的に軍の下にある。国体を変更せよなどと言ったら、この武力が逆に刃向かってくるだろう。第一この戦争の中にクーデターなど行なったら、それだけで日本は崩壊するだろう。

結論として言えば、国体を変更せずして封建の残滓を一掃する手段なく、且之は全く不可能な故に国力の増進は難いだろう。つまり必ず敗れると言うのである。

然し世界史の流れは、当然日本をもその波に巻きこむに違いない。すでに大部分のインテリは国体主義ではなく、むしろ国家主義であること、このことは国体変更への見えざる萌芽である。次に一般大衆をして国体を信じせしめる一つの有力な原因は、稜威の顕現である。曾て外敵に敗れたることなし（実は白村江で負けたことはあるのだが）、今後も必ず至る所勝利あるのみとする愚かな狂信がこれであるが、一旦この大戦に完全に日本が地に屈したとすると、当然疑いが起こるだろう。第三に、国体変更を絶対に不可能ならしめる軍の武力、このものが仮に敗戦の故に解体されたとする。もはやその組織も武器もない。軍人が社会には何の用にも立たぬことは自明の理の故に、社会的に大した勢力をつくることは出来まい。且武器が無い。

第四に、所謂科学的思考は当然この大戦によって国民各層に浸潤するだろう。国体は一つの非合理的存在なるが故に、この科学的思考の前に屈するだろう。第五に、所謂封建の総本山たる国体も、その社会的現象に於ける封建の残滓が徐々に崩壊をつづけて居り、かつ敗戦後はますます速やかにつづけて行くであろう故に、結局は崩壊せざるを得まい。国体はその支柱と土台を失うだろうと思うのである。

以上結論として言えば、革命必至論である。この論理が正しいか正しからざるかは、実践によってのみ決し得る。すぐれた思想家はすぐれた政治家でなくてはならぬことを記憶す可きである。

八月二十日

さすがに押し詰まって来た感がある。卒業式迄にはもう一カ月位のものであろう。風もそろそろ冷たくなる。暑さも下り坂だ。

エンゲルハルト（ドイツの電気化学ハンドブック）の翻訳にかかりきりで、長い間翻訳以外にはペンを取らなかった。

自分は自分以外に何等の精神的支柱を必要としない。神も要らない。理想も要らない。国家も不要である。

八月二十一日

ヨーロッパ戦線はパリとワルシャワが中心となりつつある。

ヒットラーの力がどれだけナチの中に浸透して居るか、或は又ナチの力がどれ程軍と国民に浸透して居るかが問題だ。ドイツの崩壊に決定的なものは、結局国民生活の逼迫だ。逼迫の程度とヒットラーの力、ナチの力が何とか平衡を保って居れば、いく分問題は軽くなるが、この平衡が破れれば、話は簡単である。人間を抑え得るものは結局は武力だ。ナチが即ち軍であれば、且ナチにヒットラーの力が完全に浸透して居れば、ドイツはどこ迄も頑張り得る筈である。

然るに、ナチは軍ではないことが、且ドイツの少なくも三十代以上のインテリはナチズムに対して懐疑的であることが、ドイツにとって致命的であるかも知れない。

反枢軸航空機約六十機、一時間に互り八月二十日午後五時より九州、中国西部を爆撃す。そろそろ本格的になってくる。

多分日本は素晴らしい混乱に間もなく陥るだろう。どんな形でそうなるかは自分には分からない。ただ極度の生活の逼迫と所謂社会道徳の退廃と名状すべからざる思想の混乱が起きるだろう。良識が何等の力をも有せざることは明白である。

もっとも真実なるものがもっとも強烈な力を有して居る可きである。

幸福が良識主義の秘蔵っ子であると同じく、社会道徳も良識主義の秘蔵っ子である。もっともこの秘蔵っ子は幸福と言う子供に比べれば、時折継っ子扱いをうける。良識主義は勿論自分で自分の道徳を真剣に作り上げるような気持ちはない。だがこの与えられた社会道徳に対してすら良識主義は真剣に忠実であろうとはしない。時折彼は道徳に反する行為をする。そして理性と感情との相剋？に人間の姿を詠嘆するのである。

近松の浄瑠璃を見よ。そこでは理性と感情との相剋は遂に人間を死に至らしめる。

これが本当の理性と感情との相剋である。

日本の現実を端的に表現する語は〝封建と近代との矛盾・低迷〟である。

将来の哲学の根本問題は実証主義と生の哲学との総合であろう。実に乱暴な推測であるが。且その極限は行為を規定するあらゆる普遍的価値の否定である。

八月二十七日

澄んだ夜空に月が青く光る。

二日ばかり雨が降りつづいて木立の色が急に秋らしくなる。

パリにて市街戦。ルーマニア枢軸戦線を脱落。

大森義太郎「唯物弁証法読本」、フォアレンダー「カントとマルクス」を読む。

エンゲルハルトの翻訳がどうやらまとまりかかる。

九月八日は中研で研究発表の予定。

自分は明瞭な一元論である。論理的に自家撞着を行なって居る者に対して自分は容赦はしない。但し自家撞着をその人に向かって指摘するしないは別問題である。

思索と行為の統一性が要請される。それ故思想に生きると言うことは、思索それ自体の統一をはかり、それに思索と行為との統一をはかることを言う。

何のために統一するか。自分は少なくも生きて行くために統一すると答えるより仕方が無い。それ以外に生き得ないからだと言う他は無い。

知性は青空の如くあってはならない。知性はたえず灰色の冬空の如くあらねばならない。〃人間的〃と言う言葉が許されるならば、知性とは人間的なるものの極限である。

九月八日

一雨ごとに空気は肌に冷たく、空は青さを増す。

海軍予備学生に合格。一般兵科である。江田島の兵学校に集合する。

戦争の様相は益々急速である。ドイツは九月一杯、先ず十月はもつまい。

どうにもならぬ足掻きをつづけながら、来る可きものは冷然とやってくる。暫く研究に専念して居ったので、頭が飽和状態になって居た。九月十日で動員解除になる。ともかく十三日まで勤務して片をつける。

入隊まで二十日に足りぬ。別に感慨も無い。自分の道を歩むだけの話である。

涙は断じて真実ではない。涙は苦痛を和らげる。否、苦痛をやわらげるために、苦痛を快感となさんがために涙を流すのである。泣くまいとすることこそ、はるかに苦痛である。

九日十二日

中央航研の勤務も今日で終わる。報告書を書いたのでさすがに肩の荷が一つ降りた。

過去は一つの靄のような渦巻きをつくりつつ次第次第に自分から遠ざかる。国体と言うものが既に一つの念仏となって来て居ることに注意す可きである。

日本人が熱し易く冷め易いと言われるのは、日本人が安っぽい感激家であることを意味する。感激に根が無いと言うことは、日本人の心そのものの中に根がないと言うのである。国体は日本人の思想にはなって居ないことを改めて注意する可きである。思想がないことが、熱し易く冷め易い原因である。

日本人程安穏な地位、幸福な家庭を求める国民はない。それも出来るだけ動かずして求めようと言うのである。日本人の立身出世主義と言うのは、他人を押しのけて出世をしようと言うよりも、他人を上から引きずり降ろそうとして出世しようと言うのである。日本人程嫉妬心の強い国民はない。この国の学者らしい学者の稀なること、政治家らしい政治家の稀なることは一つの理由から出てきて居る。この国民は仕事に情熱を持たないのである。仕事は彼にとって安穏な地位を得る手段である。

つまり日本人にはインテリらしいインテリが無いのである。日本人のインテリは大部分が良識主義者である。似非インテリである。

この国はすべてがくさって居る。組織も悪ければ人も悪い。この国程暗い国はない。この国民の道徳は何等思想的なものでなく、単なる御題目か然らざれば感傷にしかすぎない。一体この国に暁はくるのであろうか。自分は日本人を殆ど信頼出来ない。

この国に活を入れる道はただ一つ、国体を打倒して指導者を完全に一掃するにある。

けだし〝国体〟は二十世紀の神話であろうか。

九日十四日

泣くと言うことが苦痛を和らげると同様な意味で、感傷は厳しさを和らげるためのものだ。往々にして孤独、虚無などが感傷に堕して居るのはこの故である。

感傷の際は、既に自分の足で立って居らない。感傷はたえずある一つの夢、或は雰囲気を作りあげ、それにひたるのである。この時、既に感傷にひたって居る人間は夢にもたれかかって居る。彼は虚無でもなく孤独でもなかった。

生は苦痛の連続である。

考えて見ると、自分は今年になってから、楽しいと思ったのはただの一度きりで、それ以外楽しいと思ったことはない。感激したこともない。苦痛にやりきれなくなったことが実に多い。

仕事をすると言うこと、そのことから、たえず新しい闘志が湧出する。仕事は闘志の源泉である。この日記も後一週間で終わる。自分はこの一年で実に成長したと思う。だが成長してよかったか、悪かったかは別問題である。自分はよかったとも悪かったとも思わない。ただ成長したことが事実であるのみである。

自分の心には深いしわが刻みこまれたと思う。時々このしわをすっかり払ってしまいたいような気がする。万葉集が時折自分を誘惑するのはこのためであろう。

くり返して思う。生きると言うことは苦痛の連続である。

未来も過去も、自分には現実の生を如何に生きる可きか決定する一つの因子にすぎない。あらゆるものの全焦点は現実の生の一点に集中する。

九月十六日
最後の判断は結局直観である。直観は分析の決定権を有する。分析が精緻であればある程、直観は正確である。分析方法には既に侵す可からざる限界がある。（量子力学を見よ）従ってファクターの非常に複雑な現象にあっては、益々直観の活躍する分野が大きくなる。

九月二十日
過去は恥辱の堆積である。生まれてから二十二年間長い悪夢であった。これがこの日記の終わりに近づくにつれての結論である。

残念ながら未だ分からぬことが多すぎる。人情の世界は実に執拗である。

知性は矢張り読書から刺激されよう。読書から遠ざかることはこの意味で危険である。知性の弛緩こそ力の欠如である。

力あるものは知性の緊張をたえず要求する。

九月二十一日
卒業式。快晴である。去年も快晴であった。くり返し思う。長い悪夢であった。空想とセンチメンタリズムの生んだ長い悪夢であった。カントを読まねばならぬ。やっとそんな所に気が付いた。
やっと自分は今、出発点に立とうとして居る。過去の自分はどす黒い靄の中を右往左往して居たにすぎない。

結局自分は何ものもつかまず何ものも知らなかったにすぎない。自分は今、ものをつかむとは、ものを知るには如何なる方法をとる可きか、やっとそのものを原理的にどうやら知りかかって来て居る。すべては再出発である。最近の四カ月は再出発の一つの胎動であった。

無表情に凍りついた灰色のきびしい冬空の下に、自分は自分の足でしっかりと立って居る。夢から覚めた眼が静かに光って居る。

九月二十二日

一体マルクシストにしろ漱石にしろ、何故彼等の心の中に忽然として道徳が現出したのか。どうも分からない。フォアレンダーの「カントとマルクス」。何を言わんとして居るか、解決はないようである。

知性の極限には何等の〝価値〟は存しない。

とにかく自分の再出発は先ず存在と当為の問題から始まる。

理想主義者は当然当為から出発する。当為は勿論実践的なものであろう。当為には普遍妥当性への要請はない。当為にとっては存在は一つの手段にすぎない。

一方自分のように完全に存在から出発するとする。あるものは普遍妥当性への欲求たるにすぎない。当為は存在から説明される。もっとも、存在に於て真理（極限概念であることは勿論）への欲求は明らかに当為に近い。近いけれども、〝す可き〟と言うのではなくて〝ざるを得ない〟と言うのである。従って真理への欲求は客観的なものではなかろう。客観的な行為の規定性を持って居らない。

悲劇は必ず自家撞着と言う性質を持って居る。

良識主義にとっての最大の悲劇はまさに刻一刻近づきつつある。嵐は不気味に厳粛に迫りつつある。良識主義は嵐の近づきに然も麻痺しつつある。ドイツの崩壊への過程は嵐の近づきの具体的な姿である。一都市、一要塞のぬかれる毎に嵐は一歩一歩近づく。然も見よ。良識主義は殆どそれに無関心になりつつある。

次第に頭の柔軟性を取り戻す。

九月二十四日

今日、二十一時三十分、東京駅を出発する。

頭の中の大掃除である。そこらにへばりついた滓を洗い落としたら、好い加減にさばさばするだろう。空想とセンチメンタリズムと小さな良識が、それらの織りなした滓が過去である。

然し一向に海軍に入るのだと言う実感が出て来ないのはどうした訳だろうか。心は安閑としている。こう言った安閑は一体生の弛緩であろうか。やがてきびしい緊張の生活がくるのであるが、それに対して身構えようと言うのではない。別にこの安閑を楽しもうと言うのでもない。

大体今迄の自分は緊張がない時は多く感傷であったが、今は別に感傷でもなく、緊張す可き対象が今の所無いのである。ただただ安閑として居るのである。

精神の健康はたえず知的なものである。健康は余裕のある緊張でなければならぬ。知性でなければならぬ。知性なき同情とは良識主義者の虚栄である。

感情は別に強いておし潰す必要はない。ただ感情によって知性の鈍る場合は、冷ややかにこれを殺さねばならぬ。同情もむしろなす可きではない。同情は知性を甘く鈍らす感情である。同情と感傷は往々にして相伴うものである。同情はむしろ自我の喪失である。同情は愛情ではない。こう言うことが言い得るかも知れない。「同情とは虚栄に満ちた感傷である」と。

＊　落ちこんだ人に対しては、俗に言う同情よりも、その人の心をわが心とすることが重要である。なぜ窮境に陥ったのか、子供の頃からどう生きてきたかを聴き取り、自己の心の状態との差を認識しなければならない。その違いの機微を知ることによって、はじめてその人の心や立場が見えてくる。そして、もし自分がその人であれば、どこから落ち込みの突破口がひらけるかという見当が生じる。このとき、その人の心は自分の心と重なっている。「きけ　わだつみのこえ」には、中国人に対するこのような問題意識は全く無い。

いかなる環境にあっても、或は又環境が如何に突発的に変化しても、水の如く冷えきって居る自我。真実とはかくの如くあらねばならぬ。

鋭さと強靭さとは決して対立するものではない。必ず相伴うものである。

真実は断じて虚偽に抑えられるものではない。真実は世の汚濁の中に細々と己の純粋を守って行くようなものではない。そのような純粋は単なる感傷にすぎない。

真実は虚偽を圧倒する。真実は虚偽の弱点を鋭くつく。真実はむしろ虚偽を翻弄する。知性は実に真実の持つ最大の武器である。武器はたえず研がねばならぬ。思索は武器を研ぐと言う一面を有する。

山野に隠れることは決して孤独を守る所以ではない。孤独は人生よりの逃避ではなくて生としての闘いであるからである。孤独は真実であるが為に最大の力を有する。

孤独は断じて感情的なものではなく、最も知的なものである。

孤独は対象に対して絶対第三者を守るが故に、孤独は非人情の世界にあって冷やかに対象の動態を的確に把握する。実証主義として対象を把握する。孤独は非人情の世界にして働きかける。一切の虚偽の仮面は孤独の前には無残に剝奪される。

孤独は非人情の世界にあって静かに虚偽の因果関係を洞察する。洞察した上で始めて働きかけが行われるのである。孤独はこの際最大の鋭敏さを要求される。孤独はこの時一切の感情を拒否し論理一本へ力強く進む。この時最大の強靭さを要求されるのである。

孤独には家はない。故郷はない。国はない。神はない。ただ自我のみが大地の上にあって突っ立って居る。無表情な顔。静まりかえった水のような眼の色。眼は対象の中にじっと釘付けされたまま動かない。

四畳半の日記はここに終わる。まさに自分は出発点にある。遠い涯しない道が地平の彼方迄走って居る。すべての靄はとれ去った。あらゆるものが実に明確にはっきりと見える。日の光はささず、風も吹かず、ただ森として凍りついた灰色の空と見わたす限りの黄色な大地がある許りである。自分は断じて青春を拒否する。*

＊ 天皇のために死ぬ心が、一年後には国体を打倒して指導者たちを一掃せずには、この国に活を入れる道はないとまで、一転してしまったのであるから、通常ならば、なんとかして徴兵忌避のあの手この手を考える

ところであるが、私にはそういう発想は、全くなかった。それは戦後の一本道を歩みとおすことに生涯を賭けていたからである。四畳半の日記の第一冊に見るような甘さ、第二冊にあるみじめな弱さを克服しなければ、その賭けに成功するとは思えなかったのである。

精神的にも肉体的にも、自分を鍛えることが先決と考えて、私は戦場の第一線で弾雨をくぐって生き抜く道を選んだ。つまり目的に生涯を賭けるとともに、その手段でも生死を賭けたと言ってもよい。だからむしろ欣喜雀躍として私は江田島に向った。二十七日に入校せよという命令であるのに、二十四日夜東京を離れ、二十五日には呉の港前の旅館に一泊し、翌日には江田島海岸の島屋旅館にまた一泊した。十分に余裕を見たのである。旅館から新聞部の一年生の後輩にあてた手紙を、戦後返してもらったが、その長い手紙の末尾は次のように締めくくられていた。

「日が暮れる。カッターもヨットも何時のまにか、縮緬（のような海）の上から消えた。消えた後は相変わらず白く光って山の色がだんだん水色になる。時計は五時十五分前、黒い軍艦の上から何やら海軍の号令が聞こえる。

多分これでもう手紙は出せまい。日本も次第に未曾有の動乱が来るような気がする。余程しっかり自分を守って居ないと妙なことになる。極度の生活の逼迫、目まぐるしい政治の変転、恐る可き退廃主義、ヨハネみたいなことを言うが、そうだろうと思う。」

手紙の封筒には軍の検閲済みという大きな判が押してあるが、検閲官は手紙の最後までは読まなかったかもしれぬ。

八十歳を超えて、この段階に至って、私は一人の過激なロマンチストであったことをはじめて自覚した。私の定義では、ロマンチストとは、名誉や地位や金を目的とせず、ただ夢を追い、新しいものを創造しようと試み、それに生涯を賭ける人間を言う。だから学生時代にしきりに政治改革を主張し、それが駄目で敗戦が必至となると、敗けると分かっている戦争に天皇陛下のために死のうと考えたのであろう。

右翼でも左翼でも、自己の夢を実現すべく生涯を賭けて政治運動に身を投じている人たちは、私の言うロマンチストと言ってよいと私は考えている。

K子はほんらい見合結婚型の女性であった。天皇制下の家族制度のもとでは、中流家庭では女の子が年頃になると、親の決めた他家の男性のもとに嫁にゆくというのが習慣であり常識であった。親の意向とは関係なく男女が結びつくと言うのは〝野合〟とさげすまれ、それは不良青年や不良少女の行為だと非難された。当時見合い結婚ではなく恋愛結婚に走る割合はせいぜい数%にすぎなかったのではないか。そしてK子は幼い時から親の決めた男に嫁ぐように育てられ、言いきかされ、料理・裁縫をはじめとしてさまざまの教養をしこまれたのであろう。

しかしK子は幼い時からの両親の不和に悩みつづけていたから、新しい幸福な家庭をつくる夢を特に強く抱いていたと見てよさそうである。そして私にロマンチストの雰囲気を感じとったのではないか。K子は私に向って「本当に不思議な人に会ったものね」と言ったことがそれを語っているように思われる。K子も両親も女子挺身隊に徴用されるのを嫌がって、O助教授の紹介で工業大学新聞の会計事務員に就職したが、当人も両親も、K子がたちまちのうちに私との恋におちるとは夢にも考えなかったのではないか。

私が、K子にめぐりあったのは、全く偶然のことであるが、もしその偶然がなかったら、私は天皇への忠誠心をかかえたまま、一直線に敗北を迎え、不意に日本中を襲った価値観の全面的転換にどう対応してよいか、ただおろおろとしたに違いない。そして物分かりのよい真面目な官僚として一生を過ごしたことであろう。私にはこのような人生の方が可能性が高かったはずである。

K子は泣きながら私を愛しつつ、死の世界から生の世界へ私を引きだしてくれた。K子が恋愛型の女性でなかったから、かえって不可能と知りつつも、未来の夫はこの人と信じたいとして私から離れなかったのかもしれない。そのK子が二人の愛をきっぱりとあきらめたのも、見合い結婚こそが女性の生きる道と母親からしつけられたためであろう。どちらにしても、私の前に一本道が開かれたのは、K子のその二つの振るまいのたまものである。偶然のK子の愛が、私の生涯の一本道を決めてしまったのだ。K子にはどんなに感謝しても感謝しきれない。

K子と私との共通の感性は、夢と孤独症であったように思われる。それが二人の心と心とが、不思議につうじあった原因ではなかったか。日記に記した会話で、ことに今も私の胸を詰らせるのは、次の二つである。

「『貴女に似ているね』、自分はこう言ったことがある。『似ているわ』、K子は美しく顔を輝かせた。」

「ベンチに腰を下ろすと、彼女は『一杯言うことがあったけれど、貴方の顔を見たら、言うことがなくなったわ』などと言った。

『言わなくてもいいさ。みんな分かっているよ』

『分かるでしょ。私も分かるわ』」

後の文章の別れの言葉のように、ここまで二人の心と心はつうじあっていた。K子の愛とあきらめによってこそ、私の前に一本道が開かれたという理屈は分かるが、それにせよ二人の愛が断ち切られたのは、いかにも無念である。

しかし、と言っても、もし双方の家が二人の結びつきを認めたとしたら、私の天皇制政治観には何の変化も起こり得なかったであろう。敗戦後の天皇主権の剝奪にショックをうけて、やがてなし崩しに私の価値観はずるずると変わって行ったことであろう。K子がかたわらに居るのであるから、むろん〝孤独の論理〟をかかげることもあり得ず、私の学問と思想の脆弱さは少しも改善されなかったであろう。学生時代に自らに課した三つの課題も、官僚の行政業務に追われていては、どうしてもそれを解かねばならぬという気迫も生ぜず、何時か行き詰まり、やがて忘れられてしまったかもしれない。K子が恋愛型の女性であったら、両親の見合いの勧めは問題にせず、ひたすら戦争からの私の帰還を待ち、その時に結婚した可能性はあるが、私が孤独の論理に生きるはずがない以上、結果はやはり同じことである。

どのような形であれ、K子と私が結婚すれば、生涯を賭けての私の学問の一本道など眼前に浮かぶような情況ではなかったことは確かである。そのうえに私は技術院から文部省に転じて居り、K子と暮らしていては、文部省を辞めることは不可能であり、民主主義科学者協会などに近寄ることもあり得なかったろう。しかし民科でこそは私の「技術論ノート」の上梓やバナールの「科学の社会的機能」の翻訳は可能であったし、現代技術史研究会の前身である民科T班や技術史ゼミも誕生し、やがて現代技術史研究会に発展し五十年余にわたって私の学問と思想の発展を助けてくれたのである。

まだ二十代の若さで論壇に登場し、それから六十年も学会や論壇とのつきあいもなく一本道を歩みつづけることは、通例は不可能に近い。K子との愛が断ち切られてこそ、私はどうあっても、人とは別の一本道を歩きとおすと固く決意したのであり、目標に近接できたのであるが、それにもかかわらず私の心の中には、無念さとささやかな誇りとが、表裏一体となって回転しつづけてきたと言ってもよい。

K子との愛が断たれたことが、私の世界観を一八〇度変えてしまった。もともと孤独症の私が真の孤独者になったのであり、二人の愛を切り裂いたのは天皇制下の家族制度であるから、私が天皇制と思想的に戦うために孤独の論理をかかげたのは自然であった。孤独の論理をかかげたことで、敗戦のメカニズムも行く末も見え、戦後の日本人像や技術像の変化が見とおせるようになった。視野は狭く論理は未熟ではあったが、天皇制の未来をはっきりと見とおし得たことが、私自身の一本道を歩きとおす自信を私に与えた。

こうして死の世界から生の世界への転換、天皇制に対する全面的な否定はすでに学生時代に独力で確立していた。極度の緊張のもとでの思想の構築により、私は敗戦後の価値転換をすでに戦時下に終えていたから、戦後の論争にもただちに積極的に参加できた。

愛の破綻は私の心に深い傷を残した。しかし私はそれをバネとして、思想の根本的な転換と私自身の体験による独自の思想を構築できた。しかし天皇制との精神的な対決を決定的にもたらしたのは、星野家の九代藤兵衛の家系の養子問題であった。K子の家に養子に行くことを私の母親がきっぱりと拒否したとき、私は母を恨むだけでなく、日本の家族制度そのものが愛を砕いたと受け取った。

愛の実感を得たとき、私はそれを二人のあいだだけでなく、人間として最も大切な感性と捉えたのだが、養子問題のときも同じことになった。愛を打ち壊したのは母というよりも日本の家族制度と捉え、その家族制度の頂点に天皇が存在することを直観した。

愛の実感を普遍化し論理化したのは、松本高等学校以来よく分からなかったにしても、哲学書を次々に読んできたたまものであり、自分の知らぬままに他家の養子となる約束が出来ていたことを制度の問題と捉えたのは、工業大学新聞に論説を書きつづけ、政治・経済の勉強をつづけてきたおかげであろう。

私は一九四三年の十月に死の意味を考える思考を停止し、天皇陛下のために死ぬことこそ私の死ぬ意味と捉えた。それ以来七カ月にして、私の天皇観はこの体験のために一八〇度転回した。四畳半の第一冊と第三冊とを読みくらべると、その記述内容と言い、思想と言い、文章力と言い、あまりの違いにわれながらおどろく。

そして天皇制と精神的に戦うために、私は孤独の論理をかかげた。私はフランスのレジスタンスも中国の抗日民族統一戦線の情況も、朝鮮民族の激しい民族独立運動も知らなかった。国内については共産党による非合法の政治運動の存在は知っていたが、その基本的イデオロギーが、コミンテルンが協力して作成した三二テーゼであることは分かっていなかった。三二テーゼは冒頭に天皇制打倒のスローガンをかかげていたから、もし私がそれを知っていたら強い影響を受けたであろう。

国際・国内を問わず、最も重要な政治的事実についての情報の壁が私のまわりにこのように張りめぐらされ、その厚い壁の中に閉じ込められていては、連帯の論理は考えようもなかった。たった一人で日本軍国主義や戦争と精神的に対決するとすれば、誰であっても、それは孤独の論理以外にはなかったであろう。そして私はこの国を救う道はただ一つ、国体を打倒し指導者を一掃する以外にないと結論したのであった。論理的根拠は同じではないが、私の孤独の哲学の政治的結論は、三二テーゼの第一のスローガンとはからずも一致していたのであった。

改めて考えてみると、三二テーゼの年に岩波書店から「日本資本主義発達史講座」が刊行されはじめ、講座派の日本資本主義論があからさまには引用されなかったとしても、隠れた左派の歴史家の文章にひそやかに織り込まれていたのではないか。私の「現代の意義に関する一考察」は鈴木安蔵の「明治維新政治史」などから影響されたと思われる。

だから著作集に収録されている〝孤独について〟という短文は天皇制と戦う精一杯の私の哲学と解

すると分かりやすい。「孤独は一切の政治の渦から身を引いた所に、始めて存在する」とか、「孤独とは価値の喪失である。神も、国家も、善も、幸福も、孤独の前に消滅する」などという短文は、一般論としては文学的でありすぎるし、ニヒリズムへの傾斜も見られるが、政治とは天皇政治であり、価値とは天皇信仰と解すると、それは当時の私にとっては、天皇制と戦う私自身の論理的な切り札であったと、理解されよう。

また当時の私の孤独論は天皇制のみならず、世界のすべての国に対する反抗を含んでいた。その点では私の思想がニヒリズムに近かったことは否定できない。表現は雑であるが、これは私自身の政治的・人間的体験にもとづく私自身の言葉であり、論理である。

私は現代技術史研究会の機関誌「技術史研究」の一九九九年から二〇〇一年にかけての七十一、七十二、七十三号で、戦後の私の社会運動を総括し、私特有の運動論を話したが、その運動論の起点は、一九四四年五月から九月にかけての孤独論、恋愛論、それに世界の重要情報の完全な遮断という体験に発している。七十一号の十一頁から十四頁にかけて「社会運動には事実感覚、想像力、アイデンティティが不可欠」と主張しているが、孤独論はアイデンティティ論に、恋愛論は想像力論に発展し、世界情報からの締め出しのために連帯論の発想が欠落した体験から事実感覚こそが連帯の基礎だと論じた。

社会運動に献身することはりっぱだが、それが自分自身の固有の生き方を基盤としていなければ、社会運動の停滞とともに自分もまた生きる意味を失ってしまい、社会運動の停滞はさらに増すと私は言った。運動から離れてもなおかつ自己が確立していなければならないと言うのは、本質的には孤独論そのものである〝孤独について〟という短文は戦争当時の特殊な情況から生まれたものではあるが、戦後に新しく発展できるだけの論理を含んでいたと自認している。

先にも書いたが、私の言う孤独とは、自我以外の他の何ものにも依拠しないことを意味している。今にして思えば、それは基本的人権を自覚し主張する際の不可欠の条件である。人権を否定された者が、人権を守る運動や制度によって、ともかくも人権を守られたとしても、それは当人がそのような運動や制度を頼りにして得たものであるにすぎない。人権を守ってもらった者が、やがて自らのアイデンティティを自覚し、そのアイデンティティのもとに自己を含めて人々の人権を主張すべく戦う段階において、はじめて人権運動は本格的な成果をあげたと言えるのである。

人権を守ってやる、守ってもらうというだけでは中途半端である。私の言葉を使えば、孤独が恐ろしいようでは、自己の基本的人権を真に自覚しているとは言えない。孤独は人間の自立の原点と言うべきものである。私の孤独論はその原点を求めての試行錯誤であったのだ。そして戦後に私が社会運動に不可欠な基本姿勢の一つとして提唱したアイデンティティとは、一人一人の固有の自立の方式と言うべきもので、その発想の原点が、戦争中の孤独論であったことを、読者は理解していただきたい。

真の連帯とは、このような意味で、自立したないしは自立をめざして努力する人間の心と心とが通じあい、分かりあい、足らざるを補うという意味で助けあうことでなければならない。心と心とが通じあい、相手の立場や考えかたや悩みを分かりあう能力を、私は想像力と呼んだ。孤独は想像力を介しての連帯において、一人一人の世界が超えられ広がって行く。

愛について言えば、想像力論では、愛は安らぎ、慰め、励ましの機能を持つが、慰めるにせよ、励ますにせよ、相手の立場や心が分からなくては、能力的に不可能と私は考える。これは私とK子とのあいだで心と心とがつうじあっていた感動から発展した。

私は心と心が通じあったK子との愛において、これは二人にとってだけでなく、人間として最も大切な情感の一つととらえ、また「孤独は愛において奔流の如く超えられる」とも書いたが、その発想が戦後では、自立を求める人間の連帯として発展した。

私は恋愛の第一の条件は、男性の心と女性の心とが通じあい、分かりあうことだと考えている。私とK子との愛はそれにつきていた。この第一の条件があって、はじめて性行為において二人の体が一つになると言うべきであろう。私たちの愛はその段階には達しなかった。しかし二人は愛の原点を確かにとらえることが出来た。二人の心と心とのつながりが断たれたことは、私にとっては、私の人間観、世界観を否定されたことをも意味しており、私は愛のその原点の喪失が無念であったのだ。

このような意味で、私の〝愛について〟という短文は、戦後の連帯論、想像力論の原点を求めての試行錯誤であった。だから戦後に第二次世界大戦が反ファシズム戦争でもあった歴史的事実を知って、私の孤独論と恋愛論はいっきょに自立論と連帯論に発展した。私は社会運動に参加し、それと密接にからみあいつつ、私の一本道をひたすら歩み、六十年をついやして、三つの課題について不完全ながらようやく基本的な仮説体系を展開することが出来たのであった。

私の論理的な予測どおり、日本軍国主義はアメリカ帝国主義に屈し、天皇の主権は剥奪された。第二次世界大戦の実情を知るとともに、私の孤独の論理は自立と主体性（アイデンティティ）の論理へと発展し、愛と憎しみの論理が語られた。誰が言い出したかは分からないが、一九七〇年前後の学生運動で打ちだされた「連帯を求めて孤立を恐れず」というスローガンは、孤独の論理から出発した私にとっては、真に共感できるものであった。私は自信を以て、ひたすら私自身の一本道を歩んだ。

私の孤独や愛の論理は、誰に示唆されたわけではなく、全く私自身の体験によるもので、日本はもとより世界の思想とも、直接的には何の関係もなく打ち立てられた。しかし幸いなことに、一九四四年末に江田島海軍兵学校で基礎訓練が終了しかかったとき、私は右足に骨膜炎を負い、病床にありつづけた。

なぜ幸いかと言うと、病床にある間、私は海軍兵学校の書庫から世界大思想全集を借り出し、愛を失った後に構築した私の思想を世界的な視点で固めることが出来たからである。江田島では主としてマルクス主義を学び、横須賀海軍航海学校に転じても足の傷は治らなかったから、相変わらず病床で思想的訓練をつづけ、ここではヴィンデルバントやリッケルトなど新カント派の哲学を主に学んだ。自然科学と文化科学との方法の違いを哲学的にはっきりさせたいという問題意識があったので、そのほかポアンカレーの「科学と仮説」、ベルンハイムの「歴史とは何ぞや」。ウェーバーの「社会科学方法論」などは横須賀で読んだ。土浦海軍気象学校に転じて、病床にあったまま六月に少尉に任官し、九州の海軍兵学校針尾分校の教官として赴任した。そこで江田島時代の軍医にめぐりあい、懇切な治療を受けて、ようやく足の傷は癒えた。

一冊の思想書を読むごとにていねいにサブ・ノートをとっていたが、もし見つかれば軍法会議にまわされるという緊迫した環境にあったから、読書もノートも真剣そのものであった。私の一本道では、この半年ほど、異常なほどのスピードで集中的に思想書を読んだ経験はない。生死を賭けたはずの海軍生活は、皮肉なことにきわめて安全な施設での思想的訓練を私に与えた。そして日本軍国主義は降服し、私は軍隊から解放された。

予想どおり戦後の日本人の価値観は混乱した。私は何よりも自分の思想的成長と技術史・技術論の学力の向上を優先した。文部省はすぐに辞め、春陽堂という出版社に移って『技術』という雑誌の編集部に入ったが、民主主義科学者協会が発足すると、その自然科学部会の機関誌『自然科学』の編集者に転じた。給料は下降の一方であったが、それに反比例して思想と学力はめざましく向上した。

一九四五年の十二月に武谷三男に会ったが、そこで技術論を研究するのならば、まず「資本論」を論理的に読めとアドバイスされた。すでに海軍のなかで哲学の学習に全力をあげていたから、「資本論」の個々の論理や全体にわたる論理構成は比較的容易に理解された。そして復員後二年にして技術論争を開始し一九四八年には処女出版として「技術論ノート」を上梓した。

孤独の論理をかかげて以来、私は一直線にこの段階までに進むことが出来た。愛の破綻直後の五月二十三日の日記に、「信じ得るものは自分のみである。いや自分が孤独であると言うことのみである」と書いて以来わずか四年のことであった。

しかし学生時代に自らに課した〝日本はなぜ戦争に敗けるのか〟という問題を解いたのは、それから八年後、一九五六年に出版された「現代日本技術史概説」においてであった。その第五章は〝日本軍事技術の崩壊〟と題された。この章で、私は戦時中に痛感した日本の組織と技術の低レベルの歴史的原因の経済的・技術的構造を明らかにすることが出来た。これが学生時代のあの焦燥の根源であったのかと、私はペンの歩みももどかしいほど興奮しつつ書いた。資料も統計もあらかじめ揃えてあったから、一日三十枚のスピードで書いたと記憶する。「現代日本技術史概説」において、学生時代に生涯の課題とした計画の一端がはじめて実現されたのである。一九四三年の「現代の意義に関する一考察」の執筆以来十三年を要した。

「現代日本技術史概説」によって、私は一本道の一端を確実にとらえたが、その一本道を歩きとおす自信は、何の実績もない海軍兵学校時代にすでに胸中に抱いていた。軍医に「ひょっとすると足を切らなければならんかもしれん」と言われても、両眼と両手さえあれば、技術史を軸として文章を書きつつ生きて行けると思い詰めていたことを覚えている。なぜそれだけの自信があったのかと言えば、天皇制の消滅や戦後日本に生じる問題について、すでに確たる見通しを持っていたからである。

しかし、指導する先生も存在せず、拠るべき教科書もなくて人とは違う私の一本道を歩きとおすと決断したのは、やはり私が過激なロマンチストだったからであろう。ペン一本で生活できるか、どうか、それは分からなかったが、私はそれに生涯を賭けたのである。それは天皇陛下のために敗ける戦いに死ぬと、生涯を賭けたのと同じことである。

私は戦後十八年にして立命館大学に教授の席を得たが、学会には出かけず、論壇とつきあうこともなく、現代技術史研究会に拠って仕事を進めたが、経済的にも思想的にも、ついにその流儀を押しとおすことが出来たのは、多数の人の支援のたまものである。

出版界では高橋昇、礒崎好子、牧野正久、岩崎勝海、黒田敏正の諸氏、大学では小島武助教授。友人では伊藤方策。そして山路靖雄を始めとする現代技術史研究会の会員諸氏が私を教え、支持し助け励ましてくれた。これらの人たちの協力がなくては、私の賭けが中途でつぶれてしまったことは疑いない。この情況は戦争中の孤独の時代とは全く違う。孤独の論理が〝連帯を求めて孤立を恐れず〟というふうに発展できたことが歴史的にも論理的にも、一本道の賭けが不完全ながらも、基本的には達成できた根本的な理由である。私と連帯してくださった多くの人々に深い感謝を捧げたい。

私は確か戦後三度ほどK子の実家を訪ねた。母親は私が気にいっていたようで、そのつど歓迎し良い話し相手となってくれた。私にとっては星野一族の母親たちとはまるで違うタイプの女性であったから、訪ねて話をするのは楽しかった。むろんすでに結婚していたK子のことには一言もふれなかった。「現代日本技術史概説」が刊行されたとき、この書を携えてもう一度訪ねたが、K子の実家はすでに引越していて、門札には違う人の名前が記されていた。K子との間接的なつながりはそれで絶えた。

K子も私も孤独症であったから、あれほど苦しみ涙を流した恋を二人ともすっぱりと切り落とし、それぞれの心の奥底深くしまいこんで、ともに六十年の月日を過ごした。K子は私と同年であるから、生きていれば八十二歳、子供も孫もすでに結婚しているはずである。K子は私との悲しみに充ちた恋は、心の奥底におしこんだに違いない。新聞やテレビで私の名や顔をちらとは見たであろうが、若き日の恋については誰にも一言も語らずに六十年を生きたと思われる。しかし子供や孫たちの結婚式のつど、二十二歳のときの私との恋の思い出が、心の奥底から霧のようにたちのぼったのではあるまいか。

私はK子と別れた五月十三日を私の一本道の出発の日として、第二の誕生日と名付けた。毎年五月十三日あたりになると、改めて私の歩みを踏み固め、しっかりしなければと我が身をはげましてきた。そしてそれと同時に二十二歳のK子の面影が、あたかも永遠の恋人のように浮かび上がった。現在までにそれを六十回つづけたことになる。

私は「日本軍国主義の源流を問う」を書き上げて、ようやく学生時代に抱いた三つのテーマにつき、ほぼ基本的な解答を提出することが出来た。おそらくK子は、離別の直後に私が孤独の論理をかかげて一本道を歩みだしたことは知らないであろう。K子に会う以前から私がその下地を持っていたことまでは、彼女は気づかなかったはずである。

同じように、私もK子の心の底の幼時以来の悲しみや悩みについては分かっていなかった。私のあきらめのきっかけとなった「今頃分かった？」という彼女の鋭い声がそれを如実に示していた。心と心とが通じあっていたと言っても、二人の心の二番底ぐらいまでが分かっていたにとどまり、一番奥の三番底までは互いに触ることは出来なかった。

私の場合は初恋の破綻でかえって思想的に飛躍した。その礼を言いたいが、六十年間音信不通である。K子にとっては、今はもう思い出したくもない初恋の悲劇に終わっただけとすれば、K子に対してどんなに詫びても詫びきれぬ。

人間の行動は、当人をめぐるモノや金や人や組織などの外的必然性と、それに対応する心の内的必然性とが合体してはじめて成り立つ。私の世界観の転換の場合、外的必然性の核心は戦争であり、内的必然性のそれは愛の破綻であった。人間にとって何よりも大切な愛を断ち割ったのは天皇制下の家族制度であったから、一本道を六十年も歩き続けた重要なモチベーションは天皇制に対する激しい怒りに発している。

しかし考えてみると、それは「現代日本技術史概説」と「日本軍国主義の源流を問う」の場合には分かるが、「技術の体系」や「技術と政治」にはあてはまらない。どちらも天皇制とは直接にはかかわりはない。天皇制に対する怒りだけではなく、もっと深いモチベーションがあったと思われる。いったい何が六十年も一本道をひたすら歩きつづけさせたのか。この間、今日は何をしようかと戸惑った日はたった一日しかなかった。

先にも書いたように、毎年五月十三日あたりになると、私は二十二歳の時の再出発の爽やかさと同時に、愛の破綻の無念を思いだすのだが、その無念は未練と言ってもよい。私の深層心理において、その未練は六十年も心の奥底にへばりついていたとも考えられる。未練は何処までも追ってくるから、それを引き離すために、一本道における新しい問題に対し次々に取り組んだのかもしれない。それが六十年間、わき目も振らず歩き通した一つのモチベーションであったのではないか。

もう一つ気づいたことがある。K子への未練を断ち切るために、私が大学の情報部に入ってからK子にめぐりあい二人の愛の破綻に至るまでの詳細な回想記を書いたが、その直前の自分の実像は言いようもなくみじめなものであった。この時の状態は、五月六日の回想として一六〇頁から一六一頁にかけて書いたことだが、二度とあのような思いはしたくないという一念は、六十年間私の心の奥底に強固な根を張っていた。

ほんらい私の一本道は、その一念のために私が切り開いた道だと言ってもよいほどである。愛の破綻をバネとして人生の再出発にかかったというのはそのことでもある。一本道を外れたり、行き詰まったりしては、もう一度あのみじめさをくりかえすという恐れは、確かに私の心から離れなかった。それと六十年間の恋の未練とがかさなって、私はそれから逃れようと、ひたすら前へ前へと一本道を歩みつづけたような気もする。

外的必然は情報を集め分析し掘り下げて行けば、見当はつくが、内的必然は当人であっても、何が自分を外的必然と渡り合わせたのか、容易には分からない。深層心理は通常は意識にのぼらないから、それはよけい理解しにくい。しかし六十年来の大休止に入って、私はかつてなく二十二歳の恋愛と天皇観の根本的転換を生々しく思い出した。

そして天皇制に対する激しい怒りのみを六十年間のモチベーションとするのは、少々綺麗ごとすぎると考えざるを得なくなった。恋の未練とかつてのみじめな自分に戻りたくないという俗っぽいモチベーションが、意外に私を一本道に走らせたのではないか。

六十年前、私はK子との愛と離別の経過をノートに克明に書きつづった。四畳半の日記の第二冊の大部分はその回想記で構成されている。そして私は立ち直ることが出来、愛を捨て、ただ一人で新しく生きようと決心した。今六十年来の大休止に至って、はじめて三冊の四畳半の日記の分析を始めたのも、ふたたび背中にかぶさってくる未練を、もう一度大きく引き離すためであるのかもしれない。歴史も人生も内的必然をひきむいてみると、それほど高級な精神とは言えないものが少なくないのではないか。

話は元に戻るが、私はK子に愛を告白し、ついで求婚せざるを得なくなったが、それらにはかなりの問題がある。私は戦場での死を覚悟してはいたが、戦傷についてはは全く念頭になかった。腕や足や眼を失って帰還したら、K子は生涯私の保護に拘束されてしまう。その時の彼女の苦難については、私は何一つ考えていなかったのである。

私の家やK子の家が二人の結婚に反対したのは、一つはまさにその理由からであろう。両家は私たちの愛を容赦なく砕いた。それは人間としての愛のきびしさを無視した非人間的行為と言わざるを得ないが、結婚への反対自体は客観的に見て間違いではなかった。

結果としては、K子は見合い結婚の道に戻り、私は世界観を一八〇度転換させて孤独の哲学をかかげ、私自身の一本道を歩みはじめた。心配なのは、K子が私への未練を振りきるために見合い結婚を急ぎ、かえって〝幸福な〟家庭の夢が得られなかったのではないかということであるが、それが杞憂であれば、愛の破綻は二人にとって、むしろ良い結果を生んだことにもなる。

それにもかかわらず、私が愛の破綻を無念とし、その未練とかつての甘く弱い自分に戻りたくないという一念に追われつづけたというのは、いかにも理屈に合わない。しかし、これもまた結果としては一本道を可能にしたのであるから、人生ないしは歴史は一筋縄では扱えないと考えているところである。

附属資料

一本道の諸著作の構図

私の一本道は三つの目標をかかえていた。いずれも現代史の問題であるが、誰でも一見してその解答は容易ではないとお分かりであろう。実際にも最初に〝日本現代史における技術発展と政治・経済との交流〟というテーマを立てたとき、私は日本は文化導入国であるから、明治維新前後と奈良朝前後の歴史の検討が大切と考えていた。後者については、このために万葉集を読んだのである。現代技術史を研究するために万葉集を読むというのは、いかにも突飛であるが、私としては大真面目で、課題の大部分が解けるには少なくも三十年はかかると予想していた。（事実は六十年であった。）

またどのテーマであれ、長いスパンを持つと同時に、すべての技術、経済、政治、社会にまでかかわっているから、それらを一つの学問に総合することがはたして可能か、どうか、これが問題であった。その総合の方法論をつかむために、私は技術論を学んだ。「技術論ノート」（一九四八年）はその最初の著作であるが、武谷三男著作集の第四巻に私が書いた解説「技術の論理」を以て、この方面の研究をいったん止めた。どちらも私の著作集の第一巻に収録されている。その「技術の論理」が私の「技術の体系」（一九七〇・七一年）の論理的基盤を成している。「技術の体系」では労働過程を七分類し、それらを横断する管理技術を五分類して、これにより全技術体系を理解することが出来ると考えた。その分類説は今も正しいと思っているが、とくに各論において、それぞれの技術の特性が必ずしも明確にされていないことは否定できない。修正の切り方はすでに分かっているのだが、その時間的余裕がない。四冊の学術書のうち、この書への心残りが一番強い。

一方、技術と経済の論理的関係については、「現代日本技術史概説」（一九五六年）の附録の「現代技術史学の方法」において展開され、それはストレートに現代日本技術史概説に適用され、日本はなぜアメリカに敗けるのかという問題を、技術を中心として歴史的に論じた。アメリカの軍事技術が日本のそれに勝ったというよりも、日本の政治・経済の腐敗のために、日本軍事技術が自己崩壊したという方が真理に近い。

戦後の世界はどこへ行くというテーマを網羅的に扱ったら、それだけで一生を終えてしまう。私は一九八〇年代の半ばまで社会主義に賭けていたから、社会主義が急速に変質し崩壊した点では社会的に責任がある。学者としてその責任をとると言うことは社会主義の変質・崩壊がなぜ、どのような構造で生じたかを明らかにすることである。敗戦直後は社会主義の勝利は真近いとさえ思ったのであるから、戦後の世界はどこへ行くというテーマについては、自己の間違いを認めつつ、どうしてもはっきりさせなければならなかった。それが「技術と政治――日中技術近代化の対照」（一九九三年）である。日本の左翼知識人はほとんどこのような責任を感じなかった。この書を読みもしなかったし、類書を書きもしなかった。私は日本の知識人の能力とモラルの低下を痛感せざるを得なかった。

最後の難問は「日本人はなぜ戦争にのめりこむのか」への解答であったが、このためには、技術学・経済学・政治学・社会学の素養を必要とした。技術と政治の関係を論じただけでは、戦争責任は軍部や官僚にありで終わってしまう。技術と経済との関係を考えただけでは新興財閥と軍部との癒着がまず問題となり、それは多くの国民のあずかり知らないことである。

国民一人ひとりの責任を考えると、どうしても社会学、ことに集団社会学の視点が不可欠となる。どの社会にも集団が存在し誰でもそのどこかに所属していることは明らかであるが、その集団の利益が国家のそれを超えるところに、国家としての弱点が生じるという視点をうちだし、それは清朝の敗戦についても、日本軍国主義の敗戦についても、きわめて重大な社会的原因を成していると論じた。私は学生時代に日本の戦時行政がばらばらで、誰に本当の愛国心があるのかと苛立ったものだが、その社会的構造は、三つの課題を解く際の最大の難問であった。だから「日本軍国主義の源流を問う」の出版が一番後回しになったのである。しかも朝鮮と清朝に対する侵略について真に反省するなら、この問題を避けては通れない。にもかかわらず、驚くべきことには、今の日本の社会では、「軍国主義」という言葉が「社会主義」と同様に死語になりつつあるということである。日本の知識人の無責任と無能力については言うべき言葉を知らない。

「日本軍国主義の源流を問う」は一九一〇年で終わっている。ほんらいなら、それからさらに延長して一九四五年の日本軍国主義の崩壊まで書くべきものだが、すでに時間がない。この間の歴史は

「経済往来」誌に「日中技術近代化の対照」として連載されたのであるが、それは技術と経済の関係に限っており、そのままでは刊行できない。しかし日本軍国主義はどのような視点でとらえるべきかという問題は、すでに論じてあるのだから、それにもとづいて旧稿を、要約した形で新しく再編成することは出来ないことではない。

このようにして、学生時代に自らに課した三つの課題は一九五六年から二〇〇三年にかけて、あたかも樹幹の上に樹幹を重ねるようにつぎつぎと積み重ねられ、全体として一つの大木を形成した。これだけの仕事をするためには、かなり長目の論文を各分野にわたってつぎつぎと書く必要があったが、これが樹幹から突き出ている太めの枝——四つの論文集である。その一方、私は一九七〇年から七九年にかけて四つの論文集に含まれていない論文やエッセイや運動論、人間論などを整理し「星野芳郎著作集」全八巻を刊行した。これは私の仕事の次のステップを確実にしておくためには不可欠であった。

このようにして四冊の学術書や諸論文を刊行してゆくと、社会の中につぎつぎと生じる科学・技術のトピックを歴史的に哲学的に扱うことが容易となり、通例のエッセイとは違う視点で私自身の解釈や見通しが、各トピックについて得られることになる。これが十八点に及ぶ新書、それに類する単行本である。それは樹木の枝にぶらさがっている葉や花のようなもので、最も高い大衆性をそなえた著作群である。

こうして樹幹を中心として、枝、潅木、葉、花を総合して体系化し、粗雑ではあるが私自身の仮説体系は成り立っており、「日本軍国主義の源流を問う」に至って、その骨格が最終的に組み立てられた。これを意図してひたすらに歩みに歩んだのが私の一本道である。

わが著作の樹幹と樹幹下の潅木と枝と葉や花の関係（計34点）

葉と花

新書に類する単行本５点

自然と人間―瀬戸内海に生きる　1977（岩波科学の本）
エネルギー問題の混乱を正す　1978（技術と人間）
インターネットの虚像　1997（同上）
未来文明の原点　1980（勁草書房）
日本経済の混迷を解く　1998（青春出版社）

新書としての著作13点

技術革新　1958（岩波新書）
技術革新第二版　1975（同上）
瀬戸内海汚染　1972（同上）
最新科学の常識　1982（岩波ジュニア新書）
クルマ20世紀のトップランナー　1987（同上）
技術と文明の歴史　2000（同上）
マイ・カー　1961（カッパブックス）
もはや技術なし　1978（カッパビジネス）
技術革新を読む目　1981（同上）
技術と人間　1969（中公新書）
日米中三国史　2000（文春新書）
自然・人間―危機と共存の風景　2001（講談社＋アルファ新書）
未来産業のここが分からない　1989（PHP 新書）

枝	樹幹	枝
	2004 日本人はなぜ戦争にのめり込むのか 日本軍国主義の源流を問う（日本評論社）	
先端技術の根本問題　1986（勁草書房）	1993 戦後の世界はどの方向にどう発展するのか 技術と政治―日中技術近代化の対照（日本評論社）	反公害の論理　1972（勁草書房）
技術革新の根本問題　1969（勁草書房）	1970-71 戦後の技術はどの方向にどう発展するのか 技術の体系１及び２（岩波講座基礎工学）	日本の技術革新　1965（勁草書房）
	1956 日本はなぜ戦争に敗けるのか 現代日本技術史概説（大日本図書）	

潅木

1977-79

星野芳郎著作集全８巻　技術論２　技術史３　科学技術評論　運動論　人間論（勁草書房）

孤独について

信じうるものは、自分のみである。いや、自分が孤独であると言うことのみである。

孤独は感情ではない、勿論、感傷ではあり得ない。冷たい知性である。強靭な知性である。孤独は逃避ではない。孤独は生の、対象に対する挑戦である。孤独は生の、対象に対する挑戦である。孤独は山や村に無く、街に、人ごみの中にある。孤独は一切の政治の渦から身を引いた所に、初めて存在する。自分の歩む道には理想も目的もない。ただ灰色の広漠たる野と、その中に時折烈しく火花を散らす生の燃焼があるのみである。

真実の道は、この道しかあり得ない。この道のみが、自覚した人間の唯一つの歩き得る道だ。それがこの道に与えられた名だ。

孤独は、生の蒼白い凍結である。


青空は、心を不安にさせる。冬の曇天の憂鬱の方が、真実の生の姿にふさわしい。灰色の空は、自分の心をぴんと張り詰めさせ、大地に両足をつけさせる。知性は澄んだ空の青さなどと言うものではない。知性は冷たい。それは冬の曇天のような、ふれれば全身にしみとおるような、きびしい冷たさである。森閑と、気を張り詰めたような沈欝な空である。

孤独に達した人間にとっては、悲しみも淋しさもない。悲しいと言うよりは悲痛であり、淋しいと言うよりは空虚である。


孤独に達した人間は、殆ど感動を味わわない。感動は、孤独が超えられた時、初めて存在する。

孤独に達した人間は、じっと生の様相を見詰めることによって、生を燃焼させる。その烈しさは、凍結した情熱と言う可きであろうか。孤独とは知性の緊張である。孤独とは、価値の喪失である。神も、国家も、善も、幸福も、孤独の前に消滅する。


孤独に達する、とはあらゆるものに対して絶対第三者の態度をとることである。人は、孤独に達した時、初めて自分の歩んで来た姿、現在の自らの姿を知ることが出来る。孤独は生の烈しい燃焼である。蒼白く凍りついた火花である。

大衆であれ、知識人であれ、人間は誰もが孤独である筈である。孤独に達すると言うことは、孤独を自覚する、と言うことであらねばならぬ。人間は孤独が恐ろしいのではなく、孤独を自覚することが恐ろしいのである。

「この無限の空間は、私をして戦慄せしめる」と言ったパスカルは、孤独を自覚することが恐ろしくて、神と言う幻影を持ち出して来たのだと、言えないだろうか。

孤独とは、知性の極限である。

日本人ではない、ましてやアメリカ人でも支那人でもない。自分は自分である。自分という一個の人間である。自分は自分の中に一つの小宇宙をつくる。自分はその宇宙の中に生きる。

「自覚」とは孤独の論理に達することである。自覚は飛躍である。自覚は、即ち孤独の論理は、観念の終焉であり、その極限であるにも拘わらず、連続的には達し得ない。

孤独の論理以外の一切の観念が、根こそぎ崩れ落ちるような精神体験なくしては、自覚には到達し難い。孤独に生きると言うことは、自らに対しても、また自己以外のあらゆる者に対しても残酷に生きぬく、と言うことである。孤独には、たえず虚無がつきまとう。孤独は虚無を見詰めよと言う。

孤独とは、自我以外の他の何ものにも依拠せざる謂である。自我の完全独立を言うのである。

人間は環境によって左右されると言うのはよい。だが、人間の弱点も環境の生むものなる故に、遂にその弱点はその環境のもとでの人間にとって致命的であると言うのは正しくない。

孤独に達すると言うことは、環境に対して峻烈に対立することである。この時、如何なる弱点がこの人間にあり得るか。この人間は、環境に峻烈に対立することによって、環境に左右されて居らない故である。

如何なる環境にあっても、或はまた環境が如何に突発的に変化しても、水の如く冷えきって居る、動かざる自我。真実はかくの如くであらねばならぬ。

真実は力を持つ。否、力あるものを真実と言うのである。真実は虚偽を圧倒する。真実は一切の虚偽の仮面を剥奪する。真実は世の汚濁の中に細々と己の純粋さを守って行くようなものではない。それは何等真実ではなく、一つの感傷であり、一つの、それもまた虚偽の姿でしかない。

孤独には家はない。故郷はない。国はない。ただ自我のみが、大地の上に、昂然と頭をあげて突っ立って居る。

（一九四五年十二月）

愛について

愛は嵐である。二人が愛しあったと言うよりも、愛が二人を摑んだと言う可きであろう。愛が、一度、二人を摑むと、愛は縦横無尽に二人を引きずり廻す。孤独は愛において奔流の如く超えられる。愛は肉欲よりも起こり、同情からも虚栄からも起こるであろう。だが一旦生じた愛の力は之等のあらゆるものを乗り越え、あらゆる曖昧なものを破壊する。そこに愛の凄まじさと、愛の真実がある。愛は夢の如きものではなくて、もっとも現実的なものである。

愛はロマンスなどと言うものではなくして、遥かに生々しいものである。むしろ愛は苦痛であろう。愛と愛情との混合が如何に多く行われて居ることであろうか。そして世の言う恋愛に、如何に単なる愛情がとり違えられて居ることであろうか。愛の前提が孤独であると言うことは、愛の破滅が必ず孤独に至ることによっても分かる。

愛は孤独なる魂と、孤独なる魂とが烈しく相互に合致せんとする、もっとも凄まじい生の火花である。

孤独、愛、美、この三つのものが生におけるもっとも烈しい燃焼である。

愛が理想主義者、良識人を襲うと、理想も、良識もその力を失う。理想と良識の中にある虚偽の部分が、愛の真実なる烈しさに抗し得ないのである。それ故、この時の姿が、他の何等かのものによって、破滅に導かれた時、即ち嵐が去った時、人は理想も良識もその虚偽なるものは、すべて嵐のために打ち倒されて居るのを見るであろう。人はこの時、孤独に走るより生き方は無い。人は孤独に至って、初めて愛の力の偉大さを思う。

愛はあまりにも運命的である。

孤独は生の永遠に救われざる姿である。だが、全然救いが無いと言うのではない。愛と美とは孤独を救い得る。孤独は静止である。静止の極限である。

愛は動の世界である。ここに、愛が孤独の救いである所以がある。孤独はもとより単なる静止ではない。単なる静止であったならば、孤独は生の凍結ではあり得ないだろう。それは、無表情な金属製の機械にも比すべきものであろう。孤独は内に無限の動を含んだ静止の姿である。もっとも熟したものを内に含んだもっとも冷たいものである。

孤独には、たえず愛の世界に飛躍せんとする無限の可能性がある。

愛の力に抗し得るものは、ただ一つ、孤独あるのみである。同時に又真実の愛を成さしめるものは、又孤独以外にはない。孤独は知性の極限である。愛は知性の麻痺であってはならない。愛は知性の止揚である。

人は孤独の真の恐ろしさを知らない。大地の上に、たった一人で、自分の力で立つことの、如何に恐ろしいことであるかを知らない。同時に又、人は愛の真の恐ろしさを知らない。

孤独感と言う言葉がある。この言葉のひびきには、何か快い、知的な、且情操に充ちたものがある。多くの人々の孤独とは、単なる感傷にしかすぎない。この時、人は自分の足で大地に立って居ない。人は自分のつくり上げた夢に、雰囲気の中に、ひたって居る。人は夢に自分をもたれかけさせていた。彼は虚無でも孤独でもなかった。

同様に、世に言う多くの恋愛は空想の世界である。人は恋愛に於て、多く自分の作り上げた夢を愛して居る。生は生に真実にぶつかろうとはしない。人は夢の破滅をこそ、最も恐れたのである。愛は厳粛である。愛は断じてかりそめにならないものである。如何に多くの人が愛を軽々しく扱って居ることであろうか。

愛情とは、生と生との合一ではないが、触れ合いである。生はたえず対象と接触して、対象と生との相互のはたらきあいによって、生成発展し、奔騰する。生は生を叩き、生は生に叩かれ、生は成長する。真実を求めようとする生と生との真剣なふれあいこそ愛情の姿である。

「母性愛は崇高なエゴイズムである」と言う言葉がある。母親は子供に、人生の一切の苦痛を与えまいとする。母親は人生の一切の現実の面から子供の顔を背けさせようとする。母親は子供のその姿を眺めて居たいのである。母親は子供のその姿を楽しみたいのである。言いかえれば、母親は子供を彼女の玩具にして居たいのである。彼女は子供の玩具化のために一切のものを犠牲にせんとする。すべてのものを彼女はそのために捧げる。その心は成程崇高である。だが、それはエゴイズムである。生の最大の冒瀆である。生は尊厳なものである。生を玩具視することこそ生の最大の罪悪である。

孤独は論理の極限であるにも拘わらず、それは一つの飛躍であった。同様に愛は愛情の極限であるにも拘わらず、それ自体一つの飛躍である。愛にはきびしさがある。言語に絶した厳粛さがある。恰も孤独と言う深淵に我々が本能的にたじろぐ如く、愛も亦、我々に殆ど逡巡感を抱かせしめる。確かに孤独は苦痛である。だが愛には更なる苦痛がある。孤独には大地の上に自分自身の足で傲然と立って居る或る安心感がある。自己以外の他の何ものにも左右されぬ強さがある。喜びがある。然し又愛には、一切のものにも代えがたい何ものをも超克する歓喜がある。

こう言おう。愛は歓喜と苦痛の連続である、と。

他人が我々に愛情を示した時、我々はそれが生の玩具視であるか、それとも一つの感傷にしかすぎないものであるか、よく見定める必要がある。母性愛ならざる愛情のかくの如き姿は、原則的に、生に対して全く無責任である。かかる愛情に我々が信頼することが如何に危険であるか、我々はよく知って置く必要がある。

そして世の所謂恋愛が単なるかくの如き愛情のすり代えであることが如何に多いことか。この意味で確かに恋愛は一つの火遊びである。

世の若い男女にとって恋愛は一つの憧憬である。一つの夢である。夢も良い。憧れも良い。だが夢が現実になった時の愛の奔流に、破滅に至らないような自己を作って置くことは絶対に必要である。

「良識」と言うものが遂に愛の真実を捉えざらしめることをよく知って置く可きである。

愛人達よ。若い愛人達よ。良識に負けるな。世の所謂掟てに負けるな。君達の愛を断乎として守りぬけ。愛を弱めんとする、愛をうち裂こうとする一切の係累を断乎として拒否する心があって、初めて愛の真実は守られる。

愛人達よ。君達の愛に干渉する他人の良識に警戒を怠るな。だがそれにもまして、君達自身の心の中にある良識の姿に、君達は厳重な警戒を怠ってはならない。

愛の堕落は、愛の破滅は、他人の良識よりも、自分自身の中の良識によって起こる場合が余りにも多いのである。

（一九四五年十二月）

良識人について

良識とは、生の最大の虚偽である。

人づきあいの良さ、人品の良さ、豊富な話題、あたたかい教養にみちた家庭、思慮ありげなまなざし、良識人の偶像はこれだ。ここにあるものは、感傷と甘さと妥協と虚偽あるのみ。良識人は、生の裸の姿に決してつきいろうとしない。元の根に一向に触れようとはしない。殆ど無意識に触れようとはしない。ただ自らの作りあげた偶像に酔っている。良識の最も恐るべき所以は、それから出てくる陶然たる気と、青空の如き光り、輝きである。光も香りもただ影に過ぎない。影は知性の嗅覚を甚しく麻痺せしめる。

理性と感情との葛藤をもっともよく認めるものは良識人である。良識人は、たえずある中間に居て妥協と虚偽をくりかえす。理性と感情との葛藤を主張して、人間の悲劇？　を描く。それに陶酔する。

だが、真の理性と感情との葛藤とは、良識人の考えるようなそんなものであろうか。近松の「浄瑠璃」を見よ。ぎりぎりまでに追い詰める封建の桎梏と、その中にあって尚も自由奔放の生の奔騰を主張する理性と感情との相剋は、遂に心中に、死に赴かしめる。これをこそ理性と感情との葛藤の姿と言うのである。

良識人の自称する思想は、殆ど時の政治から規定されたものである。彼の創ったものではなく、彼の生から生まれたものでは何等ないのである。良識人は、その虚偽に充ちた理性をふりかざして見せる。大衆に憐れみの微笑を浮かべる。知性に冷たく生きる人間、一つの理想に向って突進する人間に対しては、それとなく眉をひそめる。特にその思想が時の政治の方向から少しでもずれて居ると、ひどく紳士的に、穏やかに、それに対して攻撃を加える。政治によって規定されている彼の生活が脅かされるからである。

良識人は、その偽装されたエゴイズム、甘さ、虚偽の姿に、自分では一向に気がつかない。ここに良識人の姿がある。良識人ほど、品良く自己を弁護する者はない。良識人ほど、人をも自己をも欺いて自己の利己主義者であることを隠して居る者は無い。

彼がリアルであると言うことは、彼は良識を重んずると言うことである。多くの人がこう解釈して居る。そうではない。「彼がリアル」であるためには、如何なる感傷も妥協も彼と現実との間に介在しないことが必要である。リアルとは、現実との妥協ではなくして、現実をつき放して見つめることである。

如何に多くの、つきつめた少年の夢が、内よりの、また外よりの良識によって、無残にも破壊されたことか。世に言う「成人たる」と言うことは、青年の理想主義が遂に良識によって屈服させられた姿である。然も多くの場合、人は良識に負けたとは思わない。「大人になったのだ」と感ずる。それほど良識の力は、殆ど人に気付かれずにその触手を振うものである。つきつめた夢が、つきつめた彼の行動が、良識により萎えさせられ良識の手によって破滅に導かれた時、彼は暫く地にうちのめされたままで居るが、再起した彼は、一転して孤独の中を歩みだす。

孤独は、良識への最大の復讐である。

幸福とは良識人の秘蔵っ子である。同様に社会道徳もまた良識人の秘蔵っ子である。もっとも、この秘蔵っ子は、幸福という子供に比べれば、時折、継っ子扱いを受ける。良識人には勿論、自分で、自分の道徳を真剣に作りあげるような力はない。だが、この与えられた社会道徳に対してすら、良識人は、真実に忠実であろうとはしない。時折、彼は道徳に反した行為をする。そして、理性と感情の相剋？　に人間の姿を詠嘆するのである。

良識的であると言うことと、知的であると言うこととは断じて同一事ではあり得ない。

それは正反対である。良識は知性の麻痺であり、生の最大の弛緩である。

良識人は、大衆を上品に軽蔑する。良識人は大衆に対して、半ば無意識的に、半ば意識的に自己の教養を誇る。良識人は、一見、恰かも大衆の上位に位して居る如く見える。だが良識人には大衆が絶対に必要なのである。彼は彼の教養を誇るべき他の階級の存在を必要とするのである。彼は大衆を軽蔑しつつも、然も尚、大衆の存在を精神的な支柱として居る。

良識人には所詮「生の意欲」は存在しない。大衆には目前の彼等の生活の逼迫から来る、尖鋭な生の意欲がある。良識人は結局生の真実さに於ては大衆以下である。彼は遂に大衆に及ばない。

良識人の誇る教養とは何か。教養とは単なる知識の断片の集積であるのか。教養とは、文学を読み、音楽会に出かけ、絵画の展覧会に出席することなのであるか。否、遂に良識人は芸術を理解出来ない。芸術は生の緊張であり、生の白熱である。芸術観賞とは一つの生の追体験である。

芸術作品は生のあらゆる苦悩と、あらゆる努力との結晶である。作品の全体を流れて居るものは脈々たる生の躍動と生の奔騰である。生が生を理解すること、このことが芸術観賞の本義であらねばならぬ。生の真実を知らぬ、生の弛緩しか持ち合わせぬ良識人に、どうして芸術を理解し得る力があるであろうか。良識人は結局、すべてを知って居て、すべてを知らない。彼は要するに、碁目並べをして居るにすぎない。

だが、然も、生の真実にとって、恐る可きは良識である。良識は至る所で生の真実を弱める。良識は理想主義者を堕落せしめ、愛を単なる性欲に引き落し、孤独すらも、時として良識の膝下に組しかれる。良識は知らぬまに、人々の心の中に、そっと、音もなく忍び入る。彼は実に無言で、彼の執拗な触手を伸ばす。

感傷と言う武器が、虚栄と言う武器が、同情と言う武器が、彼のもっとも得意とするところである。良識を拒否せよ。良識を絞め殺せ。生を緊張せしめよ。自己を守れ。頑くななれ。生の真実を貫かんとする者は、良識に対して、たえず厳重な警戒を怠ってはならない。

（一九四五年十二月）

現代の意義に関する一考察（一九四三年六月二十二日脱稿）

一九四二年の秋から四三年の夏にかけて、私は大学当局から要請されて、大学の向嶽寮の一室に住むことになった。本稿はその寮誌に投稿したものだが、内容がいちじるしく左翼風であると判断されて没となってしまった。だから本稿はこれまで公開されたことはない。原稿の最後に昭和十八年六月二十二日脱稿と記されており、前年から工業大学新聞の論説を書くために、明治維新以来の政治・社会史を勉強した成果が本稿に見られる。当時の日本の戦時体制がいかにばらばらであったかを痛憤した私が、たんに政府を攻撃しただけではたいした効果はないとして、なぜこのような事態におちいったのか、それを歴史的に明らかにすることが緊急に必要と考えて、本稿を書いたものである。

その年の二月のガダルカナル戦での敗退後、当時は中部ソロモン群島をめぐって戦闘が激化していた。アメリカの攻撃目標は、ソロモンの西のビスマルク群島、なかんずくラバウルにあると考えられていた。日本軍としては、どうあってもアメリカ軍の攻撃をソロモン群島で食い止めたいところで、新聞は連日のようにソロモン戦について報道していた。

私はガダルカナル戦での敗退後、日本の敗戦は避けられないと判断していたが、戦局の挽回のためには政治改革が不可欠と考え、その歴史的意義を考えていた。そして敗けると分かっている戦争に死ぬ意味をも問わなければならなかった。その意味で、本稿は死ぬ意味を求めて、私が最初にまとめた論稿と言うべきものである。これ以後一年足らずして、私の戦争思想は一八〇度旋回するのだが、その根本的変化の直前の思想は本稿に鮮明に論じられている。だが本稿のような下地があって、はじめて四畳半の日記の第三冊にあるような日本の政治・社会論が可能であった。付属資料として掲載されたのはこの理由による。

＊　＊　＊

我々は現在大東亜戦争を遂行して居る。現代は目まぐるしく動いて居る。変転烈しい現代の中にあって戦争遂行の行手に塞がる幾多の問題は幾度となく討論され、真剣に具体策が述べられた。生産増強の問題は之等の中にあってその最たるものであり、その大部分を占める問題である。現代の歴史的意義を追求することは現代の解決を意味するものであり、戦争遂行のためから言ってもその外のあらゆる意味から言っても現代の解決は我等のなさねばならぬ一つの義務でさえあると言える。

差し迫った眼前の大戦争を遂行する観点より見た時に、生産増強の根本問題を云々する時、之等の問題の表面に強く浮かび上がった今日の指導的官僚、資本家、教育家の夫々の策の拙劣、或は極端に言えばその無自覚を一旦我々は責めざるを得ないのであり、事実巷にはこの様な声の氾濫するのを聞くのである。* 然し乍ら我等は徒らに之を攻撃し、悲憤慷慨するよりも寧ろ、何故かくの如き矛盾が如何なる歴史の流れから生じ来ったのであるかを見ることがより重要でなくてはならない。

＊　一九三〇年代には、日本軍国主義による言論弾圧が苛烈をきわめた。経済界では、それぞれの業界に統制団体が設置されて、物資の生産、配給、販売などは、個々の企業の自由にはならなかった。行政でも機構改革がつづいたから、一般には日本は文化、経済、政治ともに日本軍国主義のもとに厳しく統制され「一億一心火の玉」という当時の政治スローガンが実行されたと思われやすい。しかし、形はそうであっても、各官庁や大企業の縄張り争いがはげしく、ナチス・ドイツのファシズムとは全く違う。文化の世界では明治維新以来はじめて、さまざまの思想が海外からどっと流入し、国内ではそれに反発して神がかりの思想が、政府の後ろ盾のもとに盛んとなり、思想界はかつてない混乱状態を呈した。だからこそ、言論取り締まりの専門機関である特別高等警察が全国をかけまわったのである。

戦時行政では、いくらか形をつけたとしても、内実は少しも変わらなかった。私は恩師の小島武助教授の世話で内閣技術院に就職したが、ほんらいは技術院は戦時下の各研究機関をあるいは統合し、あるいは互いに連絡を緊密にして、戦時研究の水準を飛躍的に高めるべき新しい官庁のはずであった。しかし現実はどうであったか。当時技術院の参技官であった菅井準一は、戦後に「技術院は戦争のために何か役にたったのですか」と言う私の質問に答えて次のように語った。

「そこですよ。まあ極言すればその目的のためにも、実は何にもならなかったといえましょうね。とにかくまず技術院をつくろうという時、各官庁はそっぽを向いていた形ですよ。文部省は大学関係の研究を握っている。商工・内務・鉄道省はそれぞれ有力な試験所や研究所を握っていて、はなさない。みんな、技術院をつくりたければどうぞ御勝手にという訳です。陸軍・海軍もまた、航空の本当のところを握っていて、これは特に機密保持というかっこうでね。技術院は肝心なことは何ひとつやらせない。」（民主主義科学者協会技術部会でのインタビュー、一九五五年）

私はこのようなばらばらの戦時体制に苛立ったのである。

譬えば資本家の短見が戦力増強に於ける障害を成して居るならば、如何なる理由でこの資本家がかかる短見を抱くようになったのであるか、その背後に於ける我国の政治、経済、思想界等はどの様に動いて来たのであるか、その理由はどの様に背後の之等の事情に求めることが出来ようか。と言うことを深く追求しその最も根本的な問題を摑み、根本的な癌を除く必要がある。蓋し歴史に起こる一つの現象は決してそれのみで動くものでは無く、他の多くの現象と作用反作用し、一つの歴史的必然なる流れを形作りそれに乗って動くものであるからである。現在の如く変転烈しい時代には徒らに表面の現象に自らを引き廻されること無く、反ってこの歴史の流れを把握しそれに依って自己の行動を律するなり、政策を樹立するなりするのが真の知識人の道であると思うのである。

この様に現代の解決を計るため、我々は現代より過去へ遡る必要がある。大正期を過ぎ明治期を遡って我々は明治維新に達する。明治維新は実に我国家体制の現代への一大転換期であった。然も現代を去ること、僅かに七十余年である。徳川の三百年の眠りが余りに長く、余りに太平を極めて居っただけにこの近代への誕生は恐らく極めて唐突であったろうし、然も武力に於ても又文化に於てもかけ離れた先進資本主義諸国と我国との交渉はそれ以後の我国の歴史に大きな歪みを与えたに相違ない。明治維新が現代を解決するに実に有力な鍵であるとは我等の極めて考え易い事実である。

一

「雄大な世界観」、「広大なる気宇」とは今、我々の東亜共栄圏建設にあたっての合言葉のような響きがある。「島国根性を一掃せよ」と言う言葉を聞く。して見ると我々はつい最近迄島国根性を持って居たのであろうか。或は現在ですらどこか心の中にそのようなものを持って居るのであろうか。勿論この島国根性と言うのは三百年の鎖国によって狭わいな島嶼の中に閉じ込められて居ったことを指すのであろう。一つの枠の中に一切のものを束縛すること、之が封建制度の特質であり、事実幕府のとった鎖国主義は自らが作り上げた完備せる封建制度が外国勢力によって崩され、それによって自らの勢力の失われる事を避けたものに外ならない。

島国根性とはかく考えると島に住む日本民族の心のどこかに絶えずあるものでは無く、前時代の封建的精神と言う可きものであり、我国が名実共に近代国家の域に達して居るとしたならば、我等が今尚「島国根性」の排撃を叫んだり、「雄大なる精神」を協調する必要がないのである。明治維新とは我国が過去の封建的なものを一掃して近代へ進んだ一つの転換点であったことは誰もが認めよう。だが然し封建的なるものが近代へ移行すると言うことは通常如何なる経過を辿るものであるか、と言うことを考えると我等は少なくとも明治維新とは全く西欧諸国のそれとは異なった極めて異常なものであった事を見出すのである。

封建諸侯に於ける大土地所有と、その土地への直接生産者への配賦即ち農奴制度、之が封建社会の特質であり、之が先ず統一的な中央集権国家に移り一世紀、二世紀の間に徐々に封建の残滓を落とし、そして民主主義革命に至るのである。我国に於ては徳川封建社会がそもそもこの封建社会の型にその儘当て嵌まらず一寸異常なものではあったが、ともかくこの統一的中央集権国家形成と民主主義的変革とが同時に行われたのであり、ためにこの二つの変革間に於ける一世紀乃至は二世紀を要する市民階級の勃興は我国に於ては遂に見られなかったのである。

維新を成し遂げたものは封建社会に於ける一階級である下級武士であり、その指導精神の主流はどこ迄も尊王論であった。何故変革の主体が下級武士であったかと言えば、幕末の社会生活難に於て最も生活苦に落とされ、然も封建の桎梏から割合に自由であり思想を有して居った者は彼等であったのであり、何等かの現状打破を切に要求して居った彼等の前に絶好の理論的武器となったものが徳川中期より次第に盛になりつつあった尊王論であった。之が外船の横暴並に幕府の開港によりもたらされた一層の生活苦に依って勃然と燃え上がった攘夷論と見事に結び付いたのである。

幕府が次第に無力化して行った原因は結局幕府のとった封建制度そのものが矛盾を来せるものであったと言えるのであるが、それでは当時の尊王攘夷論者が現状改革を要求する立場から言って幕府の封建制度に代る如何なる国家体制を考えたのであるかと言うと恐らくその大部分は確たる解決策を持って居なかったに違いないのである。

一体当時の尊王攘夷論者には大体三通りあったのである。第一は、日本は神国である。この国に外国人などの交易、移住を許可などは問題外である。宜しく外国人などは打ち払って神国たる所以を守る可きであると真に信じきって居るもの。第二には攘夷などは到底我国の実力を以てしては実行が不可能であり、寧ろ開国によって彼の長を採り、日本の実力を彼等以上に高めなくてはならぬ。然し幕府が開国主義である以上、幕府を攻撃する好材料とし、或は人心を収攬する上から表面的に尊王攘夷論の仮面を被って之を政治的に利用したるもの。第三は現在の生活上の行詰まりに当たって、何でもよい何か騒動を起しそれに乗じて一旗をあげ、何とか出世の緒口を得たい。そのために尊王攘夷論を方便的にとったもの。之等の三通りの型があったのである。

第一のものは真に憂国の志士ではあったが、広い識見に欠けて居り、下級武士に多く、第二のものは藩主及び下級武士の中でも他をリードして指導的地位にあるもの、第三に至っては所謂シンパと見做す可きものであって、京都あたりで頻りに人を斬り廻った浮浪の徒であり、勿論武士に多かったが、この数が案外非常なものであり、第二のものは巧みに之等を利用したことであった。ともかくもこの様に実際に維新の大業はこの第二の人々（それも主体は下級武士）によって成し遂げられたのである。

然らば之等の人々の抱いて居た次の国家体制はどのようなものであったであろうか。極く簡単に言えば「全国の中で主だった諸藩主、及び主だった公卿との連合せる会議により、皇室の御裁可を仰ぐもの」を考えたのであり、幕府側の現状改革案たる「幕府を議長とする諸藩主会議により皇室の御裁可を仰ぐもの」と根本的には変わりはなかったのである。どちらも会議と言う点に於ては近代への前進を示して居るが、その基礎は飽く迄も諸侯分立の封建制度であった。ただ然し前者の言う諸藩会議の中には幕府の存在は含まなかったのである。何故ならば若しその中に幕府を含んだ場合、如何にそれが無力化したとは言え旗本八万騎、所領人でも万石の勢力は到底之等の諸藩の対抗し得る所では無く、反って幕府はその政治の責任を一部諸藩に預け、朝廷奉戴の下に幕権は強化され、自藩の勢力を伸長するは困難である、と言わねばならなかった。之が為薩長二藩はどこまでも倒幕に持って行こうとしたのであり、薩長の指導者はその実尊王開国論を抱いて居ったのに拘わらず尊王攘夷論の仮面を被ったのである。

序でにことわって置くが一体当時既に純然たる佐幕論は殆ど存在して居なかったのである。徳川中期以後、特に時代が進むに従っては幕府は朝廷を自らの上に強く感ぜさるを得なかったのであり、常に幕府の企図する所は朝廷奉戴の下に全国に改めて号令することであった。従って佐幕論は寧ろ尊王佐幕と言う可きであり、維新に於ける幕府の態度と薩長のそれとは殆ど相似たものであった。誠に「勝てば官軍、敗ければ賊軍」の声は或一面当時の状勢を物語るものであった。極端に言えば維新の変革は封建を倒さんとする近代の力によるものではなく、封建勢力の一グループが他のグループを倒し登場したに過ぎなかったとさえ言えるのである。

近代の力が未だ萌芽の域を脱して居らなかったと言うことは当時の封建制度が未だ崩壊して居らなかったことを物語るものであり、行き詰まった幕末の諸矛盾はその中に之を否定し新たなるものを生まんとする近代の力が勃然と燃え上がる程度迄には混乱を極めて居らなかったのである。

封建制度を崩すものは何かと言えば武士、農民、手工業者より遊離する自由労働者であり、支配階級を圧迫する資本家である。之等が明確な社会現象を呈してくると、地主、小作人の対立と増加、マニュファクチュアの出現、下剋上の世相、庶民に於ける我の自覚と言うことになる。こう言う点から見ると、徳川末期には実際どれ一つとして近代の出現に足る充分な条件になり得るものはなかったのである。成程国の半ばを超える富は大阪、江戸の一部富商の手に集まった。諸侯にして町人に負債の無いものは殆ど無かった。武士階級は上下何れも極度の生活難に苦しみ、従って農民への苛斂誅求は甚だしきを極め農民の一揆は頻発した。然しそれにせよ町人の富力そのものが封建諸侯の負債によってもって居るものであり、彼等は恰も封建制度に執拗に食い下がって居る寄生虫の如く、そのもとの封建制度を離れては未だ存在し得なかった。然も祖法遵守の精神は彼等をして消極的なる高利貸資本家にしかとどまらせなかった。農民にせよ武士にせよ、自らの階級を離れて自由労働者として放浪することも無く、又実際、マニュファクチュアはまだその萌芽期にあったので、自由労働者を吸収する所もなかったのである。

かくの如く維新変革の流れの中には封建を否定せんとする近代への意欲はただ現状改革の意味としてでは、存在したろう。だがそれはどこ迄も維新変革の主流ではなかった。それでは維新変革の主流は何であるか、と言うと主流の中の最たる主流は尊王論であったと言わねばならない。そして尊王論を急激に燃え上がらせ一つの民族意識に迄高揚させた最も大きな社会的契機は外船の渡来であった。外船の渡来にあって攘夷論は尊王論と結び付き益々尊王論を強め、絶対的のものとし、一方海外の事情を知り尊王開国論を抱いて居るものをして、表面尊王攘夷論の仮面を被らせ、外交に於けるその無力を暴露した幕府に対する倒幕論に迄進展させた。現状を改革せんとする一つの近代への意欲でさえも開港による経済的混乱がまき起した生活苦によって拍車をかけられたのである。

日本にこのような国体なく、外船の渡来が未だずっと遅れたとしたら、恐らく明治維新は余程遅れてなされたことであろう。ともかくこの様な訳で維新変革の指導者にすら明確なる近代への意欲と言うものは見られなかったのである。慶喜の誠忠はここに大政を奉還させて尊王開国論は遂にその目的を達した。尊王開国論はここで一応解消する訳であるが、それは明治の代になるや明治政府の掲げた「殖産興業、富国強兵」に発展したのである。どちらかと言うと幕末に於てより進歩的であったのは、幕府側よりも薩長側の方であった。倒幕論者の方がより近代へ近づいて居たと言う理由からして、維新が倒幕と言う形をとって幸いであったかも知れない。又強力な中央集権的統一国家を作る上に於ても所詮幕府か薩長か何れか倒れたのも止むを得なかったことであろう。会津藩が長州藩などより遥かに勤皇の誠を尽くし功績もあったにも拘わらず朝敵の汚名を着て亡んだのも一つの悲劇ではあったと言い条、維新大業の達成には止むを得なき犠牲であり、礎石であった。

ともあれ、政治的な臭いを交えて維新の変革が行われたとしても、時の指導者の胸の底には、矢張り単なる薩摩でも無い、長州でも無い、日本と言う国への愛情が強く脈拍して居たのである。未だ近代への意欲を左程感じて居らなかった維新政府の指導者が、いざこの国を指導せんとした時に痛感したことは西欧諸国と我国との実力の余りの懸隔であったろう。何はともあれ之等の資本主義諸国の文物制度を擁して自らを近代化せねばならなかった。と言うことは政府自体反封建的な進歩的な統一なものでは無く、思想的に明確なものを有して居なかったにせよ、近代的統一国家、資本制的体制樹立への歴史的必然過程に否応無しに置かれて、やがては自己を再編成し、再構成して、この必然的発展を育成、促進せねばならなかったことを意味するのである。このことが明治維新より現代に至る迄の我国の歴史に異常な歪みを与えたのであり、現代を解決する根本問題はここに存するのである。

二

我々は明治維新を語るのに少しく長きに失したかも知れない。だが従来我々は余りにも独善的な維新史観に長く触れ過ぎて来た。冷静な或時は冷酷な程の理性によって歴史を省り見る事が現代の意義を解明する最善の手段であると考える故にかく長く私は語って来たのである。

王政復古の大号令渙発されるや政府は真先に強力な中央集権確立に邁進した。この為に版籍は奉還され、鉄道はひかれ、通信制度を整え、貨幣制度を確立し、租税制度の改革を計らんとした。明治の四年、五年あたり迄は政府は寧ろ新政府の統一的権力を確立することに努力の大部を集中し庶民の育成、或は資本主義の導入などは余り念頭になかったように見受けられる。この間に政府のなした事業は資本主義導入、庶民育成の絶好の準備過程とはなったが、政府は恐らくそれを明確に意識したのではなかろう。然しその間庶民育成の問題はあらゆる意味に於て時の指導者の中に次第に大きな位置を占め始めたのである。

始め官の商権の伸長を計る意味に於て商法司を作った政府がやがて之を廃し、資本の蓄積に依り庶民的産業規模拡大を計るため、代って通商司を置いたことなど、或はこの辺の政府の思想的変遷を物語るものであるかも知れない。大体明治六年、之の年より政府は明確に努力を殖産興業、庶民の育成に集中した。繰り返し述べて来た如く維新に際しては庶民は飽く迄も未熟であった。庶民にして積極的に新産業を起さんとするもの、進歩的な企業精神を抱けるものは殆どなかった。幕末に於いて国の大半の富を握った大阪、江戸の豪商でさえ徒らに高利貸資本の中に閉じ籠って産業資本へ発展せず、貿易にすら従事しようとしないものが多かった。

止む無く政府は一種の官営産業、模範工場を起し何とかして庶民をして新企業に近づかしめ、之を保護指導せんとしたのである。之は即ち商業資本をして産業資本へ近づかしめ、それによって国力を増強せんとの政府の策であったが、然し乍ら商業資本が産業資本へ発展するには背後の社会的事情がそもそもそれに沿う如く動いて居らねばならない。新産業を興し発展させるには資本の蓄積、労働力の供給、市場の拡大がなくてはならぬ。当時我国の工業製品も需要者の大半は国内市場ではなく政府と外国であった。

労働力は明治十五年より二十年に至るデフレーション政策に於いて増加した農民よりの労働者を待つ迄は士族がその重要な役割を果した。資本の蓄積に至っても旧藩債を免除され財政を確立出来た旧封建諸侯の資本、或は士族全般に亙る金禄公債が結局は有力なる一翼を形成した。背後の社会的事情がかくの如くであり、我国の資本主義は実に奇妙な内容を持って発展したのである。維新の大業を為したものは武士階級であった。大業が達せられ、いざ日本を強くする段になっても矢張り旧武士階級が何から何迄活躍せねばならなかった。庶民は懸命に之を育成しようとする政府の手によって真綿にくるまれ、なだめすかされて次第に成長した。勿論庶民の力が絶対に存在しなかった訳ではなかろう。然し庶民全体の盛り上がる力は遂に存在しなかったとは言えるのである。

憲法を制定せんとするにも条約を改正せんとするにもそうであった。事は絶えず上から呈示され、民間が問題にするのは之より後のことであった。自由民権運動、それすら未だ封建的性格を帯びて居た藩閥政府に対する封建的不平党たる士族の反抗運動であった。然もこの間政府は先進資本主義諸国に対抗するために外交に懸命の努力を続けて居った。その最も具体的な表現は条約改正問題である。我国は関税の自主権なく、外人居住地には我国の統治権は及ばなかった。幕末に於ける外交によって我国が斯くの如き恥辱を甘受したのも我国が未だ封建的、原始的な刑罰法を用いてあったり、国の経済機構に確たる統一性がなかった故であった。

政府が条約改正をなすためには従って先ず国家体制を封建より近代へ完全に整備しなければならなかった。然も我国に関税自主権の無いことは我国が有利な貿易を行えず、そのため富国強兵、殖産興業策に対する重大な癌の一つをなし、逆に国家体制の整備に対する一つの障害ともなったのである。

政府は何とかして独立国としての面目を備えたき為、とにもかくにも外観だけ整然とした機構を整えることすら止むを得なかった。法律の制定にあっても、各種各様の事例ありそれによって法を定めて行くのが法律制定の通常であるに拘わらず、我国のそれは先に法律をたて之を定め、実際の実例などは後からそれに嵌めこめる傾きが強かったのである。之は単に法制のみではなく、我国の政治組織、経済組織にもこのような所が存在したであろう。条約改正完成の年は明治四十四年、実に明治一代の我国の歴史は条約改正に対する我国の血みどろの努力によって明瞭に色づけられたものである。然もこの時の我国の組織は未だ外観内容伴わざる所あることを思えば、冷酷に言うならば遂に我国は明治一代を以てしても封建の残滓を一掃することは出来ず、真の近代国家の域に至らなかったものと言わねばならない。維新に於ける国民の盛り上がらざる力は勿論之に関連して居る。

三

明治維新から明治史への性格をこの様に述べて来たことは即ち今に残る封建的精神は維新史、明治史の性格に由来する所大であると立証しようがために外ならない。日本資本主義の成立過程から言って、商業資本が産業資本へ転化拡大出来る程資本の蓄積は大きくなく、資本家自体に封建的なるものがまつわりついて居た以上雄大な企業精神に欠けて居たことは、資本主義発展に重大な役割を演ずる植民地並びに有力な資源を持たなかった我国にとって不幸な事であった。

我国の資本主義が西欧の資本主義に追随するのみで、大東亜戦前に至る迄之を超えることの出来なかった理由は日本資本主義の特異な成立過程に求められる可きである。利潤をあげる見込みもつかない研究にも多額な資本を投資することは、僅かな資本を確実な外国からの技術の輸入に投資するに及ばなかった。先の利益を見越して一時の損害を忍ぶことの出来る程日本の資本は大きくなかった。一時の損失は優に資本家を倒すに足りるものであろう。勿論私は日本の資本家を弁護するばかりでは無い。資本家にもそれ自体多くの罪悪はあった。彼等の目先の小さな小心翼々たる功利心がどれ程我国の健全な進歩を害し、現在の戦争遂行にすら大きな障害となって居ることであろうか。然し乍らそれもこれも一つは我国資本主義の後進性を挙げねばならぬし、二つには資本家自身雄大な企業心無く封建的精神の脱け切らぬ所から、徳川の世の如き士農工商四階級の最下位にある商業を軽蔑し、自体商業は功利的のものとの自己欺瞞があったかも知れぬ。

今日の官僚の立場からしてがそうである。官僚の形式主義、割拠主義もかく雄大ならざる精神から出るものであろう。我国は組織に於いて西欧諸国に劣って居ると言う。日本人の如く直感力の鋭い民族には組織力は無いと言う。然し徳川封建制度の如き完璧な組織を作り得た日本人がどうして組織力に欠ける所があろう。条約改正へのひたむきな努力の為に我国の近代組織は異常な歪みを受け、今に至る迄その残渣が一掃されぬのが事の原因である。

維新史、明治史が現代に及ぼす意義を私は斯く感じたい。現在の戦争遂行上に於ける諸問題、即ち生産増強に於ける諸問題は決して単なる平時と戦時との摩擦、矛盾によるものではなくして、実は我国に存して居る封建と近代との摩擦、矛盾が平時にはさして表面に出なかったものが戦時に於いて急激に我等の眼前に展開されたものと考えたいのである。

このように考えて来ると私は明治維新は現代に至る迄続いて居ると見たい。維新より現代に至る迄の我国の歴史は一面封建と近代との闘争であり、今やその闘争は大東亜戦争の勃発によって急速にその終結に近づきつつある。西欧経済への依存の度を減じて来たとは言え、まだ完全に依存を脱し切らない我国の経済は大東亜戦争勃発に依ってその依存を断ち切られ否応なしに封建的なるもの、島国根性を一擲し、西欧の経済の力を超えるに至らざればまさに我国の存立にも関連すると言う切羽詰まった状態に立ち至ったのである。

未曾有の烈しい動揺をもって始まった明治維新なる我国歴史の一大転換は、未曾有の烈しい動揺を以て今やその総決算期に入りつつある。私が生産増強の問題を日本史の転換に於ける重大問題であると見る所以はかくの如き理由によるのである。然も尚国防国家体制確立なる観点から見て、生産増強の問題には大きく世界史的転換なる背景が存在するのである。一九一七年十一月、レーニンが赤色ロシアの建設を宣言したその時が実に国防国家体制への世界史的転換の発端であった。爾後之に倣ったものがドイツであり、イタリーであり、一方之等とは遥かに異った意味ではあるが大英帝国経済ブロック、或は南北アメリカ経済ブロック等の広域経済への移行は現在之等の国々が、遅蒔き乍ら徐々に国防国家体制へ進もうとする一つの準備行程であると言い得る。

このような世界史的国防国家への転換の最中にあって、我国も亦東亜共栄圏建設即国防国家体制の確立を遂行す可く、一方に戦に武器をとり一方に再び国家体制を転換せしめて行く立場に置かれたのである。もっとも我国にあってはその近代化の特殊性からして、之等の先進国家群とは極めて展開過程を異にして居るのであって、我国の明治維新より今日に至る迄の歴史の中に、如何に今日要求されて居る国防国家の萌芽と言うものが見られたかは頗る興味ある問題であり、今日の多くの研究家の好題目となって居るのであるが、かかる決定的な学的研究労作は未だ之を見るに至らない現状である。このようにして我国は一方近代国家への転換を終了せぬ中に次の国防国家体制への転換を余儀なくされて居る。現代は実に複雑を極めて居ると言わなければならない。

大東亜戦争勃発前後より世界史の転換なる語が巷に喧しい。だがそれよりも一歩前に我々は我国独自の日本史の転換の複雑性を深く考えたい。然も日本史の転換を含む世界史のこの転換は実に烈しい震動を伴って居る。我々は今後更に大なる現代の変転の洗礼を浴びることであろう。歴史の流れは寸毫の仮借も無い。今より後我国は如何なる苛烈なる試練を浴びるやも知れぬ。然し我等は如何なる事態に立ち至るも徒らに表面の現象に幻惑されること無く、冷静確実に国家が我等に要求する任務を遂行し国家の求むる方向に我等は決然と進まなくてはならぬ。我等の進む方向は天皇の大業翼賛なる一本道しかあり得ない。だが翼賛の手段に関しては我等は既に思想の混乱期に入りつつある。この混乱の中にあってはただ一つ、歴史の流れを冷静に見つめることによってのみ我等は正しきものを把握し得ると思う。

四

以上で私のこの拙い文は終る。私は維新史、明治史の現代に於ける意義を説こうとし乍ら、維新に始まった日本史の特異性が実際に明治、大正、昭和の代に於いてどのようにその歪みを転化し変転し、封建の残滓はどのように歴史に残って来たか、と言うことを例証しなかったし、又封建の精神、近代の精神とは何か、その正確な概念を呈示する事をしなかった。否、寧ろ今の私にはそれをなす事は出来なかったのである。この二点に私はこの論文が致命的な欠点を持って居ると思う。前者に於いてはそれは維新より現代に至る歴史を正確に検討する必要があるし、後者に於いては徳川より現代に至る迄の世相の流れを分析し、正確な概念に就いては社会学に於いて精細に研究する必要がある。私は之等のことを未だ充分になして居ない。

一体技術政策を行なうには、我々は我国の技術が維新以来どのように発達して来たのかを把握し、そして今日の技術の現状と絶えず睨み合わせて之を行わなくてはならない。「我国現代史に於ける技術の発展と政治経済の交流」と言うテーマを一生扱って見たいのが私のこの春からの念願であった。そのためには私は技術史を学ぶ必要があり、現代に於ける政治史、経済史、思想史を知る必要があった。大東亜戦争勃発前後より世界史的転換と言う事が京都哲学の学徒を中心として頓に叫ばれ来り、私も考え始めたのであるが、どうも京都哲学の人々の言う事には腑に落ち兼ねる所もある。

その中に八木先生（当時東京工業大学の学長に新任した八木秀次）のお宅に伺って色々お話を伺って居る中に、先生はしきりと今の日本人の狭い根性を指摘され雄大な世界観を強調され、狭い根性は三百年の鎖国によるものだろうとおっしゃられた。その中正月号の工大新聞に新年にあたって我々が何か学生に所感を語っていただきたいとお願いすると、先生は又そこでも雄大な精神を強調された。それから色々な場所で先生は何時も大きな広々とした心を説かれる。その中私も何時か之に関連して日本史の転換と言うことを念頭に置くようになった。世界史の転換よりも日本史の転換を考える方が遥かに身近であり地に着いた感じであった。

前に言った「我国現代史に於ける技術の発展と政治、経済の交流」なるテーマがその中から忽然と生まれるに及び、私は本気になってこのテーマを一生追求しようと思い始めた。そこでほんの手始めに私はこの様な明治維新の研究から勉強しようとしたのである。従ってこの論文に示した私の現代史観は私のこのテーマ把握に於ける基礎的な方向である。この基礎的方向ですら私は未だ確立出来ないで居る。だが極く大体の見通しは或はついたかも知れないと思って居る。私はともかくこの私の幼稚な考えを寮生諸兄に呈示し、諸兄の忌憚無い批判を受け、現代の解決と言う意味に於いて相共に進んで行きたかったし、又不完全極まりない乍らも私の得た大体の見通しをまとめて今後の勉強に資そうと思い、こんなものを書いて見たのである。少し弁解がましいとは思うが、この幼稚な論文によって貴重な紙面を汚した事に就いては実はこのような理由があるのであり、改めて寮生諸兄にお詫びしたいと思う。

あとがき

私ははしがきで、一九三〇年代の後半以来、旧制高校の伝統である自由の哲学は、教師や生徒の気づかぬうちに旧制高校から滑り落ちて行ったと述べた。新版「きけ　わだつみのこえ」はアジア・太平洋戦争期のみならず、日中戦争期や終戦にかかわる戦没者の手記を加えている。しかし突如として教育を停止させられて、学徒出陣を命じられた世代には、戦争哲学であれ自由の哲学であれ、生きる意味であれ、それらの発想や構想を熟させる余裕はなかった。

彼らの出生の大部分は一九二二〜二三年で、新版に収録されている彼らの手記を読むと、それ以前の古い出生（最も古いのは一九一〇年）の学徒出身の将兵が残した手記とかなり違う。一九二二〜二三年の出生者にも、学生時代に戦争にどう対処するかという手記を書いた者もいるが、それはごく少数である。掲載者七十四名のうち学徒出陣者は二十九名、全員が一九二二〜二三年に生まれている。その二十九名のうち、特に私は十六名に注目した。

彼らの世代以前の手記には、戦争や軍隊に対して斜めにかまえたものが多く、内心は戦争にかなり批判的であると思われる手記が目につく。これに対して一九二二〜二三年出生の学徒出陣者の手記は素朴であり、純情な心を感じさせる。長谷川の一点を除けば、ひねった手記はない。学徒出陣以前の日記で、佐々木はすでに世界史的な観点で戦争を見ており、中尾は死は生の終わりではなく、その一点にすぎない、よく生きることがよく死ぬことであると断じている。長谷川と合わせてこの三人の文章には、少年から青年への移行が見てとれる。他の十三名の手記はいかにも少年っぽい。

文学、歴史、哲学の素養はすでにハイティーンの時代に身につけているべきものである。精一杯ののびのびと跳躍するスポーツと合わせて、それらの精神的成長があってこそ、二十代初期に少年は青年に脱皮し、青春の喜びを歌うことが出来る。

ところが、はしがきに書いたように、一九二二〜二三年出生の旧制高校生たちは、伝統の自由の哲学から遠ざけられた。少年たちは青年への精神的移行の道をばっさりと切られた状態となった。「きけ わだつみのこえ」に少年っぽい文章が多いのは、このような歴史的理由があってのことであろう。

十六名中五人は特攻隊員として死に、一人は実質的に海の特攻隊員として戦死した。この人たちの心境は、私の四畳半の日記の第一冊のそれと同じである。この人たちが学生としてもう一年の余裕を与えられたら、私のように波乱万丈の一年を送ったかもしれない。あるいは私が文系の学生であったら、この人たちと同じ運命をたどったであろう。

十六名の人のなかには言葉にも私に似たひびきがある。佐々木は「人として最も美しく、崇高な努力の中に死にたい」（一九九頁）と書き、松岡は「自分の短い一生はもう幕切れに近づいたらしい」（二一三頁）と記したが、このような言葉は私の四畳半の日記の第一冊にくりかえし表れていた。そして私の書いた文章が最もセンチメンタルであり、四畳半の日記の第一冊は、いろいろ理屈は書いてはいるが、少年期そのものの文章である。

ところが、学徒出陣の年の末に、私は偶然に一人の女性と恋に落ちた。センチメンタルな心情をともなってはいたが、敗けると分かっている戦争に、天皇陛下のために死ぬという観念は、人間愛という強力な情感に引きつけられた。俗に言う肌と肌の合う男性と女性との間には、磁力にも似たけん引力が強くはたらくようで、私は死の旗を高くかかげていたにもかかわらず、二人はその旗を超えて愛され、愛しあった。

私は死ぬ意味を求めて右往左往し試行錯誤をくりかえした末、天皇陛下のために死ぬためにこれまで生きてきたという結論をようやく摑んだのだが、その〝理想主義〟を守りぬくには彼女の愛がただ一つの支えであった。だが愛の破綻は明白であった。そうなれば支えを失った〝理想主義〟の崩壊は避けられないと私は直観していた。少年の〝理想主義〟は現実の愛に抵抗できなかったのであり、少年は青年の世界に一歩踏みだした感がある。今にして思えば、このあたりが「きけ わだつみのこえ」の人たちとの分かれの始まりであった。

ひ弱い少年にとっては、愛の破綻も理想主義の崩壊も、真に恐ろしかった。私は五月六日の回想記に「気の狂うほどの恐ろしさであった。恐ろしさの余りに、涙がにじんだ。これまで苦しんで涙を流して築きあげた理想主義という大地がくずれるのを感じた。そして自分も大地とともに奈落の底へ底知れぬ深さの中へ落ち込んで行きそうであった。ああ、すべては御破算か」と書いた。四畳半の日記第二冊は結果としては、少年から青年への苦しみと悲しみに満ちた移行を語ったと言えよう。

生きる恐ろしさのこの実感が少年から青年へと飛躍するスプリングボードのようなものであった。

恐怖が過ぎ去って、私は次第に落ち着きを取り戻し、青年としての道を一歩一歩しっかりと踏みはじめた。四畳半の日記第三冊は、まぎれもなく青年の手記である。「きけ　わだつみのこえ」の人たちとの分かれは決定的になった。

愛も理想主義も失えば、あとに残るのは私自身しかない。K子と別れて以来十日にして、五月二十三日の日記に、私は「信じ得る者は自分のみである。いや自分が孤独であると言うことのみである」と書いたが、それは私が自立した青年であると社会に宣言したに等しい。この時以後の私の精神の成長は早かった。「貴方は未だ若いのよ」とK子にきつく言われたことが、愛を思い切る決め手であったが、離別以来わずか四年にして、私は処女出版として、戦後一九四八年に「技術論ノート」を上梓した。

当時はマルクス主義技術論争の盛んな時代で、私は中年の哲学者や経済学者たちとわたりあった。「技術論ノート」は武谷三男の〝技術論〟に次いで、多くの人から最も注目された書であった。当時私は二十六歳で、年は若いとは言え、すでに諸先輩の学者に劣らぬ実績をあげはじめ、以後六十余年にわたって一本道を一歩一歩踏みしめて歩きつづけたのであった。

だから戦後しばらくは論壇は私を哲学者か経済学者と思っていた。しかし私は「信じ得る者は自分のみである」と書いた前日、すでに日記にこう論じていた。「社会の尖端の鍵をなすもの、それは技術であらねばならぬ。技術が未だ今日の日本の我々の生活に思想に、さして影響を与えと居らぬ所以は、日本の文化の低水準に存する。然し必ず将来、技術なるものが日本の文化の中に大きく立ちはだかってくる時がある。」

私は戦後欧米に続々と現れた新技術の一群に、学生時代の私の予想が当たっていることを認め、現代技術史研究会の会誌「技術史研究」の一九五三年二号に「現代技術史の根本問題」と題して、世界の技術は第三の変革期に入ったと論じた。その三年後、「経済白書」が高度経済成長の重要な一因は技術革新であると記述したことで、論壇には技術革新ブームが巻き起こった。これ以来、論壇は私を技術評論家と扱うようになった。社会は私の本職にようやく気付いたのであった。

しかし社会は、なぜ私が技術評論を始めたかということには関心がなかった。私はK子と別れた日、一九四四年五月十三日の日記の後半に「自分は一生を技術評論家として送ろう。このように自分の心を定めて自分はもう自分の心を動かすまい」と記した。

今にして思えば、私としても旧制高校時代、大学時代とも、暗い青春を過ごしたと言えよう。高校で多くの友人が運動部で跳ねたり飛んだりしていた時、私は寮や下宿で一人読書にふけっていた。文学・歴史・哲学を介して先輩から教えられたり、同期の友人たちと議論したりする機会はなかった。高校に行けば本が読め親友が出来るとあこがれて入学したものの、先にも述べたような社会事情によってそれは幻想に終わった。

しかし他方では、迫り来る戦争に備えて、どこでどんな危機に追いこまれても、落ち着いて冷静にふるまえる自分をつくらなければならないと考えていた。「きけ　わだつみのこえ」で松岡が手記の最後で「もっと強くなれ。もっと強くなりたい」（二一九頁）と書いたが、それは当時の私の心情と全く一致していた。シーズンオフになると、私は学校をさぼって一人北アルプスの単独登攀をめざした。数日も誰にも会わず一歩一歩山道を登り、岩稜を縦走した。

大学では四畳半の日記第三冊の末文で「精神的にも肉体的にも自分を鍛えることが先決」と書いたように、世界観が一転した後、研究室で実験を続けながら、海軍に入って「フォージング（鍛造：赤熱した鋼塊をハンマーで叩いて成形する）だ、フォージングだ」と心の中でくりかえしていた。

暗い青春であればこそ、「強くなれ」と叫んだのだ。私の孤独症は、こうして学生時代にいよいよ深められ、それを基盤として孤独の論理を摑み、それから六十余年間、連帯を求めて孤立を恐れずとのスローガンをかかげて生きぬいてきたと言えよう。「きけ　わだつみのこえ」の意味を広くとれば、「きけ　暗い青春の声」と表現できるのではあるまいか。

一部の日本人は、憲法第九条の戦争放棄条項の削除を主張しているが、彼らは若者たちに対して、ふたたび暗い青春を強制しようとしているのだろうか。六十余年前に軍人や政治家や彼らに附和雷同した日本人たちは、若者たちを暗い青春におとしいれた。そして若者たちは「きけ　わだつみのこえ」や「雲ながるる果てに」の手記を残して死んだ。今の新しい若者たちは歴史が再びそのように動いていることにほとんど関心はない。若者たちが自分たちの未来の自由を閉ざされつつある現実を直視して立ち上がらないかぎり、暗い青春は必ずもう一度やってくる。容易ならぬ事態になって慌てふためいても、時はすでに遅い。「きけ　わだつみのこえ」の手記者たちは、後に続く若者たちにその教訓を残して死んで行ったのである。私が「きけ　わだつみのこえ」を事例として、本書で改めて戦争体験をかえりみた理由はそこにある。

戦争《せんそう》と青春《せいしゅん》
――「きけ わだつみのこえ」の悲劇《ひげき》とは何《なに》か

二〇〇六年七月七日 初版第一刷

著　者 星野《ほしの》 芳郎《よしろう》

発行所 株式会社 影書房
発行者 松本昌次
〒114-0015 東京都北区中里三―四―五
ヒルサイドハウス一〇一号
電　話 〇三（五九〇七）六七五五
FAX 〇三（五九〇七）六七五六
E-mail=kageshobou@md.neweb.ne.jp
URL=http://www.kageshobo.co.jp/
振　替 〇〇一七〇-四-八五〇七八
本文印刷・製本=スキルプリネット
装本印刷=形成社

定価 二、四〇〇円+税

ISBN4-87714-352-1 C0036

伊藤成彦　物語日本国憲法第九条——戦争と軍隊のない世界へ　二四〇〇円
伊藤成彦　武力信仰からの脱却——第九条で21世紀の平和を　二六〇〇円
世界に拡げる会編　平和憲法を世界に　第一集　一〇〇〇円
石田雄　権力状況の中の人間——平和・記憶・民主主義　三五〇〇円
藤田省三　戦後精神の経験Ⅰ・Ⅱ　各三〇〇〇円
安部博純　日本ファシズム論　八〇〇〇円
太田哲男・高村宏・本村四郎・鷲山恭彦編　治安維持法下に生きて——高沖陽造の証言　二五〇〇円
藤本治　民衆連帯の思想　三八〇〇円
安江良介　孤立する日本——多層危機の中で　一八〇〇円
石川逸子　〈日本の戦争〉と詩人たち　二四〇〇円
石川逸子詩集　定本千鳥ケ淵へ行きましたか　一八〇〇円
金田茉莉　東京大空襲と戦争孤児——隠蔽された真実を追って　二二〇〇円

〔価格は税別〕　影書房　2006. 6 現在